Philip Roth

Goodbye, Columbus

Traduit de l'anglais
par Céline Zins

Gallimard

Titre original :
GOODBYE, COLUMBUS

© *1962, Editions Gallimard, pour la traduction française.*

Philip Roth est né à Newark en 1933. Dès son premier livre, *Goodbye, Colombus* il a été remarqué du public et a reçu des prix littéraires ; le Prix National du roman, le Prix Daroff du Conseil du Livre Juif d'Amérique, le Prix Guggenheim et un prix de l'Institut National des Arts et Lettres. Il est rapidement devenu un des chefs de file de ce que l'on appelle « l'école juive de New York ». Son roman *Portnoy et son complexe,* traduit dans le monde entier, s'est vendu à plus de cinq millions d'exemplaires.

NOTE DE LA TRADUCTRICE

Le présent texte de la collection Folio reprend dans sa quasi-totalité la traduction parue en 1962. L'essentiel de ce qui était si nouveau à l'époque, à savoir l'emploi de tournures de phrase, en anglais, calquées sur le rythme et les façons de parler de la langue yiddish, s'y trouve, je crois, fidèlement transposé. J'ai simplement rectifié par-ci par-là de menues erreurs de sens ou ce qui me paraissait, avec le recul, un peu maladroit. On peut toujours améliorer une traduction et le travail peut même en être infini. Une chose cependant m'a frappée : l'abondance des notes que j'avais incluses à l'époque. J'ai été amenée à en supprimer quelques-unes — et cette suppression fait mesurer le chemin parcouru en moins d'une vingtaine d'années. Il n'est plus nécessaire, par exemple, d'expliquer ce qu'est un « bermuda » ou un « T(ee)-shirt » maintenant entrés dans la langue française (ou franglaise ?). Quant aux expressions yiddish, je crois que bon nombre ne nécessitent plus de traduction non plus. Ceci justement grâce aux œuvres de Philip Roth et de l'école dite juive new-yorkaise. Je les ai quand même maintenues, comme pour mémoire.

Céline Zins

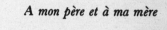

A mon père et à ma mère

Goodbye, Columbus

« *Le cœur est un demi-prophète.* »
Proverbe yiddish.

I

La première fois que je vis Brenda, elle me demanda
de tenir ses lunettes. Puis elle avança jusqu'à l'extrémité du plongeoir et jeta un regard brumeux dans la
piscine ; celle-ci aurait pu être à sec que la myope
Brenda ne s'en serait pas aperçue. Elle fit un magnifique plongeon ; quelques instants plus tard, elle rega-
gnait le bord, la tête aux cheveux auburn coupés très
court, tendue, très droite, comme une rose au bout
d'une longue tige. Elle glissa jusqu'au bord, puis
remonta près de moi : « Merci », dit-elle, les yeux
humides — bien que l'eau de la piscine n'y fût pour
rien. Elle tendit une main pour récupérer ses lunettes,
mais elle ne les mit sur son nez qu'une fois le dos
tourné. Je la regardai s'éloigner. Ses mains apparurent
soudain derrière son dos. Elle attrapa le fond de son
maillot de bain entre le pouce et l'index et en recouvrit
les parties de son corps qui eussent normalement dû
être cachées. Mon sang ne fit qu'un tour.
Ce soir-là, avant le dîner, je lui téléphonai.
— Qui appelles-tu ? demanda ma tante Gladys.
— Une fille que j'ai rencontrée aujourd'hui.
— C'est Doris qui te l'a présentée ?

— Doris ne me présenterait même pas au type qui vide la piscine, tante Gladys.

— Ne critique donc pas tout le temps. Une cousine est une cousine. Comment l'as-tu rencontrée ?

— Je ne l'ai pas vraiment rencontrée. Je l'ai vue.

— Qui est-ce ?

— Son nom de famille est Patimkin.

— Patimkin ? Je ne connais pas, dit tante Gladys, comme si elle connaissait tous les membres du Green Lane Country Club. Tu vas lui téléphoner et tu ne la connais même pas ?

— Oui, expliquai-je, je vais me présenter.

— Tu te prends pour Casanova, dit-elle, et elle s'en retourna préparer le dîner de mon oncle.

Nous ne mangions jamais ensemble : ma tante Gladys dînait à cinq heures, ma cousine Susan à cinq heures et demie, moi à six heures et mon oncle à six et demie. Rien ne peut expliquer ce fait, si ce n'est que ma tante est folle.

— Où est l'annuaire régional ? demandai-je après avoir retiré tous les annuaires qui se trouvaient entassés sous la table du téléphone.

— Quoi ?

— L'annuaire régional. Je veux téléphoner à Short Hills.

— Le petit bouquin maigrichon ? Pourquoi veux-tu que j'encombre ma maison avec un truc dont je ne me sers jamais ?

— Où est-il ?

— Sous le buffet qui a un pied cassé.

— Bon Dieu ! dis-je.

— Tu ferais mieux de demander aux renseigne-

ments. Tu vas tout chambouler, sinon. Ne m'embête
pas ; tu sais bien que ton oncle va bientôt rentrer. Je ne
t'ai même pas encore donné à manger.

— Tante Gladys, si on mangeait tous ensemble ce
soir ? Il fait chaud, ce serait plus commode pour toi.

— C'est ça, et il faudrait que je serve quatre repas
différents en même temps. Toi tu manges du rôti,
Susan du yaourt et Max un steak. Il mange toujours
du steak le vendredi soir ; je ne voudrais pas l'en
priver. Quant à moi, je prendrai un peu de poulet
froid. Et il faudrait que je me lève et que je me rassoie
cinquante fois ? Pour quoi me prends-tu, un cheval de
trait ?

— Pourquoi ne mangeons-nous pas tous un steak,
ou du poulet froid...

— Cela fait vingt ans que je tiens un intérieur.
Alors... téléphone à ta petite amie.

Mais lorsque j'appelai, Brenda Patimkin n'était pas
chez elle. « Elle est allée dîner au Club », me dit une
voix de femme. « Rentrerait-elle après le dîner ? » (ma
voix était de deux octaves plus aiguë que celle d'un
enfant de chœur). « Je ne sais pas, répondit la voix,
elle ira peut-être faire du golf. C'est de la part de
qui ? » Je marmonnai quelques mots... « une personne
qu'elle ne connaît pas... je rappellerai... non, pas de
message... merci... excusez-moi pour le dérange-
ment... » Je raccrochai. Ma tante m'appela et je
m'armai de courage pour affronter le repas.

Elle ouvrit le ventilateur au maximum, de sorte que
le cordon de la lampe de la cuisine en était tout secoué.

— Qu'est-ce que tu veux boire ? J'ai de la bière, de

l'eau gazeuse, du jus de framboise et une bouteille de soda que je pourrais ouvrir.

— Rien, merci.

— Tu veux de l'eau ?

— Je ne bois jamais pendant les repas. Tante Gladys, cela fait presque un an que je te répète ça tous les jours...

— Max pourrait boire toute une caisse rien qu'en mangeant du foie haché. Il travaille dur toute la journée. Si tu travaillais dur, tu boirais davantage.

Près du fourneau, elle remplit une assiette de rôti, de sauce, de pommes de terre, de petits pois et de carottes. Elle la posa devant moi et je sentis monter au visage la chaleur de la nourriture. Puis elle coupa deux tranches de pain de seigle et les posa sur la table, près de mon assiette.

Je fendis une pomme de terre en deux et la mangeai, sous le regard de tante Gladys, assise en face de moi.

— Tu ne veux pas de pain, me dit-elle. Je ne l'ai pas coupé pour qu'il rassisse.

— Si, je veux du pain, dis-je.

— Tu n'aimes pas le cumin, n'est-ce pas ?

Je pris une des tranches de pain et en mangeai un morceau.

— Comment trouves-tu la viande ? demanda-t-elle.

— Ça va ; elle est bonne.

— Tu vas te bourrer de pommes de terre et de pain et tu vas laisser la viande que je n'aurai plus qu'à jeter.

Elle bondit brusquement de sa chaise.

— Le sel !

Elle revint avec une salière qu'elle planta devant moi. On ne servait pas de poivre dans sa maison : elle avait entendu dire à la télévision que l'organisme n'assimilait pas le poivre, et cela ennuyait beaucoup tante Gladys de penser qu'un aliment servi par elle pouvait passer dans l'œsophage, l'estomac et les intestins, juste pour le plaisir de la balade.

— Tu ne vas manger que les petits pois ? Si j'avais su, je n'en aurais pas acheté mélangés à des carottes.

— J'aime les carottes, dis-je. Je les adore.

Et pour le prouver, j'engloutis la moitié de celles qui se trouvaient dans mon assiette et déversai l'autre moitié sur mon pantalon.

— Cochon ! dit-elle.

Bien que je sois très amateur de desserts, surtout de fruits, je décidai de ne pas en prendre. Je voulais, étant donné la chaleur de cette soirée, éviter la discussion qui s'élèverait si je choisissais des fruits frais au lieu de fruits en conserve, ou vice-versa. Quelle que soit la variété que je choisisse, tante Gladys aurait toujours son frigidaire rempli à craquer de la variété inverse, telle une cargaison de bijoux volés. « Il veut des pêches au sirop et mon frigidaire est rempli de raisin dont je dois me débarrasser... » Pour la pauvre tante Gladys, la vie consistait à se débarrasser des choses : ses plus grandes joies étaient de sortir les ordures, vider l'office et faire des colis de vêtements élimés pour ceux qu'elle appelait encore « les pauvres Juifs de Palestine ». J'espère sincèrement qu'elle mourra avec un frigidaire vide, sinon elle empoisonnera la vie éternelle des autres avec ses lamentations sur son fromage et ses oranges en train de pourrir sur terre.

Mon oncle Max rentra, et, tandis que je composais le numéro de Brenda, j'entendis ouvrir des bouteilles de soda dans la cuisine. La voix qui répondit était pointue, sèche et fatiguée.

— Allô.

Je me lançai : « Allô — Brenda — Brenda, — vous — ne — me — connaissez — pas — c'est-à-dire — que — vous — ne — connaissez — pas — mon — nom — mais — j'ai — gardé — vos — lunettes — cet — après-midi — au — Club... — C'est — vous — qui — me — l'aviez — demandé — je — ne — suis — pas — membre, — c'est — ma — cousine — Doris, — Doris — Klugman, — je — lui — ai — demandé — qui — vous — étiez... » Je repris mon souffle, lui laissant le temps de répondre, puis recommençai à parler pour répondre au silence qui persistait à l'autre bout du fil. « Doris ? C'est la fille qui est toujours en train de lire *Guerre et Paix*. C'est comme ça que je sais qu'on est en été, quand Doris lit *Guerre et Paix*. » Brenda ne rit pas ; dès le début, elle se montra pleine de bon sens.

— Comment vous appelez-vous ? dit-elle.

— Neil Klugman. J'ai gardé vos lunettes, sur le plongeoir, vous vous rappelez ?

Elle me répondit à son tour par une question qui, j'en suis sûr, est aussi embarrassante pour les gens beaux que pour les gens laids.

— Comment êtes-vous ?

— Je suis... brun.

— Vous êtes Noir ?

— Non, dis-je.

— Alors, comment êtes-vous ?

— Il vaudrait bien mieux que vous vous en rendiez compte par vous-même ; puis-je venir vous voir ce soir ?

— C'est une bonne idée. — Elle rit. — Je vais jouer au tennis ce soir.

— Je croyais que vous alliez faire du golf.

— J'en ai déjà fait.

— Et après le tennis ?

— Après, je serai en sueur, dit Brenda.

Ce n'était pas pour me prévenir que je devrais me boucher le nez et fuir en sens opposé ; elle énonçait un simple fait qui, apparemment, ne la gênait pas mais qu'elle voulait porter à ma connaissance.

— Ça m'est égal, dis-je, en espérant avoir trouvé un ton à mi-chemin entre le dégoût et la répulsion. Je viens vous chercher ?

Elle resta silencieuse pendant une minute ; je l'entendis marmonner : « Doris Klugman, Doris Klugman... » Puis elle dit : « Oui, 815 Briarpath Hills. »

— Je conduirai une Plymouth jaune 19... — Je renonçai à dire l'année — Vous me reconnaîtrez. Et moi, comment vous reconnaîtrai-je ? dis-je avec un affreux petit rire.

— Je serai en sueur, dit-elle, et elle raccrocha.

Une fois sorti de Newark, après Irvington et l'enchevêtrement des voies ferrées, après les postes d'aiguillage, les chantiers de bois, les Dairy Queens et les cimetières de voitures, je sentis la soirée se rafraîchir. En fait, j'avais l'impression que les cinquante-cinq mètres de dénivellation entre Newark et sa banlieue me rapprochaient du ciel, car le soleil lui-même devint plus gros, plus bas et plus rond. Je longeai des pelouses qui semblaient s'arroser toutes seules, des maisons où il n'y avait personne sur le perron, où les lumières étaient allumées, mais où aucune fenêtre n'était ouverte, car ceux qui se trouvaient à l'intérieur, refusant de partager la substance même de la vie avec ceux du dehors, réglaient sur un cadran la quantité d'humidité autorisée à se déposer sur leur peau. Il n'était que huit heures et comme je ne voulais pas arriver en avance, je roulai dans les rues dont les noms sont ceux des collèges de l'Est, comme si la municipalité avait autrefois, lors du baptême des rues, réglé la destinée des fils de ses citoyens. J'imaginai tante Gladys et oncle Max se partageant une barre de chocolat aux noisettes, assis sur des chaises longues dans l'obscurité cendrée de leur jardin, chaque souffle d'air frais leur étant aussi doux qu'une promesse de vie éternelle, et quelques instants plus tard, je roulai sur les allées de gravier du petit parc où Brenda jouait au tennis. A l'intérieur du compartiment à gants, c'était comme si *Le Plan des Rues de Newark* s'était métamorphosé en grillons, car ces longues rues goudronnées n'existaient plus pour moi, et les bruits de la nuit semblaient aussi puissants que le sang battant à mes tempes.

Je garai ma voiture sous le dais vert foncé de trois chênes, et me dirigeai vers l'endroit d'où me parvenait le bruit des balles de tennis. J'entendis une voix dire sur un ton exaspéré : « Egalité, *encore*. » C'était Brenda, et elle avait l'air de beaucoup transpirer. Je remontai l'allée et j'entendis de nouveau la voix de Brenda : « Avantage pour moi », et juste au moment où je débouchai, les revers du pantalon remplis de capsules épineuses, j'entendis : « Jeu. » Sa raquette s'en alla tournoyer en l'air et elle la rattrapa avec adresse au moment où j'apparus.

— Bonjour, lançai-je.

— Bonjour, Neil. Encore un jeu, dit-elle.

Les paroles de Brenda parurent susciter la fureur de son adversaire, une jolie fille aux cheveux châtains, un peu plus petite que Brenda, qui renonça à chercher la balle qu'elle venait juste de laisser passer, et qui nous jeta à tous deux un regard noir. J'appris bientôt quelle en était la raison : Brenda menait par cinq jeux à quatre, et son outrecuidance à affirmer qu'il ne restait qu'un jeu à jouer provoqua chez son adversaire une colère assez violente pour que nous en subissions tous les deux les conséquences.

Brenda finit par gagner, mais cela lui coûta plus de jeux qu'elle ne l'avait prévu. L'autre fille, qui paraissait répondre au nom de Simp, aurait aimé en finir à six partout, mais Brenda, glissant, courant, se dressant sur la pointe des pieds, ne voulait pas s'arrêter, et à la fin je ne pouvais plus distinguer dans l'obscurité que le reflet de ses lunettes, la boucle de sa ceinture, ses socquettes, ses chaussures de tennis et, parfois, la balle. Plus le jour baissait, plus Brenda montait au filet avec violence, ce qui semblait assez curieux, car j'avais remarqué qu'auparavant, quand il y avait encore de la lumière, elle s'était tenue en arrière, et même, lorsqu'elle avait dû monter au filet après avoir smashé un lob, elle n'avait pas eu l'air très contente d'être aussi près de la raquette de son adversaire. Son désir de gagner un point semblait être dépassé par un désir encore plus grand de garder sa beauté intacte. Je soupçonnai que la marque rouge d'une balle de tennis sur la joue lui causerait plus de peine que de perdre tous les points du monde. Cependant, l'obscurité la pressait et elle tapait plus dur, si bien qu'à la fin, Simp paraissait courir sur les genoux. Quand ce fut fini, je proposai à Simp de la ramener chez elle, mais elle refusa en répondant d'un ton emprunté à quelque vieux film de Katharine Hepburn qu'elle se débrouillerait bien toute seule. Apparemment, sa villa ne se trouvait pas plus loin que le prochain buisson de ronces. Je ne lui plaisais pas et elle ne me plaisait pas, bien que, j'en suis sûr, j'en fusse plus chagriné qu'elle.

— Qui est-ce ?

— Laura Simpson Stolowitch.

— Pourquoi ne l'appelez-vous pas Stolo? demandai-je.

— Simp est le nom qu'on lui donne à Bennington. La sotte.

— C'est là que vous faites vos études ? demandai-je.

Elle s'essuyait le visage avec sa chemise.

— Non, à Boston.

Je détestai la réponse. A chaque fois qu'on me demande où j'ai fait mes études, je réponds immédiatement : au collège de Newark, Université Rutgers. Je le dis peut-être avec un peu trop d'emphase, trop d'orgueil, trop vite, mais je le dis. Pendant une minute, Brenda me fit penser aux petits imbéciles au nez camus de Montclair qui viennent à la bibliothèque pendant leurs vacances et qui, tandis que je tamponne leurs livres, restent plantés à tirailler sur leurs écharpes gigantesques jusqu'à les faire pendre jusqu'aux chevilles, en faisant sans cesse allusion à « Boston » et « New Haven ».

— L'Université de Boston ? demandai-je en regardant les arbres.

— Radcliffe [1].

Nous étions toujours sur le court, limité par un rectangle de lignes blanches. Au fond du terrain, des lucioles dessinaient des huit autour des buissons, dans l'air odorant. Lorsque soudain la nuit tomba, les feuilles des arbres brillèrent un bref instant, comme si la pluie venait juste de tomber. Brenda s'éloigna et je la suivis, marchant un pas derrière elle. Je m'étais maintenant habitué à l'obscurité et comme elle cessait de n'être qu'une voix pour redevenir un être visible, une partie de l'irritation que m'avait inspirée sa réplique sur « Boston » s'évanouit, et je me laissai aller à apprécier ses qualités. Elle ne tirait pas sur son fond de culotte, mais son corps se laissait néanmoins deviner, caché ou non, sous le long short collant. Il y avait deux triangles humides sur son polo blanc, à l'endroit où se seraient trouvées ses ailes si elle en avait eu. Elle portait, pour compléter la tenue, une ceinture écossaise, des socquettes blanches et des chaussures de tennis blanches.

Tout en marchant, elle tira sur la fermeture éclair de l'enveloppe de sa raquette.

— Vous êtes pressée de rentrer chez vous ? demandai-je.

— Non.

— Alors, asseyons-nous ici, c'est agréable.

— D'accord.

Nous nous assîmes sur un pan d'herbe suffisamment

---

1. Collège chic près de Boston (N. d. T.).

incliné pour nous donner l'impression d'être allongés, sans l'être réellement ; vus de profil, on aurait dit que nous nous apprêtions à observer quelque phénomène céleste, le baptême d'une nouvelle étoile ou la venue de la pleine lune. Tout en parlant, Brenda fermait et ouvrait l'enveloppe de sa raquette ; pour la première fois, elle semblait nerveuse. Sa nervosité appela la mienne, de sorte que nous nous trouvâmes mûrs pour ce dont, magiquement, il semblait que nous aurions pu nous passer : une rencontre.

— A quoi ressemble votre cousine Doris ? demanda-t-elle.

— Elle est brune...

— C'est une...

— Non, dis-je, elle a des taches de rousseur, des cheveux noirs et elle est très grande.

— Où fait-elle ses études ?

— A Northampton.

Elle ne répondit pas et je me demande dans quelle mesure elle saisit ce que je voulais dire.

— Je ne crois pas que je la connais, dit-elle après un silence. Est-elle membre du Club ?

— Il me semble. Il n'y a que deux ans qu'ils sont allés vivre à Livingston.

— Ah bon !

Aucune nouvelle étoile n'apparut, tout au moins durant les cinq minutes suivantes.

— Est-ce que vous vous êtes souvenue que j'avais tenu vos lunettes ? dis-je.

— Maintenant seulement, dit-elle. Vous habitez à Livingston aussi ?

— Non, à Newark.

— Nous habitions à Newark quand j'étais bébé, concéda-t-elle.

— Vous ne voulez pas rentrer chez vous ?

J'étais en colère tout à coup.

— Non, mais nous pouvons marcher.

Brenda donna un coup de pied dans une pierre et se mit à marcher, un pas devant moi.

— Pourquoi ne jouez-vous au filet que lorsqu'il fait nuit ?

Elle se tourna vers moi et sourit.

— Vous l'avez remarqué ? La vieille Simp Simplette ne s'en aperçoit pas.

— Alors, pourquoi ?

— Je n'aime pas être trop près du filet, sauf si je suis certaine qu'elle ne renverra pas.

— Pourquoi ?

— A cause de mon nez.

— Quoi ?

— J'ai peur pour mon nez. Je l'ai fait arranger.

— Quoi ?

— Je me suis fait opérer le nez.

— Qu'est-ce qu'il avait ?

— Une bosse.

— Une grosse ?

— Non, dit-elle, j'étais jolie, mais maintenant je suis encore plus jolie. Mon frère va faire arranger le sien...

— Pour être plus joli ?

Elle ne répondit pas et continua à avancer devant moi.

— Je n'avais pas l'intention d'être drôle. Je me demande simplement pourquoi il le fait.

— Parce que ça lui plaît... à moins qu'il ne devienne professeur de gymnastique... mais c'est peu probable, dit-elle. Nous ressemblons tous à notre père.

— Il se fait arranger le nez lui aussi ?

— Pourquoi êtes-vous si désagréable ?

— Je ne suis pas désagréable. Excusez-moi.

Je posai la question suivante, poussé par le désir d'avoir l'air intéressé et faire ainsi preuve de quelque courtoisie. Elle ne sortit pas exactement comme je l'avais espéré : un demi-ton au-dessus de ce qu'il aurait fallu.

— Ça coûte combien ?

Brenda attendit un moment avant de répondre.

— Environ mille dollars. A moins d'aller chez un boucher.

— Faites-moi voir si vous en avez eu pour votre argent.

Elle se retourna de nouveau. Elle se trouvait près d'un banc où elle posa sa raquette : « Si je vous laisse m'embrasser, est-ce que vous cesserez d'être désagréable ? »

Nous aurions dû faire deux pas de trop pour éviter la maladresse mais nous nous laissâmes emporter par l'élan et nous nous embrassâmes. Je sentis sa main sur ma nuque et je la serrai contre moi, trop violemment peut-être ; je glissai mes mains sous ses bras, puis sur son dos. Je sentis les taches humides de ses omoplates et dessous, j'en suis persuadé, une légère vibration, comme si quelque chose remuait dans sa poitrine, si fort qu'on pouvait le sentir à travers sa chemise. Cela ressemblait à un battement d'ailes, de toutes petites ailes, pas plus grosses que ses seins. La petitesse des ailes ne me gênait pas — je n'aurais pas besoin d'un aigle pour me faire grimper les pénibles cinquante-cinq mètres qui rendent les nuits d'été tellement plus fraîches à Short Hills qu'à Newark.

II

Le lendemain, je tins de nouveau les lunettes de Brenda ; non pas cette fois en qualité de domestique occasionnel mais en qualité d'invité ; ou peut-être des deux, ce qui, de toute façon, était un progrès. Elle portait un maillot noir et marchait pieds nus ; à côté des autres femmes, avec leurs talons hauts et leur poitrine baleinée, leurs énormes bagues, leurs chapeaux de paille qui ressemblaient à d'immenses plateaux d'osier et qui avaient été achetés, comme je l'entendis de la voix rauque d'une dame à la peau très bronzée, « à une délicieuse petite shvartze[1] dans le port de Barbados », Brenda, parmi elles, était d'une élégante simplicité, image même de la jeune Polynésienne telle qu'elle hante les rêves des marins, affublée toutefois de lunettes de soleil médicales et du nom de Patimkin. Elle entraîna un petit jet d'eau lorsqu'elle regagna en crawl le bord de la piscine ; elle se hissa et s'agrippa, mouillée, à mes chevilles.

— Venez, dit-elle en louchant vers moi. Nous allons jouer.

1. Négresse (N. d. T.).

— Vos lunettes, dis-je.

— Oh, cassez-les, je les déteste.

— Pourquoi ne vous faites-vous pas arranger les yeux ?

— Vous remettez ça.

— Excusez-moi, dis-je. Je vais les donner à Doris.

Surprise par l'été, Doris en était arrivée à la séparation du prince André et de sa femme, et elle restait là à méditer sombrement, non pas, comme on aurait pu le croire, sur le destin solitaire de la pauvre princesse Liza, mais sur la peau de ses épaules dont elle venait de s'apercevoir qu'elle pelait.

— Veux-tu garder les lunettes de Brenda ? demandai-je.

— Oui. — Elle fit voler des petites écailles de peau transparente. — Merde.

Je lui tendis les lunettes.

— Enfin, bon Dieu, dit-elle, je ne vais pas les tenir à la main. Pose-les. Je ne suis pas son esclave.

— T'es une enquiquineuse, tu sais, Doris ?

Assise là, elle ressemblait un peu à Laura Simpson Stolowitch, qui, en fait, se promenait quelque part à l'autre bout de la piscine, nous évitant, Brenda et moi, à cause (j'aimais le croire) de la défaite que Brenda lui avait infligée la veille ; ou peut-être (je n'aimais pas le croire) à cause de l'étrangeté de ma présence. Quoi qu'il en soit, Doris dut subir le double poids de mon jugement sur Simp et sur elle-même.

— Merci, dit-elle. Après t'avoir invité pour la journée.

— C'était hier.

— Et l'année dernière ?

— C'est ça, ta mère te l'a dit l'année dernière aussi : invite le fils d'Esther, comme ça, quand il écrira à ses parents, il ne se plaindra pas qu'on ne s'occupe pas de lui. Chaque été, j'ai une journée.

— Tu aurais dû partir avec eux. Ce n'est pas de notre faute. Nous ne sommes pas chargés de veiller sur toi.

A ses paroles, je sus que c'était une phrase qu'elle avait entendue chez elle, ou qu'elle avait lue dans l'une des lettres qu'elle recevait à Northampton le lundi, après ses week-ends à Stowe ou Dartmouth, ou peut-être après celui où elle avait reçu une averse avec son petit ami à Lowell House.

— Dis à ton père de ne pas se faire de souci. Oncle Aaron, le chic type. Je prendrai soin de moi tout seul.

Et je courus vers la piscine, courus et plongeai ; je remontai comme un dauphin auprès de Brenda, mes jambes glissant sur les siennes.

— Comment va Doris ? dit-elle.

— Elle pèle. Elle va se faire arranger la peau.

— *Ça suffit,* dit-elle en s'enfonçant dans l'eau ; puis je sentis ses mains accrochées à mes pieds. Je tirai puis plongeai à mon tour. Au fond, à quelques centimètres au-dessus des lignes noires tremblotantes qui divisaient la piscine pour les jours de courses, nous échangeâmes des bulles en guise de baisers. Elle me souriait, à moi, tout au fond de la piscine du Green Lane Country Club. Loin au-dessus de nous, des jambes battaient l'eau et une paire de nageoires vertes glissa à côté de nous : en ce qui me concernait, ma cousine Doris pouvait bien perdre toute la peau de son corps, ma tante Gladys servir vingt repas tous les soirs,

mes parents, ces déserteurs sans le sou, faire rôtir leur
asthme dans la fournaise de l'Arizona — rien ne
m'intéressait hormis Brenda. J'allais l'attirer vers moi
lorsqu'elle commença à remonter à la surface ; ma
main s'accrocha au devant de son maillot et le tissu se
décolla. Ses seins glissèrent vers moi comme deux
poissons au nez rose, et elle me laissa les toucher. Un
instant plus tard, c'était le soleil qui nous envoyait à
tous deux un baiser, et nous sortîmes de l'eau, trop
contents l'un de l'autre pour sourire. Brenda secoua
l'humidité de ses cheveux sur mon visage et les gouttes
qui m'atteignirent me firent comprendre qu'elle
m'avait fait une promesse pour l'été, et, je l'espérai,
au-delà.

— Vous voulez vos lunettes de soleil ?

— Vous êtes assez près pour que je vous voie, dit-
elle.

Nous étions allongés côte à côte sous un grand
parasol bleu, dans des chaises longues dont le fond de
matière plastique grésillait sur nos maillots et sur notre
peau. Je tournai la tête pour regarder Brenda et je
sentis cette agréable petite odeur de brûlé sur mes
épaules. Je levai la tête vers le soleil, comme elle, et,
tandis que nous parlions, l'air devint plus chaud, la
lumière plus vive, et il y eut un éclatement de couleurs
sous mes paupières baissées.

— Tout ça est un peu rapide, dit-elle.

— Il n'est encore rien arrivé, dis-je doucement.

— Non. Il semble que non ; mais j'ai l'impression
qu'il s'est passé quelque chose.

— En dix-huit heures ?

— Oui. Je me sens... poursuivie, dit-elle après un silence.

— C'est vous qui m'avez invité, Brenda.

— Pourquoi êtes-vous toujours un peu agressif avec moi ?

— J'ai eu l'air agressif ? C'est involontaire, je vous assure.

— Vraiment ! « C'est *vous* qui m'avez invité, Brenda. » Et alors ? dit-elle. De toute façon, ce n'est pas à ça que je faisais allusion.

— Excusez-moi.

— Cessez de faire des excuses. Elles vous viennent si mécaniquement que vous n'y pensez même pas.

— C'est vous qui devenez agressive avec moi maintenant, dis-je.

— Non. Je ne fais que constater. Ne nous disputons pas. Je vous aime bien.

Elle détourna la tête et sembla elle aussi se recueillir une seconde pour sentir l'été sur sa chair.

— J'aime bien votre allure.

Son ton objectif me sauva de l'embarras.

— Pourquoi ? dis-je.

— Où avez-vous pris ces belles épaules ? Vous pratiquez un sport ?

— Non, répondis-je. J'ai grandi et elles ont grandi avec moi.

— J'aime votre corps. Il est agréable.

— J'en suis ravi.

— Vous aimez le mien, n'est-ce pas ?

— Non, dis-je.

— Alors, il vous est refusé, dit-elle.

Du dos de la main, je lissai ses cheveux sur son oreille. Nous restâmes un moment silencieux.

— Brenda, dis-je, vous ne m'avez rien demandé sur moi.

— Comment vous sentez-vous ? Voulez-vous que je vous demande comment vous vous sentez ?

— Oui, dis-je, acceptant la porte de service qu'elle m'offrait, quoique pour des raisons probablement différentes de celles qui l'avaient poussée à l'offrir.

— Comment vous sentez-vous ?

— J'ai envie de nager.

— D'accord, dit-elle.

Nous passâmes dans l'eau le reste de l'après-midi. Il y avait huit lignes tracées dans la longueur de la piscine, et je crois qu'au cours de la journée nous nous étions arrêtés un moment dans chaque allée, assez près des bandes noires pour pouvoir les toucher. De temps en temps, nous revenions aux chaises longues et nous nous chantions des dithyrambes un peu hésitants, astucieux, nerveux, doux, sur les sentiments qui commençaient à naître entre nous. En fait, nous n'éprouvions pas les sentiments dont nous parlions avant de les avoir énoncés — moi, tout au moins — les dire, c'était les inventer, se les approprier. De l'étrangeté et de la nouveauté nous faisions une mousse qui ressemblait à l'amour, mais nous n'osions pas jouer avec trop longtemps, en parler trop longuement, de peur qu'elle ne retombe et se désagrège. Ainsi, nous allions et venions, des chaises à l'eau, des paroles au silence, et mis à part mon insurmontable irritabilité à l'égard de Brenda et le solide échafaudage du « Moi » qui s'élevait entre elle et la connaissance qu'elle avait d'elle-même, nous nous entendions fort bien.

Il devait être environ quatre heures lorsque Brenda se détacha soudain de moi et remonta brusquement à la surface.

Je m'élançai derrière elle.

— Qu'y a-t-il ? dis-je.

Elle rejeta ses cheveux en arrière, puis elle tendit la main vers le bassin.

— Mon frère, dit-elle dans une quinte de toux qui libéra un peu de l'eau qu'elle avait avalée.

Tout à coup, tel Protée émergeant des flots, la tête aux cheveux coupés ras de Ron Patimkin émergea des profondeurs que nous venions de quitter et il apparut devant nous dans son immensité.

— Salut, Bren, dit-il, et il frappa un coup sec sur la surface de l'eau, faisant jaillir une gerbe qui nous aspergea.

— Pourquoi es-tu si content ? demanda-t-elle.

— Les Yankees ont gagné deux matches.

— Allons-nous avoir Mickey Mantle à dîner ? dit-elle. Puis, s'adressant à moi, tout en foulant le sol avec une telle aisance qu'on aurait dit qu'elle avait transformé le chlore en marbre sous ses pieds :

— A chaque fois que les Yankees gagnent, on ajoute un couvert pour Mickey Mantle.

— Tu veux faire une course ? demanda Ron.

— Non, Ronald, cours tout seul.

Personne n'avait encore dit un mot à mon sujet. J'évoluais aussi discrètement que possible, tel un invité non présenté qui recule et se tait, attendant qu'on vienne lui faire des politesses. Les exercices de l'après-midi m'avaient fatigué et je souhaitais ardemment que le frère et la sœur cessent bientôt leurs taquineries et leur bavardage. Heureusement, Brenda me présenta :

— Ronald, c'est Neil Klugman. Mon frère, Ronald Patimkin.

Des profondeurs de la piscine, Ron parvint à sortir une main. Je tendis la mienne et nous échangeâmes une poignée de main, peut-être de ma part pas aussi convaincue qu'il l'eût souhaité. Mon menton glissa dans l'eau et, tout à coup, je me sentis très las.

— Voulez-vous faire une course ? me demanda Ron avec gentillesse.

— Allez-y, Neil, faites la course avec lui. Je voudrais téléphoner à la maison pour leur dire que vous venez dîner.

— Vraiment ? Il faudra que je téléphone à ma tante. Vous ne m'avez rien dit. Mes vêtements...

— Nous dînons *au naturel*.

— Quoi ? dit Ronald.

— Nage, bébé ! lui dit Brenda, et cela me fit un peu mal lorsqu'elle lui donna un baiser sur la joue.

J'échappai à la course en invoquant que j'avais moi aussi un coup de téléphone à donner et une fois sur le rebord d'émail bleu de la piscine, je me retournai pour voir Ron entreprendre la longueur en immenses coulées. Il donnait l'impression qu'après avoir parcouru la longueur du bassin une demi-douzaine de fois, il aurait bien mérité d'en boire le contenu ; j'imaginai qu'il était doté, comme mon oncle Max, d'une soif colossale et d'une vessie gigantesque.

Tante Gladys n'eut pas l'air soulagée lorsque je lui dis qu'elle n'aurait que trois repas à préparer ce soir-là. « Fantaisie, chmantaisie », fut tout ce qu'elle me répondit au téléphone.

Nous ne dînâmes pas dans la cuisine. Au contraire, nous étions tous les six — Brenda, moi, Ron, M. et Mme Patimkin, et la petite sœur de Brenda, Julie — assis autour de la table de la salle à manger, tandis que Carlota, la bonne, une négresse au visage de Navajo qui avait des petits trous mais pas de boucles dans les oreilles, nous servait le repas. J'étais assis à côté de Brenda, vêtue de ce qui était *au naturel* pour elle : un bermuda, un polo blanc, des chaussures de tennis et des chaussettes blanches. En face de moi, j'avais Julie, dix ans, visage rond, intelligente, qui, avant le dîner, alors que les autres petites filles jouaient ensemble dans la rue ou avec des garçons, avait joué au golf avec son père sur la pelouse. M. Patimkin me rappelait mon père, hormis le fait qu'il n'entourait pas chaque syllabe d'un sifflement. Il était grand, fort, non grammatical et mangeur féroce. Lorsqu'il attaqua sa salade, après l'avoir copieusement arrosée de vinaigrette en bouteille, les veines se gonflèrent sous la peau épaisse de son avant-bras. Il mangea trois assiettées de salade, Ron quatre, Brenda et Julie deux, seuls Mme Patimkin et moi n'en prîmes qu'une fois. Je n'aimais pas Mme Patimkin, bien qu'elle fût certainement la plus belle de nous tous. Elle était désespérément polie avec moi, et avec ses yeux violets, ses cheveux noirs, son corps ample et persuasif, elle me faisait penser à quelque

beauté captive, une princesse sauvage qui eût été
domptée et asservie à la fille du roi — en l'occurrence
Brenda.

Par la grande baie vitrée, je voyais la pelouse, avec
ses chênes jumeaux. Je dis chênes, mais on pourrait,
pour s'amuser, les appeler arbres à sports. Sous les
branches, tels des fruits détachés de leurs membres, il
y avait deux crosses, une balle de golf, une boîte de
balles de tennis, une batte de baseball, un ballon de
basket, un gant de baseman, et une chose ressemblant
apparemment à une cravache. Plus loin, près des
buissons qui délimitaient la propriété des Patimkin, et
près du petit terrain de basket, une couverture carrée
de couleur rouge, avec un grand O blanc au milieu,
semblait être en feu sur le gazon vert. Une brise devait
souffler au-dehors, car le filet du panier de basket
bougeait ; à l'intérieur, nous mangions dans l'atmo-
sphère invariablement fraîche prodiguée par Westinghouse. C'était un plaisir, sauf qu'à manger parmi
ces Brobdingnags, j'eus l'impression pendant un bon
moment qu'on m'avait rogné quinze centimètres en
largeur, dix en hauteur et que, pour équilibrer le tout,
on m'avait enlevé les côtes et que ma poitrine s'était
enfoncée dans mes épaules.

Il n'y eut pas beaucoup de conversation ; manger
était une chose lourde, méthodique et sérieuse, et il me
paraît aussi bien de rapporter tout ce qui fut dit à la
suite, plutôt que chaque phrase perdue dans la vague
de nourriture, les mots sortis en gargouillis des bouches pleines, la syntaxe hachée et oubliée dans les
solides et les liquides.

— A RON : Quand Harriet doit-elle téléphoner ?

— RON : A 5 heures.

— JULIE : Il est 5 heures passées.

— RON : Leur horaire.

— JULIE : Comment se fait-il qu'il soit plus tôt dans le Milwaukee ? Si on faisait l'aller-retour en avion toute la journée, on ne vieillirait jamais.

— BRENDA : C'est juste, ma chérie.

— Mme P : Pourquoi donnes-tu des renseignements faux à cette enfant ? Est-ce pour ça qu'elle va à l'école ?

— BRENDA : Je ne sais pas pourquoi elle va à l'école.

— Mme P (avec tendresse) : Etudiante, va.

— RON : Où est Carlota ? Carlota !

— Mme P : Carlota, servez-en encore à Ron.

— CARLOTA (de loin) : Encore de quoi ?

— RON : De tout.

— M. P : A moi aussi.

— Mme P : Il faudra te *rouler* sur le terrain de golf.

— M. P (relevant sa chemise et tapant sur son ventre noir et rebondi) : De quoi parles-tu ? Regarde ça.

— RON (relevant son maillot de corps) : Regarde *ça*.

— BRENDA (à moi) : Voudriez-vous découvrir votre ventre ?

— MOI (de nouveau enfant de chœur) : Non.

— Mme P : C'est bien, Neil.

— MOI : Merci.

— CARLOTA (par-dessus mon épaule, comme un fantôme inattendu) : En voulez-vous encore ?

— MOI : Non.

— M. P : Il mange comme un oiseau.

— JULIE : Il y a des oiseaux qui mangent beaucoup.

— BRENDA : Lesquels?

— Mᵐᵉ P : Ne parlons pas d'animaux à table. Brenda, pourquoi l'encourages-tu?

— RON : Où est Carlota? Je joue ce soir.

— M. P : N'oublie pas de bander ton poignet.

— Mᵐᵉ P : Où habitez-vous, Bill?

— BRENDA : Neil.

— Mᵐᵉ P : N'ai-je pas dit Neil?

— JULIE : Tu as dit : « Où habitez-vous, Bill? »

— Mᵐᵉ P : Je devais penser à autre chose.

— RON : Je déteste les bandages. Comment diable puis-je jouer avec un bandage?

— JULIE : Ne jure pas.

— Mᵐᵉ P : C'est ça.

— M. P : Combien Mantle batte-t-il maintenant?

— JULIE : Trois cent vingt-huit.

— RON : Trois cent vingt-cinq.

— JULIE : Huit!

— RON : Cinq, bon Dieu! Il a réussi trois fois sur quatre dans le second match.

— JULIE : *Quatre* fois sur quatre.

— RON : C'était une erreur; c'est Minoso qui aurait dû l'avoir.

— JULIE : C'était pas mon avis.

— BRENDA (à moi) : Vous voyez?

— Mᵐᵉ P : Voyez quoi?

— BRENDA : Je parlais à Bill.

— JULIE : Neil.

— M. P : Tais-toi et mange.

— Mᵐᵉ P : Un peu moins de bavardage, jeune fille.

— JULIE : Je n'ai rien dit.

— BRENDA : C'est à moi qu'elle parlait, chérie.

— M. P : Qu'est-ce que c'est que ce *elle ?* C'est comme ça que tu appelles ta mère ? Qu'y a-t-il comme dessert ?

Le téléphone sonne, et bien que nous attendions le dessert, le repas semble en fait terminé, car Ron s'en va dans sa chambre, Julie crie : « Harriet ! » et M. Patimkin ne réussit pas tout à fait à étouffer un rot, quoique l'échec plus encore que l'effort me le rende sympathique. Mme Patimkin donne ses instructions à Carlota pour qu'elle ne mélange pas l'argenterie à lait et l'argenterie à viande, tandis que Carlota mange une pêche tout en écoutant ; sous la table, je sens les doigts de Brenda me chatouiller le mollet. Je suis rassasié.

Nous étions assis sous le plus gros des chênes, tandis que sur le terrain de basket, M. Patimkin jouait à faire des paniers avec Julie. Dans l'allée, Ron faisait chauffer le moteur de la Volkswagen.

— Est-ce que quelqu'un voudrait *bien* retirer la Chrysler derrière moi ? cria-t-il d'une voix irritée. Je suis assez en retard.

— Excusez-moi, dit Brenda en se levant.

— Il me semble que je suis derrière la Chrysler, dis-je.

— Allons-y, dit-elle.

Nous reculâmes les voitures pour permettre à Ron de se hâter vers son match. Puis nous les remîmes en place et retournâmes regarder M. Patimkin et Julie.

— J'aime bien votre sœur, dis-je.

— Moi aussi, dit-elle. Je me demande comment elle sera plus tard.

— Comme vous, dis-je.

— Je ne sais pas, dit-elle. Mieux, probablement.
Puis elle ajouta : ou peut-être pire. Comment savoir ?
Mon père est gentil avec elle, mais je lui donne encore
trois ans avec ma mère... Bill, dit-elle, rêveuse.

— Cela ne m'a pas vexé, dis-je. Elle est très belle,
votre mère.

— Je ne peux même pas penser à elle comme à ma
mère. Elle me déteste. Les autres filles, quand elles
font leurs valises en septembre, au moins leur mère les
aide. Pas la mienne. Elle taille les crayons de Julie
pendant que je traîne ma malle en haut. Et la raison en
est si évidente. C'est presque un cas type.

— Pourquoi ?

— Elle est jalouse. C'est tellement banal que j'ai
honte d'en parler. Vous savez que ma mère avait le
meilleur revers du New Jersey ? Je vous assure, elle
était le meilleur joueur de tennis de l'Etat, toutes
catégories. Vous devriez voir les photos d'elle quand
elle était jeune fille. Elle avait l'air si pleine de santé,
pas grassouillette du tout. Elle avait du caractère,
vraiment. Je l'aime beaucoup sur ces photos. Je lui dis
parfois combien je trouve ces photos jolies. Je lui ai
même demandé d'en faire agrandir une pour l'avoir
avec moi à l'école. « Nous avons autre chose à faire
avec notre argent, jeune fille, que de le dépenser en
vieilles photos. » L'argent ! Mon père en a jusqu'ici,
mais à chaque fois que j'achète un manteau, vous
devriez l'entendre. « Tu n'as pas besoin d'aller chez
Bonwit, jeune fille, Ohrbach a les tissus les plus
solides. » Mais qui tient à avoir des tissus solides !
Finalement, j'obtiens ce que je veux, mais pas avant

qu'elle n'ait eu le plaisir de m'exaspérer. L'argent est toujours gaspillé pour elle. Elle ne sait même pas en profiter. Elle croit que nous vivons encore à Newark.

— Mais vous obtenez ce que vous voulez, dis-je.

— Oui. Grâce à lui, et elle montra du doigt M. Patimkin qui venait juste de faire passer son troisième panier de face, visiblement au grand mécontentement de Julie qui frappait si fort des pieds par terre qu'elle souleva un tourbillon de poussière autour de ses petites jambes parfaites.

— Il n'est pas très intelligent, mais au moins il est gentil. Il ne traite pas mon frère comme elle me traite. Dieu merci. Oh, j'en ai assez de parler d'eux. Depuis ma première année d'université, je crois bien que toutes mes conversations ont toujours tourné autour de mes parents et de l'horreur qu'ils représentent. C'est universel. Le seul ennui, c'est qu'ils ne le savent pas.

A voir la façon dont Julie et M. Patimkin riaient en ce moment sur le terrain, aucun problème ne semblait moins universel ; mais, bien entendu, il était universel pour Brenda, plus encore, cosmique... Il faisait de chaque pull-over en cachemire une bataille avec sa mère, et sa vie qui, j'en étais persuadé, consistait pour une grande part à courir les magasins à la recherche de tissus doux à la peau, prenait figure de guerre de Cent Ans...

Je n'avais pas l'intention de me permettre de telles pensées infidèles, de me ranger du côté de Mme Patimkin alors que j'étais assis près de Brenda, mais je ne pouvais chasser de mon cerveau d'éléphant ce elle-croit-que-nous-vivons-encore-à-Newark. Je ne dis rien pourtant, de peur que le ton de ma voix ne détruise l'aisance et l'intimité de la soirée. Il avait été si simple d'être intimes lorsque l'eau battait et remplissait tous nos pores, et plus tard lorsque le soleil nous chauffait la peau et endormait nos sens; mais maintenant, à l'ombre et au grand jour, dans la fraîcheur des vêtements et sur son propre terrain, je ne voulais pas émettre une seule parole susceptible de découvrir cette émotion hideuse qu'elle éveillait en moi et qui est la souche inférieure de l'amour. Cela ne resterait pas toujours la souche inférieure... mais j'anticipe.

Soudain, la petite Julie nous sauta dessus.

— Voulez-vous jouer? me dit-elle. Papa est fatigué.

— Allez-y, cria M. Patimkin. Finissez à ma place.

J'hésitai : je n'avais pas tenu de ballon de basket depuis ma sortie du lycée. Mais Julie me tirait par la main et Brenda me dit :

— Allez-y.

M. Patimkin me lança le ballon alors que j'avais la tête tournée et celui-ci rebondit sur ma poitrine, laissant une tache ronde de poussière, telle une ombre de lune, sur ma chemise. Je ris bruyamment.

— Vous ne savez pas attraper un ballon? dit Julie.

Comme sa sœur, elle semblait avoir le don de poser des questions simplistes et irritantes.

— Si.

— C'est à vous, dit-elle. Papa est à trente-neuf contre quarante-sept. Ça se joue en deux cents.

Pendant un court instant, au moment où je plaçai mes orteils dans le petit sillon qui, au cours des années, était devenu une ornière de saletés, je fus traversé par un de ces éclairs de rêve éveillé qui m'empoisonnent de temps à autre, et qui, me disent mes amis, envoient des cataractes mortelles sur mes yeux : le soleil avait disparu, les grillons étaient venus et repartis, les feuilles avaient noirci, et Julie et moi étions toujours sur la pelouse, envoyant la balle dans le panier ; « Partie en cinq cents », cria-t-elle ; puis, lorsqu'elle m'eut battu à cinq cents, elle cria : « A vous maintenant de les atteindre » ; ce que je fis ; et la nuit avançait, et elle cria : « Partie en huit cents », et nous continuions à jouer, puis c'était onze cents, et nous continuions à jouer sans jamais voir le matin se lever.

— Tirez, dit M. Patimkin. Vous êtes moi.

Ceci me déconcerta, mais je tirai et, bien sûr, ratai. Avec l'aide de Dieu et d'une douce brise, je réussis le tir après dribble.

— Quarante et un pour vous. A moi, dit Julie.

M. Patimkin était assis sur l'herbe, à l'autre bout du terrain. Il enleva sa chemise, et en maillot de corps, avec sa barbe de la journée, il avait l'air d'un camionneur. L'ancien nez de Brenda lui allait bien. Il avait une bonne bosse au milieu ; on aurait dit qu'un petit diamant à huit faces avait été glissé sous la peau, juste sur l'arête. Je savais que M. Patimkin ne se préoccuperait jamais de faire enlever cette pierre de son visage, et pourtant, il avait probablement payé, avec joie et fierté, pour que le diamant de Brenda soit enlevé et jeté dans quelque water de l'Hôpital de la Cinquième Avenue.

Julie rata son panier et, je l'avoue, j'en tressaillis de plaisir.

— Fais-la un peu tourner, lui dit M. Patimkin.

— Je peux recommencer ? me demanda Julie.

— Oui.

Avec les directives paternelles et ma propre courtoisie réticente, j'avais apparemment peu de chances de rattraper mon retard. Puis soudain, j'eus envie de gagner, de faire rouler à terre la petite Julie. Brenda regardait, à demi allongée, sous l'arbre, un coude par terre, tout en mâchonnant une feuille. Et là-haut, dans la maison, à la fenêtre de la cuisine, j'avais vu bouger le rideau — le soleil étant trop bas maintenant pour effacer de son éclat celui des appareils électriques — et Mme Patimkin observait calmement le jeu. Puis Carlota parut sur le perron, mangeant une pêche et tenant un seau d'ordures dans l'autre main. Elle s'arrêta pour regarder aussi.

C'était à mon tour de nouveau. Je ratai le panier et me tournai en riant vers Julie pour lui demander :

— Puis-je recommencer ?

— Non !

J'appris ainsi comment on jouait à ce jeu. Depuis des années, M. Patimkin disait à ses filles qu'elles avaient droit, sur leur demande, à des tirs supplémentaires ; il pouvait se le permettre. Pourtant, avec tous les yeux étrangers de Short Hills sur moi, matrones, domestiques et pourvoyeurs, je sentais confusément que moi je ne le pouvais pas. Mais j'y étais obligé et je m'exécutai.

— Merci beaucoup, Neil, dit Julie lorsque le jeu fut terminé — à cent — et que les grillons eurent fait leur apparition.

— De rien.

Sous les arbres, Brenda sourit.

— Vous l'avez laissée gagner ?

— Je crois, dis-je. Je n'en suis pas sûr.

Il y eut quelque chose dans ma voix qui poussa
Brenda à dire, d'un ton réconfortant :

— Même Ron la laisse gagner.

— C'est très gentil pour Julie, dis-je.

III

Le lendemain matin, je trouvai une place pour garer
ma voiture dans Washington Street, juste en face de la
bibliothèque. Puisque j'avais vingt minutes d'avance,
je décidai de faire une promenade dans le parc plutôt
que d'aller travailler tout de suite. Je n'avais pas
particulièrement envie de rejoindre mes collègues qui,
je le savais, seraient en train de boire leur premier café
de la matinée dans la salle des reliures, encore
imprégnés de l'odeur de tous les jus d'orange qu'ils
avaient bus au cours de leur week-end à Asbury Park.
Je m'assis sur un banc et regardai vers Broad Street et
la circulation matinale. A quelques centaines de
mètres, les trains de banlieue passaient en direction du
nord et il me semblait percevoir le grondement sourd
des roues sur les rails, les wagons d'un vert lumineux,
vieux et propres, aux fenêtres toujours ouvertes. Certains matins, lorsque j'avais du temps à perdre avant
de commencer le travail, je descendais jusqu'à la voie
ferrée et je regardais filer les fenêtres ouvertes, d'où
dépassaient des coudes de vêtements tropicaux et
des bords de valise, propriétés d'hommes d'affaires

venant de Maplewood, des Monts Orange et des
environs.

Le parc, longeant Washington Street à l'ouest et
Broad Street à l'est, était vide et ombrageux ; il y
régnait une odeur d'arbres, de nuit et d'excréments de
chien. On y sentait flotter une légère odeur d'humidité aussi, qui révélait que l'énorme jet du camion
d'arrosage était déjà passé par là, fouettant et détrem-
pant les rues de la ville. Au bas de Washington Street,
derrière moi, se trouvait le Newark Museum — je
pouvais le voir sans même regarder : avec ses deux
vases orientaux devant la façade, tels des crachoirs
pour rajah, et à côté, son annexe que l'on nous
emmenait visiter dans des autobus spéciaux lorsque
j'étais écolier. L'annexe était une vieille construction
de brique, couverte de vigne, qui me faisait toujours
penser au rôle du New Jersey dans la création du pays,
à George Washington qui avait formé son armée
hétéroclite — ainsi nous en informait une petite
tablette de bronze — dans le parc même où j'étais
assis. A l'autre bout du parc, après le musée, se
trouvait l'immeuble de la banque où j'avais fait mes
études. Il avait été transformé quelques années auparavant en une annexe de l'université Rutgers ; en fait,
dans ce qui avait été autrefois la salle d'attente du
président de la banque, j'avais suivi un cours intitulé :
« Questions de Morale Contemporaine ». Bien que ce
fût l'été et que j'eusse quitté l'université depuis trois
ans, il ne m'était pas difficile de me souvenir des autres
étudiants, mes amis, qui travaillaient le soir chez
Bramberger et Kresge et qui utilisaient l'argent gagné
en vendant des chaussures pour dames hors saison à

payer leurs travaux pratiques. Puis je détournai de nouveau mon regard vers Broad Street. Ecrasée entre une librairie à la devanture sinistre et un petit restaurant graisseux, se trouvait la marquise d'un minuscule cinéma d'art — combien d'années avaient passé depuis le jour où j'étais là, sous cette marquise, mentant sur mon âge pour entrer voir Hedy Lamar nager nue dans *Extase*; puis, après avoir glissé une pièce à l'ouvreuse, quelle n'avait pas été ma déception devant la frugalité de son charme slave... Assis dans le parc, je ressentais une profonde connaissance de Newark, un attachement si enraciné qu'il ne pouvait que se transformer en tendresse.

Soudain il fut 9 heures et tout se mit en mouvement. Des filles vacillantes sur leurs talons firent tourner les portes du central téléphonique, les automobilistes klaxonnèrent désespérément, un agent de police aboya, siffla et régla la circulation à grand renfort de gestes. Plus loin, les énormes portes noires de l'église Saint-Vincent battirent et les yeux larmoyants qui s'étaient levés tôt pour aller à la messe clignèrent à la lumière. Puis les fidèles descendirent les marches de l'église et se précipitèrent dans les rues vers les bureaux, les dossiers, les secrétaires, les patrons et — si le Seigneur avait jugé bon d'atténuer un tant soit peu la rudesse de leur existence — vers le confort prodigué par les régulateurs d'air. Je me levai et traversai la rue pour entrer à la bibliothèque, me demandant si Brenda était déjà réveillée.

Les pâles lions de ciment montaient une garde peu convaincante sur les marches de la bibliothèque, souffrant de leur habituelle combinaison d'éléphanto-

mie et d'artériosclérose ; je m'apprêtai à les croiser
avec autant d'indifférence qu'au cours des huit derniers mois, lorsque j'aperçus un petit garçon noir
planté devant l'un d'eux. Le lion avait perdu tous ses
orteils l'été précédent, lors d'un safari organisé par des
jeunes délinquants, et il devait à présent faire face à un
nouveau tortionnaire, lequel se tenait devant lui, les
genoux légèrement pliés, et grognant. Il émettait de
longs grognements sourds, s'arrêtait brusquement,
attendait, puis recommençait. Puis il se redressait, et,
secouant la tête, disait au lion : « Mon vieux, t'es un
trouillard... » Puis il reprenait ses grognements.

La journée commença, semblable à n'importe quelle
autre. De derrière le guichet de l'étage principal, je
regardais les adolescentes aux seins haut plantés
monter dans la chaleur le large escalier de marbre
menant à la grande salle de lecture. Cet escalier était
une imitation de l'un de ceux qui se trouvent quelque
part à Versailles, bien que dans leurs pantalons
collants et leurs pulls, ces filles de cordonniers italiens,
d'ouvriers de brasserie polonais, de fourreurs juifs,
n'eussent guère l'air de duchesses. Elles ne valaient
pas Brenda non plus, et si un quelconque éclair de
désir me traversa pendant cette lugubre journée, ce ne
fut que pour la forme et pour passer le temps. Je jetais
de temps à autre un coup d'œil à ma montre, pensais à
Brenda, attendais l'heure du déjeuner, puis après le
déjeuner, le moment où je changerais mon poste contre
le guichet des renseignements, là-haut, et où John
McKee, qui n'avait que vingt et un ans mais portait
des bandes élastiques autour des manches, descendrait
tranquillement l'escalier pour aller très consciencieu-

sement tamponner la sortie et la rentrée des livres.
John McBandélastic faisait sa dernière année à l'Ecole
Normale de Newark où il étudiait le Système Décimal
Dewey pour se préparer au métier de sa vie. La
bibliothèque ne serait pas le métier de ma vie, je le
savais. Cependant, il avait vaguement été question —
je le savais par M. Scapello, un vieil eunuque qui avait
appris à déguiser sa voix de façon à lui donner un ton
mâle — qu'à mon retour des vacances, je serais chargé
de la Salle des Références, poste demeuré vacant depuis
le matin où Martha Winney était tombée d'un grand
tabouret dans la Salle de l'Encyclopédie et avait mis en
miettes tous ces os fragiles qui se rassemblent pour
former ce que l'on appelle les hanches chez une femme
de moitié plus jeune qu'elle.

J'avais d'étranges compagnons à la bibliothèque, et,
en vérité, je passais parfois des heures à me demander
comment j'avais atterri là et pourquoi j'y restais. Mais
j'y restais et, au bout d'un moment, je me mettais
patiemment à attendre le jour où, en entrant aux
toilettes de l'étage principal pour y fumer une cigarette, et tandis que je me regarderais souffler la fumée
dans la glace, je m'apercevrais qu'à un moment
quelconque de la matinée, j'avais pâli et que sous ma
peau, comme sous celle de McKee, de Scapello et de
Miss Winney, s'était installé un mince coussinet d'air
séparant le sang de la chair. Quelqu'un l'y avait
pompé alors que je tamponnais un livre ; désormais, la
vie consisterait non pas à jeter, comme pour tante
Gladys, ou à accumuler, comme pour Brenda, mais à
se laisser aller, à s'engourdir. Je commençais à le
craindre et cependant, dans ma dévotion amorphe à

mon travail, je semblais y glisser, silencieusement, comme Miss Winney glissait jadis vers la *Britannica*. Son tabouret était vide à présent et m'attendait.

Juste avant le déjeuner, le dompteur de lions entra dans la bibliothèque, les yeux écarquillés. Il s'immobilisa un instant, faisant seulement bouger ses doigts, comme s'il comptait les marches de marbre qu'il avait devant lui. Puis il s'avança d'une démarche traînante, s'amusant du claquement de ses semelles ferrées sur le sol de marbre et de la façon dont le petit bruit s'amplifiait sous la voûte du plafond. Otto, le garde qui se trouvait à l'entrée, lui dit de faire moins de bruit avec ses chaussures, mais ceci ne sembla pas troubler le petit garçon. Il claqua sur la pointe des pieds, très droit, secrètement ravi qu'Otto lui ait donné l'occasion de pratiquer cette posture. Il monta ainsi jusqu'à moi.

— Bonjour, dit-il, où est la section de teinture[1] ?

— La quoi ? dis-je.

— La section de teinture. Vous avez pas une section de teinture ?

Il avait un accent noir du Sud des plus prononcés et le seul mot qui me parvint distinctement fut quelque chose ressemblant à teinture.

— Comment épelez-vous ça ? dis-je.

— *Teinture*. Enfin quoi des tableaux, des dessins. Où sont-ils ?

— Vous voulez dire des livres de peinture ? Des reproductions ?

---

1. Jeu de mots intraduisible sur « art » et « heart ». Le petit garçon prononçant le h aspiré (N. d. T.).

Il accepta mon polysyllabe.

— Ouais, c'est ça.

— En plusieurs endroits, lui dis-je. Quel peintre t'intéresse ?

Les yeux du gamin se rétrécirent de sorte que tout son visage parut noir. Il recula, comme devant le lion.

— Tous... marmonna-t-il.

— C'est très bien, dis-je. Tu peux regarder tous ceux que tu veux. A l'étage au-dessus. Suis la flèche qui indique la section 3. Tu te rappelleras ? Section 3. Demande à quelqu'un là-haut.

Il ne bougea pas ; il semblait prendre ma curiosité au sujet de ses goûts pour une sorte d'enquête sur l'impôt électoral.

— Vas-y, dis-je, en fendant mon visage d'un sourire, là-haut...

Puis il partit comme une flèche, traînant et claquant ses semelles vers le rayon de teinture.

Après le déjeuner, je repris ma place au guichet des prêts et John McKee m'attendait, dans son pantalon bleu clair, ses chaussettes noires, sa chemise de barbier, ses bandes élastiques et une grosse cravate de tricot vert enveloppée d'un énorme nœud Windsor qui sautait lorsqu'il parlait. Son haleine sentait la brillantine et ses cheveux sentaient l'haleine, et lorsqu'il parlait, de la salive tapissait les coins de sa bouche. Je ne l'aimais pas et ressentais parfois une très forte envie de tirer sur ses bandes élastiques et de l'envoyer valser dans la rue au nez d'Otto et des lions.

— Avez-vous vu un petit nègre passer devant le guichet ? Avec un fort accent ? Il s'est caché dans les livres d'art toute la matinée. Vous savez ce que ces garçons *font* là-bas.

— Je l'ai vu entrer, John.

— Moi aussi. Mais est-il sorti ?

— Je n'ai pas fait attention. Il me semble.

— Ce sont des livres *très* chers.

— Ne vous énervez pas, John. Les gens sont censés les toucher.

— Il y a toucher et toucher, dit John d'un ton sentencieux. Quelqu'un devrait le surveiller. J'avais peur de quitter le guichet ici. Vous savez comment ils traitent les immeubles que nous leur donnons.

— *Vous* leur donnez ?

— La ville. Vous avez vu ce qu'ils font à Seth Boyden ? Ils jettent des bouteilles de bière, les grosses, sur la pelouse. Ils envahissent la ville.

— Les quartiers noirs seulement.

— C'est facile de rire, vous ne vivez pas à côté d'eux. Je vais appeler le bureau de M. Scapello pour faire surveiller la section d'Art. Où a-t-il bien pu entendre parler d'art ?

— Vous allez donner un ulcère à M. Scapello, après son sandwich aux œufs poivrés. Je vais y aller moi-même, il faut que je monte, de toute façon.

— Vous savez ce qu'ils y font, me prévint John.

— Ne vous en faites pas, Johnny, ce sont *eux* qui attraperont des verrues sur leurs petites mains sales.

— Ha ha. Ces livres coûtent...

Pour que M. Scapello ne porte pas ses doigts crayeux sur le petit garçon, je grimpai les trois étages jusqu'à la section 3, passai devant la salle d'arrivée des livres où Jimmy Boylen, cinquante et un ans, le commis aux yeux chassieux, déchargeait des livres d'un chariot; devant la salle de lecture où des clochards de Mulberry Street dormaient sur des *Traités de mécanique élémentaire;* devant le fumoir où des étudiants en droit au front couvert de sueur se reposaient, certains fumant, d'autres essayant d'effacer de leurs doigts les taches de couleur qu'y avait laissées leur droit civil; enfin devant la salle des périodiques, où quelques douairières, qui s'étaient fait descendre en voiture de Upper Montclair, étaient maintenant recroquevillées sur leur chaise, examinant à travers leur pince-nez les pages mondaines de très très vieux numéros jaunis et écornés du *Newark News.* A la section 3, je trouvai le garçon. Il était assis sur le sol de briques vitrifiées, un livre ouvert sur les genoux, un livre qui en fait était plus gros que ses genoux et qu'il avait dû caler sur ses cuisses. A la lumière qui passait par la fenêtre derrière lui, je voyais les centaines d'espaces qui séparaient les centaines de minuscules tire-bouchons qui composaient ses cheveux. Il avait la peau très noire et brillante, et la chair de ses lèvres ne semblait pas tant être d'une couleur différente, mais plutôt inachevée, comme attendant de se couvrir d'une couche de noir supplémentaire. Il avait la bouche entrouverte, les yeux écarquillés et même les oreilles paraissaient être en état de réceptivité accrue. Il avait l'air en extase... c'est-à-dire jusqu'à ce qu'il m'aperçût. Pour lui, j'étais John McKee.

— Ça va, lui dis-je, avant qu'il ait eu le temps de faire un geste, je ne fais que passer. Tu peux continuer à lire.

— Y a rien à lire. C'est des images.

— Bien.

Je fouillai un moment parmi les rayons du bas, feignant de travailler.

— Hé, M'sieu, dit le garçon au bout d'une minute, où ça se trouve ça?

— Où se trouve quoi?

— Cette image. Ces gens, ils ont l'air rudement tranquilles. Y a pas de bruit, là, pas de cris, ça se voit.

Il souleva le livre pour me le montrer. C'était un grand format de luxe de reproductions des toiles de Gauguin. La page qu'il regardait comportait une gravure de 21 × 27 cm, en couleurs, de trois femmes indigènes debout dans un ruisseau dont l'eau rose leur montait jusqu'aux genoux. C'était effectivement un tableau silencieux; il avait raison.

— C'est Tahiti. Une île dans l'Océan Pacifique.

— C'est pas un endroit où on peut aller, hein? Comme à une plage?

— Tu pourrais y aller, je suppose. C'est très loin. Des gens y vivent...

— Hé, regardez, regardez celle-là.

Il tourna brusquement les pages pour me montrer une toile où une jeune fille à la peau brune était agenouillée, le buste penché en avant comme pour se sécher les cheveux.

— Ben, mon vieux, dit-il, ça c'est une chiée vie.

L'euphorie de son vocabulaire lui aurait valu le bannissement éternel de la Bibliothèque Municipale de Newark et de ses succursales si John ou M. Scapello — ou, à Dieu ne plaise, la malade Miss Winney — étaient venus voir ce qui se passait.

— Qui a pris ces photos? me demanda-t-il.

— Gauguin. Mais il ne les a pas prises, il les a peintes. Paul Gauguin, c'était un Français.

— C'est un Blanc ou un Noir ?

— Un Blanc.

— J'en étais sûr, dit le garçon en souriant, riant presque. Il ne *prend* pas des photos comme un Noir. C'est un bon photographe... Regardez, regardez, regardez celle-là. C'est pas une chiée vie ?

J'acquiesçai et partis.

Un peu plus tard, j'envoyai Jimmy Boylen sautiller jusqu'en bas pour prévenir McKee que tout était en ordre. Le reste de la journée s'écoula sans incident. Je le passai au guichet des renseignements, pensant à Brenda et me disant qu'il faudrait que je prenne de l'essence ce soir avant de monter à Short Hills, que j'imaginais maintenant au crépuscule, rose comme le ruisseau de Gauguin.

Lorsque j'arrivai à la maison des Patimkin ce soir-là, toute la famille excepté Julie m'attendait sur la véranda : M. et Mme Patimkin, Ron et Brenda, en robe. Je ne l'avais encore jamais vue en robe et un court instant, elle me parut être quelqu'un d'autre. Mais ceci n'était que la moitié de la surprise. Tant de ces étudiantes bâties à la Lincoln se révèlent faites pour ne porter que des shorts. Pas Brenda. A la voir en robe, on aurait dit qu'elle avait passé toute sa vie dans cette tenue, qu'elle n'avait jamais porté de short, ni de maillot de bain, ni de pyjama ; on ne lui imaginait rien d'autre que cette robe de coton clair. Je traversai la pelouse d'un pas plutôt bondissant, passai devant l'énorme saule pleureur et me dirigeai vers les Patimkin, tout en regrettant amèrement de ne pas avoir fait laver ma voiture. Avant même que je les aie rejoints, Ron s'avança et me serra vigoureusement la main, comme s'il ne m'avait pas vu depuis la Diaspora. Mme Patimkin sourit et M. Patimkin grommela quelque chose tout en continuant à se tordre les poignets, puis il leva un club imaginaire et lança une balle fantôme en direction des Monts Orange, qu'on appelle Orange, j'en suis sûr, parce que parmi la variété des lumières de cette banlieue, c'est la seule couleur qu'ils ne revêtent jamais.

— Nous revenons tout de suite, me dit Brenda. Vous allez rester avec Julie. Carlota est de sortie.

— D'accord, dis-je.

— Nous conduisons Ron à l'aéroport.

— D'accord.

— Julie ne veut pas venir. Elle dit que Ron l'a poussée dans la piscine cet après-midi. Nous vous avons attendu pour ne pas rater l'avion de Ron. D'accord ?

— *D'accord.*

M. et Mme Patimkin et Ron s'éloignèrent et je lançai à Brenda un regard furieux. Elle me prit la main et la garda un instant.

— Comment m'aimez-vous ? dit-elle.

— Pour vous faire du baby-sitting, vous êtes épatante. Puis-je prendre autant de lait et de gâteaux que je veux ?

— Ne soyez pas en colère. Nous revenons tout de suite.

Elle attendit un moment, puis voyant que je ne réussissais pas à effacer la moue de ma bouche, elle me

lança à son tour un regard furieux, mais un vrai celui-
là.

— Je voulais dire comment m'aimez-vous en robe !

Puis elle courut vers la Chrysler, trottinant sur ses
hauts talons comme une pouliche.

En entrant dans la maison, je claquai la contre-porte
derrière moi.

— Fermez l'autre porte aussi, cria une petite voix.
A cause de l'air conditionné.

Obéissant, je fermai l'autre porte.

— Neil ?

— Oui.

— Bonjour. Vous voulez jouer aux paniers ?

— Non.

— Pourquoi ?

Je ne répondis pas.

— Je suis dans le salon, cria-t-elle.

— Bien.

— Etes-vous censé rester avec moi ?

— Oui.

Elle parut inopinément à la porte de la salle à
manger.

— Vous voulez lire un compte rendu de lecture que
j'ai fait ?

— Pas maintenant.

— Qu'est-ce que vous voulez faire ? dit-elle.

— Rien, ma chérie. Pourquoi ne regardes-tu pas la
télévision ?

— D'accord, dit-elle d'un air dégoûté, et elle
referma la porte d'un coup de pied.

Je restai un moment dans l'entrée, mordu par le
désir de me glisser silencieusement hors de la maison,

de prendre ma voiture et de retourner à Newark, où je pourrais m'asseoir dans l'allée et manger des bonbons tout seul. Je me sentais dans la position de Carlota ; non, pas même aussi confortable. Je finis par quitter l'entrée et me mis à arpenter les pièces du premier étage. A côté de la salle de séjour se trouvait le bureau, petite pièce en bois de pin bourrée de fauteuils en cuir dans tous les coins et d'une collection complète d'Almanachs de renseignements. Sur le mur étaient suspendues des photographies en couleurs retouchées ; c'était le genre de photos qui, indépendamment du sujet, qu'il soit sain ou malade, jeune ou vieux, présentent toujours des joues roses, des lèvres humides, des dents de perle et des cheveux brillants et métalliques. En l'occurrence, les sujets étaient Ron, Brenda et Julie, respectivement à l'âge de quatorze, treize et deux ans. Brenda avait de longs cheveux auburn, son nez orné du diamant et pas de lunettes ; le tout était combiné pour lui donner l'air d'une splendide fille de treize ans qui viendrait de recevoir de la fumée dans les yeux. Ron était plus rond et ses cheveux descendaient plus bas, mais cet amour des objets sphériques et des étendues coupées de lignes scintillait déjà dans ses yeux d'enfant. La pauvre petite Julie était perdue dans la conception platonique qu'avait le peintre de l'enfance ; sa minuscule personnalité était étouffée sous les agglomérats de rose et de blanc.

Il y avait d'autres photos aussi, plus petites, prises avec un Brownie Reflex, avant que les photos retouchées ne deviennent à la mode. Il y en avait une très petite de Brenda sur un cheval ; une autre de Ron dans son costume de bar-mitzvah, avec sa yamalkah et son talès ; et deux photos dans le même cadre : l'une représentant une femme d'âge mûr mais très belle, qui avait dû être, à en croire les yeux, la mère de Mme Patimkin, et l'autre Mme Patimkin elle-même, les cheveux en halo autour de la tête, des yeux rieurs et non pas ceux de la mère lentement vieillissante d'une fille vive et charmante.

Je passai sous la voûte qui séparait le bureau de la salle à manger et restai un moment à regarder les arbres à sports par la fenêtre. Du salon, contigu à la salle à manger, où se trouvait Julie, me parvenait le bruit de la télévision. La cuisine, de l'autre côté, était vide et vraisemblablement, Carlota étant de sortie, les Patimkin avaient dîné au Club. La chambre de M. et Mme Patimkin était située au milieu de la maison, au bout du couloir, à côté de celle de Julie et j'eus soudain envie de voir quelle pouvait être la taille du lit dans lequel dormaient ces géants (je l'imaginais large et profond comme une piscine), mais je décidai de m'abstenir tant que Julie était dans la maison et ouvris en revanche la porte de la cuisine qui menait au sous-sol.

Le sous-sol possédait une fraîcheur différente de celle qui régnait dans la maison, et elle avait une odeur dont les étages étaient dépourvus. Cela sentait la caverne, mais d'une façon rassurante, comme dans les tanières que les enfants se construisent les jours de pluie dans des placards, sous des couvertures ou entre les pieds des tables de salle à manger. J'allumai la lumière au bas de l'escalier et je ne fus pas surpris de découvrir les panneaux en bois de pin, les meubles de bambou, la table de ping-pong et le bar recouvert de

glaces, rempli de verres en tous genres et de toutes
tailles, d'un seau à glace, d'une carafe, d'un mixer,
d'un fouet à champagne, d'un plat pour amuse-
gueule — tout l'attirail bachique, abondant, soigné et
intact, comme seul peut contenir le bar d'un homme
riche qui ne reçoit jamais de buveurs, qui ne boit pas
lui-même et qui se fait décocher un regard désappro-
bateur par sa femme lorsqu'une fois tous les trois mois
il prend un coup de schnaps avant le dîner. Je passai
derrière le bar où se trouvait un évier en aluminium
qui, j'en étais sûr, n'avait pas vu un verre sale depuis
la bar-mitzvah de Ron et n'en verrait pas d'autres
probablement avant les fiançailles ou le mariage de
l'un des enfants Patimkin. Je me serais volontiers versé
un verre — ne fût-ce que par vengeance pour avoir été
abaissé au rang de domestique — mais j'hésitais
à déboucher une bouteille de whisky. Pour boire, il
fallait ouvrir une bouteille. Sur l'étagère, derrière le
bar, il y avait deux douzaines de bouteilles — vingt-
trois exactement — de Jack Daniels, chacune avec un
petit carnet attaché autour du col, informant l'ache-
teur combien il était distingué de sa part de consom-
mer ledit produit. Et au-dessus des Jack Daniels, il y
avait encore des photos : l'agrandissement d'une cou-
pure de journal montrant Ron avec un ballon de basket à la main comme s'il se fût agi d'un raisin sec ;
sous la photo était écrit : « *Centre,* Ronald Patimkin,
Milburn High School, 1,90 m, 108 kg. » Et il y avait
une autre photo de Brenda sur un cheval, près d'un
montoir en velours sur lequel étaient accrochés des
rubans et des médailles : Concours Hippique de
l'Essex County 1949, Concours Hippique de l'Union

County 1950, Garden State Fair 1952, Concours Hippique de Morristown 1953, etc. — tout ça pour Brenda, pour avoir sauté, couru, galopé ou pour toute autre activité susceptible de rapporter des rubans à une jeune fille. Dans toute la maison, je n'avais pas vu une seule photo de M. Patimkin.

Le reste du sous-sol, en dehors de la grande pièce en bois de pin, se composait de murs de ciment gris et le sol était recouvert de linoléum ; d'innombrables appareils électriques y étaient entreposés, dont un congélateur qui eût suffi à abriter toute une famille d'Esquimaux. Outre le congélateur, posé là d'une manière incongrue, il y avait un grand réfrigérateur dont l'ancienneté me rappela les origines newarkiennes des Patimkin. Ce réfrigérateur était autrefois installé dans la cuisine d'un appartement d'un quelconque immeuble de quatre étages, probablement dans le même quartier où j'avais vécu toute ma vie, d'abord avec mes parents, puis, lorsque ceux-ci emportèrent leur asthme en Arizona, avec mon oncle et ma tante. Après Pearl Harbor, le réfrigérateur s'était transporté à Short Hills ; les éviers et lavabos Patimkin étaient partis en guerre : aucune caserne neuve n'était considérée comme terminée tant qu'on n'y avait pas aligné une escouade de lavabos Patimkin dans ses latrines.

J'ouvris la porte du vieux réfrigérateur : il n'était pas vide. Il ne contenait plus de beurre, ni d'œufs, ni de hareng à la crème, ni de bière, ni de salade de thon, ni parfois de fleurs — il était par contre rempli de fruits ; des montagnes de fruits, entassés, amoncelés sur les rayons, de toutes les couleurs, de toutes les textures, et, bien cachés à l'intérieur, toutes sortes de noyaux. Il y avait des prunes vertes, noires, rouges, des abricots, des brugnons, des pêches, de longues cornes de raisin noir, jaune, rouge, et des cerises qui s'échappaient de boîtes et laissaient partout des taches pourpres. Il y avait aussi des melons — des cantaloups et des miellés — et sur le rayon du haut, la moitié d'une énorme pastèque, une mince feuille de papier de cire collée sur sa face rouge et nue comme une lèvre mouillée. Ô Patimkin ! Les fruits poussaient dans leur réfrigérateur et des articles de sport tombaient de leurs arbres !

J'attrapai une poignée de cerises, puis un brugnon que je mordai jusqu'au noyau.

— Vous feriez mieux de le laver, sinon vous allez avoir la diarrhée.

Julie était debout derrière moi dans la pièce aux panneaux de pin. Elle portait son bermuda et son polo blanc, lequel ne différait de celui de Brenda que dans la mesure où il avait sa propre petite histoire diététique.

— Quoi ? dis-je.

— Ils ne sont pas lavés, dit Julie sur un ton qui parut placer le réfrigérateur hors de portée, ne serait-ce que pour moi.

— Ça ne fait rien, dis-je en dévorant le brugnon, mettant le noyau dans ma poche et sortant de la pièce au réfrigérateur, le tout en une seconde. Je ne savais toujours pas quoi faire des cerises. Je visitais simplement la maison, dis-je.

Julie ne répondit pas.

— Où va Ron ? demandai-je, glissant les cerises

dans ma poche, parmi mes clefs et mes pièces de monnaie.

— Dans le Milwaukee.

— Pour longtemps ?

— Pour voir Harriet. Ils s'aiment.

Nous nous regardâmes pendant plus longtemps que je ne pouvais le supporter.

— Harriet ? demandai-je.

— Oui.

Julie me regardait comme si elle essayait de voir derrière moi, puis je me rendis compte que je me tenais les mains derrière le dos. Je les ramenai devant et, je le jure, elle jeta un coup d'œil pour voir si elles étaient vides.

Nous nous confrontâmes à nouveau ; une menace semblait planer sur son visage.

Puis elle parla.

— Voulez-vous jouer au ping-pong ?

— Mon Dieu, oui, dis-je et je me dirigeai vers la table en deux longues enjambées bondissantes.

— Tu peux servir.

Julie sourit et nous commençâmes à jouer.

Je n'ai aucune excuse à présenter pour ce qui arriva ensuite. Je me mis à gagner et cela me fit plaisir.

— Puis-je recommencer celle-là ? dit Julie. Je me suis blessé un doigt hier et ça m'a fait mal quand j'ai frappé la balle.

— Non.

Je continuai à gagner.

— C'est pas juste, Neil. Mon lacet s'est défait. Puis-je ?...

— Non.

Nous jouâmes, moi avec férocité.

— Neil, vous vous êtes appuyé contre la table. C'est faute...

— Je ne me suis pas appuyé et ce n'est pas faute.

Je sentis les cerises sauter parmi les pièces de monnaie.

— Neil, vous m'avez volé un point. Vous en avez dix-neuf et j'en ai onze...

— Vingt à dix, dis-je. Service !

Elle s'exécuta et je lui renvoyai un smash qui lui fila devant le nez, la balle montant en chandelle et allant atterrir dans la salle du réfrigérateur.

— Vous êtes un tricheur, hurla-t-elle. Vous trichez ! Sa mâchoire tremblait comme si elle portait un poids sur le sommet de sa jolie tête. Je vous déteste ! Elle jeta sa raquette à travers la pièce et l'objet alla heurter le bar au moment où j'entendais la Chrysler écraser le gravier dans l'allée.

— La partie n'est pas terminée, lui dis-je.

— Vous trichez ! Et vous volez des fruits ! dit-elle, puis elle sortit en courant sans m'avoir laissé le temps de gagner.

Plus tard, ce soir-là, Brenda et moi fîmes l'amour pour la première fois. Nous étions assis sur le divan dans le salon et nous n'avions pas échangé une parole depuis au moins dix minutes. Julie était allée rejoindre son lit de larmes depuis longtemps, et bien que personne ne m'eût demandé quoi que ce soit au sujet de ses pleurs, je ne savais pas si l'enfant avait mentionné la poignée de cerises que je venais d'ailleurs de jeter dans les toilettes.

Le poste de télévision marchait et bien que le son fût

coupé et la maison silencieuse, les images grises s'agitaient encore à l'autre bout de la pièce. Brenda était silencieuse et sa robe encerclait ses jambes qu'elle avait repliées sous elle. Nous restâmes un moment assis sans parler. Puis elle se leva, alla dans la cuisine et revint en disant que tout le monde semblait dormir. Nous restâmes encore un peu à regarder les corps muets sur l'écran, occupés à avaler un dîner silencieux dans un restaurant silencieux. Lorsque je commençai à déboutonner sa robe, elle me résista, et j'aime croire que c'est parce qu'elle savait combien elle était jolie dedans. Mais elle était jolie de toute façon, ma Brenda, et nous pliâmes la robe soigneusement; nous nous serrâmes l'un contre l'autre et nous fûmes bientôt là, elle tombant, lentement mais avec un sourire, et moi me soulevant.

Comment décrire l'amour avec Brenda? C'était si agréable, comme si j'avais enfin marqué ce vingt et unième point.

En rentrant, je composai le numéro de Brenda, mais pas avant que ma tante ne m'eût entendu et ne fût sortie du lit.

— Qui appelles-tu à cette heure? Le docteur?

— Non.

— Quel genre de coup de téléphone, à une heure du matin?

— Chut! dis-je.

— Il me dit chut à moi! Téléphoner à une heure du matin, comme si les notes de téléphone n'étaient pas assez élevées, puis elle se traîna jusqu'à son lit, où, avec un cœur de martyre et des yeux larmoyants, elle

avait résisté à l'attirance du sommeil pour m'entendre
introduire la clef dans la serrure de la porte d'entrée.

Brenda décrocha le téléphone.

— Neil? dit-elle.

— Oui, chuchotai-je. Tu n'es pas sortie du lit, n'est-
ce pas?

— Non, dit-elle, le téléphone est près de mon lit.

— Bien. Comment te sens-tu, au lit?

— Bien. Tu es au lit?

— Oui, dis-je, essayant de rectifier mon mensonge
en tirant sur les fils du téléphone tant que je pouvais
pour me rapprocher de ma chambre.

— Je suis au lit avec toi, dit-elle.

— C'est ça, dis-je, et je suis avec toi.

— Mes stores sont baissés, de sorte qu'il fait noir et
que je ne te vois pas.

— Je ne te vois pas non plus.

— C'était bien, Neil.

— Oui. Dors, ma chérie, je suis là.

Et nous raccrochâmes sans au revoir.

Le lendemain matin, comme prévu, je rappelai,
mais je pouvais à peine entendre Brenda ni moi-même
d'ailleurs, car tante Gladys et oncle Max allaient à un
pique-nique organisé par un club d'ouvriers dans
l'après-midi et qu'ils menaient une discussion sur du
jus de raisin qui avait goutté toute la nuit d'une carafe
dans le réfrigérateur et qui, au matin, avait fini par
couler sur le plancher. Brenda était encore couchée et
put ainsi jouer le jeu avec quelque succès, mais je dus
descendre tous les stores de mes sens pour m'imaginer

près d'elle. Je ne pouvais que souhaiter la venue de nos nuits et de nos matins, et ils vinrent bientôt.

IV

Pendant la semaine et demie qui suivit, il ne sembla y avoir que deux personnes dans ma vie : Brenda et le petit garçon noir qui aimait Gauguin. Chaque matin, avant l'ouverture de la bibliothèque, il attendait ; il s'asseyait parfois sur le dos du lion, parfois sous son ventre, ou bien il s'amusait tout simplement à jeter des cailloux sur sa crinière. Puis il entrait, faisait claquer ses chaussures sur le plancher de l'étage principal jusqu'à ce qu'Otto le fasse dresser sur la pointe des pieds à coups de regards furieux, et il montait finalement le grand escalier de marbre menant à Tahiti. Il ne restait pas toujours à l'heure du déjeuner, mais un jour où il faisait très chaud, il était là lorsque j'arrivai le matin et passa la porte derrière moi le soir. Le lendemain, il ne parut pas et, comme s'il se fût agi d'une substitution, un très vieil homme entra, blanc, sentant l'Eau de Jouvence, avec des veinules apparentes sur le nez et les joues.

— Pouvez-vous me dire où se trouve la section d'art ?

— Section trois, dis-je.

Au bout de quelques minutes, il revint avec un gros livre à couverture marron dans la main. Il le posa sur mon bureau, tira sa carte d'un grand portefeuille dépourvu de billets et attendit que je tamponne le livre.

— Vous voulez sortir ce livre? demandai-je.

Il sourit.

Je pris la carte et glissai le coin de métal dans la machine, mais je ne tamponnai pas. « Une minute », dis-je. Je pris un bloc sous mon bureau et feuilletai quelques pages sur lesquelles étaient dessinés des morpions et des batailles navales, jeux auxquels je m'étais livré tout seul au cours de la semaine.

— J'ai bien peur que ce livre n'ait été réservé.

— Eté quoi?

— Réservé. Quelqu'un a téléphoné pour demander qu'on lui garde ce livre. Puis-je prendre votre nom et votre adresse et vous envoyer un mot dès qu'il sera disponible?...

Je pus ainsi, non sans avoir rougi une fois ou deux, replacer le livre dans les rayons. Lorsque le petit garçon noir arriva plus tard dans la journée, il le trouva exactement au même endroit où il l'avait laissé la veille.

Quant à Brenda, je la voyais tous les soirs, et lorsqu'il n'y avait pas d'émission nocturne qui fît veiller M. Patimkin dans le salon, ni de partie de cartes qui fît sortir Mme Patimkin de la maison et la ramenât à des heures imprévisibles, nous faisions l'amour devant l'écran muet. Par une nuit chaude et humide, sous un ciel lourd de nuages, Brenda m'emmena nager au club. Nous étions les seuls dans la piscine, et toutes les chaises, les cabines, les lumières, les plongeoirs, l'eau même ne semblaient exister que pour notre plaisir. Elle portait un maillot bleu qui paraissait violet aux lumières, et au fond de l'eau il prenait soudain des reflets verts ou noirs. Tard dans la soirée, une brise monta du terrain de golf et nous nous enveloppâmes dans une énorme serviette, rapprochâmes deux chaises longues, et malgré le barman qui faisait les cent pas devant la fenêtre du bar surplombant la piscine, nous restâmes côte à côte. Finalement, la lumière du bar disparut, et soudain celles de la piscine déclinèrent et s'éteignirent complètement. Mon cœur dut se mettre à battre plus vite, ou quelque chose dans ce genre-là, car Brenda sembla deviner une brusque appréhension : *il faudrait nous en aller,* pensai-je.

Elle dit : « Ça ne fait rien. »

Il faisait nuit noire, le ciel était bas et sans étoiles ; il me fallut un certain temps avant d'apercevoir à nouveau le plongeoir, un ton plus clair que la nuit, et de distinguer l'eau des chaises qui entouraient l'autre bout du bassin.

Je défis les bretelles de son maillot de bain, mais elle dit non et roula à quelques centimètres de moi. Pour la première fois depuis deux semaines que je la connaissais, elle me posa une question me concernant :

— Où sont tes parents ?

— A Tucson, dis-je. Pourquoi ?

— Ma mère me l'a demandé.

Je voyais la chaise du gardien à présent, presque blanche.

— Pourquoi es-tu encore ici ? Pourquoi n'es-tu pas avec eux ? demanda-t-elle.

— Je ne suis plus un enfant, Brenda, dis-je d'un ton plus coupant que je ne l'avais prévu. Je ne peux pas suivre mes parents partout où ils vont.

— Mais alors, pourquoi restes-tu avec ton oncle et ta tante?

— Ce ne sont pas mes parents.

— Ils sont mieux?

— Non. Pires. Je ne sais pourquoi je reste avec eux.

— Pourquoi? dit-elle.

— Pourquoi je ne sais pas?

— Pourquoi restes-tu? Tu le sais, n'est-ce pas?

— Mon travail, je suppose. C'est pratique de là-bas, c'est bon marché et ça fait plaisir à mes parents. Ma tante est assez bien en fait... Faut-il vraiment que j'explique à ta mère pourquoi je vis où je vis?

— Ce n'est pas pour ma mère. Je tiens à le savoir. Je me demandais pourquoi tu ne vivais pas avec tes parents, c'est tout.

— Tu as froid? demandai-je.

— Non.

— Tu veux rentrer?

— Non, sauf si tu en as envie. Tu ne te sens pas bien, Neil?

— Je me sens très bien.

Et pour lui montrer que j'étais toujours moi-même, je la serrai contre moi, bien que je fusse à ce moment-là sans désir.

— Neil?

— Quoi?

— Et la bibliothèque?

— Qui est-ce que ça intéresse?

— Mon père, dit-elle en riant.

— Et toi?

Elle resta un moment sans répondre. « Moi aussi », finit-elle par dire.

— Bon, que veux-tu savoir ? Si elle me plaît ? Ça va. J'ai vendu des chaussures autrefois, je préfère la bibliothèque. Après mon service, l'oncle Aaron — le père de Doris — m'a pris à l'essai dans sa compagnie immobilière, et je préfère la bibliothèque...

— Comment as-tu trouvé cette place ?

— J'y avais travaillé pendant quelque temps quand j'étais étudiant, puis quand j'ai quitté l'oncle Aaron, oh, je ne sais plus...

— Qu'est-ce que tu as fait comme études ?

— A la Faculté des Lettres de l'Université Rutgers, j'ai passé une licence de philosophie. J'ai vingt-trois ans. Je...

— Pourquoi redeviens-tu méchant ?

— Je suis méchant ?

— Oui.

Je ne fis pas d'excuses.

— Tu comptes faire carrière dans la bibliothèque ?

— Bren, je ne compte rien du tout. Il y a trois ans que je ne fais plus de projets. Du moins depuis un an que j'ai terminé mon service. A l'armée, je faisais des projets pour les week-ends. Je... je ne suis pas un type qui fait des projets.

Après toute la vérité que je lui avais soudain donnée, je n'aurais pas dû l'abîmer vis-à-vis de moi-même par ce dernier mensonge. J'ajoutai :

— J'ai foi dans la vie.

— Et moi j'ai un pancréas, dit-elle [1].

— Et moi un...

1. Jeu de mots sur « I'm a liver » et « I'm a pancreas » (liver = viveur ; foie). (N.d.T.)

Elle chassa le jeu absurde d'un baiser ; elle voulait parler sérieusement.

— Neil, est-ce que tu m'aimes ?

Je ne répondis pas.

— Que tu répondes par oui ou par non, je coucherai avec toi, alors, dis-moi la vérité.

— C'est plutôt grossier.

— Ne sois pas prude, dit-elle.

— Non, je veux dire une chose plutôt grossière à mon égard.

— Je ne comprends pas, dit-elle, et en effet elle ne comprenait pas, et le fait qu'elle ne comprenne pas me fit souffrir. Je me permis pourtant le petit subterfuge de pardonner à Brenda son incompréhension.

— Eh bien ? dit-elle.

— Non.

— Je voudrais bien pourtant.

— Et la bibliothèque ?

— Quoi, la bibliothèque ? dit-elle.

Etait-ce de l'incompréhension à nouveau ? Il ne me sembla point... et ce n'en était pas, car Brenda dit :

— Quand tu m'aimeras, tout sera très simple.

— Alors bien sûr, je t'aimerai, dis-je en souriant.

— Je sais, dit-elle. Tu devrais aller dans l'eau ; je t'attendrai les yeux fermés et quand tu remonteras, tu me surprendras avec ta peau mouillée. Vas-y.

— Tu aimes jouer, n'est-ce pas ?

— Vas-y. Je vais fermer les yeux.

Je descendis sur le bord du bassin et plongeai. L'eau me parut plus froide que dans l'après-midi, et lorsque je fendis la surface, me laissant aveuglément glisser jusqu'au fond, je fus traversé par un éclair de panique.

Remonté en surface, je me mis à parcourir la longueur de la piscine, puis renageai en sens inverse, puis repartis de nouveau, mais j'eus soudain la certitude qu'en sortant de l'eau, je ne trouverais plus Brenda. Je serais seul dans ce fichu endroit. Je nageai vers le bord, me hissai, courus vers les chaises longues et Brenda était là et je l'embrassai.

— Eh bien, dit-elle en frissonnant, tu n'es pas resté longtemps.

— Je sais.

— A mon tour, dit-elle.

Elle se leva d'un bond et une seconde plus tard, j'entendis un léger craquement d'eau, puis plus rien. Rien pendant un bon moment.

— Bren, appelai-je doucement, ça va ? — mais je ne reçus aucune réponse.

Je trouvai ses lunettes sur la chaise longue à côté de moi et je les gardai dans mes mains.

— Brenda ?

Rien.

— Brenda ?

— Pas de fair play, dit-elle en me gratifiant de son corps mouillé. A ton tour, dit-elle.

Cette fois, je restai sous l'eau un long moment et lorsque je remontai à la surface, mes poumons étaient prêts à éclater. Je rejetai la tête en arrière pour respirer et au-dessus de moi je vis le ciel, bas comme une main pesante, et je me mis à nager comme pour échapper à sa pression. Je voulais retourner vers Brenda, car je craignais — il n'y avait pourtant aucune preuve à cela, n'est-ce pas ? — que si je restais trop longtemps, elle ne serait plus là à mon retour. Je regrettai de ne pas avoir emporté ses lunettes, de sorte qu'elle aurait dû m'attendre pour que je la reconduise chez elle. J'avais des pensées folles. Je le savais, mais elles ne semblaient pas incongrues dans l'obscurité et l'étrangeté de cet endroit. Oh, comme j'aurais aimé l'appeler, mais je savais qu'elle ne répondrait pas et je me forçai à parcourir la longueur une troisième fois, puis une quatrième, mais à mi-chemin de la cinquième, j'eus de nouveau un sentiment de crainte bizarre, je pensai tout à coup à ma propre mort, et cette fois, en remontant, je la serrai plus fort que nous ne l'avions prévu tous les deux.

— Lâche-moi, lâche-moi, dit-elle en riant, à mon tour...

— Mais Brenda...

Mais Brenda était partie et cette fois-ci, comme si elle ne devait jamais revenir. Je m'allongeai et attendis que le soleil se lève à l'horizon, priant pour sa venue, ne fût-ce que pour le réconfort de sa lumière, et lorsque Brenda revint enfin vers moi, je ne voulus pas la lâcher ; sa froide humidité me transperça et me fit frissonner. « Ça suffit, Brenda. Je t'en prie, plus de jeux », dis-je, et quand je me remis à parler, je la tenais si serrée contre moi que je plantai presque mon corps dans le sien. « Je t'aime, dis-je, je t'aime. »

Ainsi passa l'été. Je voyais Brenda tous les soirs : nous allions nous baigner, nous allions faire des promenades à pied, en voiture, dans la montagne, si loin et si longtemps que lorsque nous nous apprêtions à redescendre, le brouillard avait commencé à émerger des arbres et à envahir la route ; je crispais mes mains

sur le volant et Brenda mettait ses lunettes pour
surveiller la ligne blanche. Nous mangions — quelques
nuits après ma découverte du réfrigérateur à fruits,
Brenda m'y mena elle-même. Nous remplissions
d'énormes soupières de cerises, et dans des plats à
viande, nous empilions des tranches de pastèque. Puis
nous remontions, passions par la porte du sous-sol qui
donne sur l'arrière de la maison, allions nous asseoir
sur la pelouse sous l'arbre à sports, à la lumière qui
filtrait des fenêtres du salon. Pendant un moment, le
seul bruit était celui de nos bouches crachant les
noyaux.

— Je voudrais bien qu'ils prennent racine dans la
nuit et que le matin il y ait des cerises et des pastèques
à volonté.

— S'ils prenaient racine dans ce jardin, ma chérie,
il pousserait des réfrigérateurs et des Westinghouse. Je
ne suis pas méchant, ajoutais-je rapidement, et Brenda
riait et disait qu'elle avait envie de reines-claudes ; je
disparaissais dans le sous-sol et remplaçais la soupière
de cerises par une soupière de reines-claudes, puis par
une soupière de mandarines, puis par une soupière de
pêches, puis, je l'avoue, mon intestin grêle se révoltait
et je devais passer la nuit suivante, tristement, en
abstinence.

Nous allions également chercher des sandwiches de
corned-beef, des pizzas, de la bière, des crevettes, des
glaces et des hamburgers. Un soir, nous allâmes à la
fête du Lions Club et Brenda gagna un cendrier en
mitraillant une rangée de trois paniers. Quand Ron fut
de retour du Milwaukee, nous allâmes de temps à
autre le regarder jouer au basket dans l'équipe estivale

semi-professionnelle, et c'était ces soirs-là que je me sentais étranger à Brenda, car elle connaissait le nom de tous les joueurs, et que, bien qu'ils fussent pour la plupart grossièrement bâtis et sans intérêt, il y en avait un nommé Luther Ferrari qui n'était ni l'un ni l'autre et avec qui Brenda était sortie toute une année quand elle était au lycée. C'était l'ami intime de Ron et je me rappelais avoir vu son nom dans le *Newark News :* il était l'un des célèbres frères Ferrari, chacun d'eux champion de tous les Etats dans au moins deux sports. C'était Ferrari qui appelait Brenda la Biche, surnom qui remontait probablement à l'époque où elle gagnait des rubans. De même que Ron, Ferrari était excessivement poli, comme si c'était un mal dont souffraient tous les hommes au-dessus d'un mètre quatre-vingt-dix; il était courtois envers moi et aimable avec Brenda, et bientôt je regimbai lorsqu'il était question d'aller regarder jouer Ron. Puis un soir, nous découvrîmes qu'à onze heures le caissier du cinéma Hilltop rentrait chez lui et que le directeur disparaissait dans son bureau, de sorte qu'au cours de l'été nous assistâmes au dernier quart d'une bonne quinzaine de films, et en rentrant à la maison — c'est-à-dire en reconduisant Brenda chez elle — nous essayions de reconstituer le début des films. Notre dernier quart favori fut *Ma and Pa Kettle in the city,* notre fruit préféré la reine-claude, et nous étions l'un pour l'autre la personne préférée et unique. Naturellement, nous tombions sur les autres de temps en temps, des amis de Brenda, et parfois un ou deux des miens. Une nuit en août, nous allâmes même dans un bar de la Route 6 avec Laura Simpson Stolowitch et son fiancé, mais ce fut une sinistre soirée. Brenda et moi semblions inaccoutumés à parler aux autres, nous dansâmes donc beaucoup, ce que, nous nous en rendîmes compte, nous n'avions jamais fait auparavant. Le fiancé de Laura buvait de l'alcool pompeusement et Simp — Brenda voulait que je l'appelle Stolo, mais je ne voulais pas — Simp buvait une fade mixture composée de ginger-ale et de soda. A chaque fois que nous revenions à la table, nous trouvions Simp en train de parler du « bal » et son fiancé du « film », si bien que Brenda finit par lui demander : « Quel film ? », puis nous dansâmes jusqu'à l'heure de la fermeture. Une fois rentrés chez Brenda, nous remplissions une soupière de cerises que nous emportions dans le salon et nous mangions négligemment pendant quelques instants ; plus tard, sur le divan, nous faisions l'amour et lorsque je passais de la pièce obscure dans la salle de bains, je sentais toujours des noyaux de cerises sous mes pieds nus. Chez moi, me déshabillant pour la seconde fois cette nuit-là, je trouvais des marques rouges sur la plante de mes pieds.

Et comment ses parents prenaient-ils tout cela ? Mme Patimkin continuait à me sourire et M. Patimkin à penser que j'avais un appétit d'oiseau. Lorsque j'étais invité à dîner, je mangeais, pour lui faire plaisir, deux fois plus que j'en avais envie, mais il semblait que puisqu'il avait qualifié mon appétit une première fois, il ne se souciait pas d'y regarder une seconde. J'aurais pu avaler dix fois ma quantité normale de nourriture, me tuer de mangeaille, il m'aurait toujours pris pour une hirondelle, pas pour un homme. Ma présence ne semblait chagriner personne, bien que Julie se fût

considérablement refroidie ; conséquemment, lorsque
Brenda suggéra à son père que je pourrais passer la
dernière semaine d'août chez les Patimkin, il réfléchit
un moment, choisit son arme, tira, et dit oui. Et
lorsqu'elle rapporta à sa mère la décision des Lavabos
Patimkin, Mme Patimkin ne pouvait plus faire grand-
chose. Ainsi, grâce à l'habileté de Brenda, je fus invité.

Ce vendredi matin qui devait être mon dernier jour
de travail, tante Gladys me vit faire ma valise et me
demanda où j'allais. Je le lui dis. Elle ne répondit pas
et il me sembla percevoir de la terreur dans ces yeux
hystériques aux bords rougis — j'avais fait du chemin
depuis le jour où elle m'avait dit au téléphone :
« Fantaisie... chmantaisie. »

— Combien de temps tu t'en vas ? Faut que je sache
pour ne pas acheter trop. Tu vas me laisser avec un
réfrigérateur plein de lait qui va tourner qui va
empester tout le frigo...

— Une semaine, dis-je.

— Une *semaine ?* dit-elle. Ils ont de la place pour
une semaine ?

— Tante Gladys, ils ne vivent pas au-dessus du
magasin.

— J'ai vécu au-dessus d'un magasin et j'en avais
pas honte. Dieu merci, nous avons toujours eu un toit
pour nous abriter. Nous ne sommes jamais allés
mendier dans les rues, me dit-elle tandis que je
rangeais le short que je venais d'acheter, et nous
mettrons ta cousine Doris à l'Université, si l'oncle
Max reste en bonne santé. Nous ne l'avons pas
envoyée camper en août, elle n'achète pas de chaussu-

res quand elle en a envie, elle n'a pas un tiroir plein de pull-overs...

— Je n'ai rien dit, tante Gladys.

— Tu n'as pas assez à manger ici ? Tu en laisses tant des fois que je montre ton assiette à ton oncle Max que c'en est une honte. En Europe, un enfant pourrait faire un repas complet avec tes restes.

— Tante Gladys (je m'approchai d'elle), j'ai tout ce que je veux ici. Je prends simplement des vacances. Je ne mérite pas quelques jours de vacances ?

Elle s'appuya contre moi et je la sentis trembler.

— J'ai dit à ta mère que je prendrais soin de son Neil, qu'elle ne devait pas se faire de souci. Et maintenant tu vas courir...

Je l'entourai de mes bras et l'embrassai sur le sommet de la tête.

— Allons, dis-je, tu dis des bêtises. Je ne m'enfuis pas. Je m'en vais juste pour une semaine, en vacances.

— Tu vas me laisser leur numéro de téléphone, au cas où tu tomberais malade.

— Okay.

— Ils vivent à Millburn ?

— A Short Hills. Je laisserai le numéro.

— Depuis quand des Juifs vivent-ils à Short Hills ? Ça ne peut pas être de vrais Juifs, crois-moi.

— Ce sont de vrais Juifs, dis-je.

— Je le croirai quand je le verrai.

Elle s'essuya les yeux du coin de son tablier, tandis que je tirais la fermeture éclair de ma valise.

— Ne ferme pas encore ta valise. Je vais te faire un petit paquet avec des fruits que tu emporteras avec toi.

— Okay, tante Gladys.

Et en allant travailler ce matin-là, je mangeai
l'orange et les deux pêches qu'elle avait mises dans le
petit sac.

Quelques heures plus tard, M. Scapello m'informa
qu'à mon retour de vacances après Labor Day, je
serais hissé sur le tabouret de Martha Winney. Lui-
même, me dit-il, avait opéré ce déplacement quelque
douze ans auparavant, et il apparut donc que si je
pouvais m'arranger pour maintenir mon équilibre, je
pourrais un jour être M. Scapello. Je bénéficierais
également d'une augmentation de huit dollars, soit
cinq dollars de plus que n'en avait reçu M. Scapello à
l'époque. Il me serra la main et se mit à monter
l'escalier de marbre, son derrière faisant tourner sa
veste comme autour d'un cerceau. Il ne m'eut pas
plutôt quitté que je sentis une odeur de menthe verte et
je levai la tête pour voir le vieillard au nez et aux
pommettes couperosées.

— Bonjour, jeune homme, dit-il d'un ton aimable.
Le livre est-il rentré ?

— Quel livre ?

— Le Gauguin. Je faisais des courses et j'ai pensé
que je pourrais m'arrêter en passant pour demander.
Je n'ai pas encore reçu de carte. Ça fait déjà deux
semaines.

— Non, dis-je, et tout en parlant je vis que M. Scapello s'était arrêté au milieu de l'escalier et retourné
comme s'il avait oublié de me dire quelque chose.
« Ecoutez, dis-je au vieillard, il doit rentrer d'un jour à
l'autre. » J'y avais mis un accent de finalité qui frisait
la grossièreté, et je m'inquiétai, car je vis soudain
M. Scapello glissant sur les escaliers, M. Scapello se

précipitant vers les rayons, Scapello scandalisé, Scapello se confondant en excuses, Scapello présidant à l'ascension de John McKee sur le tabouret de Miss Winney. Je me tournai vers le vieux : « Vous devriez laisser votre numéro de téléphone, j'essaierai de mettre la main dessus cet après-midi... » mais ma tentative pour faire preuve d'intérêt et de politesse vint trop tard ; le vieux grommela quelques mots à propos de fonctionnaires, d'une lettre au maire, de petits morveux, et quitta la bibliothèque, Dieu merci, une seconde avant que M. Scapello ne revienne à mon bureau pour me rappeler que tout le monde donnait un petit quelque chose pour un cadeau à Miss Winney et que si je voulais je pouvais laisser un demi-dollar sur son bureau dans la journée.

Après le déjeuner, le petit Noir fit son entrée. Lorsqu'il passa devant mon guichet pour monter l'escalier, je l'interpellai :

— Viens ici, dis-je. Où vas-tu ?

— A la section de teinture.

— Quel livre lis-tu en ce moment ?

— Ce livre de Go-gain. Ecoutez, je fais rien de mal. J'ai pas gribouillé sur rien du tout. Vous pouvez me fouiller...

— Je sais que tu n'as rien fait. Ecoute, si tu aimes tant ce livre, pourquoi ne l'emportes-tu pas chez toi ? As-tu une carte de bibliothèque ?

— Non, M'sieur, j'ai rien pris.

— Non, une carte de bibliothèque, c'est ce qu'on te donne pour que tu puisses emporter des livres chez toi. Comme ça, tu n'aurais pas besoin de venir ici tous les jours. Tu vas à l'école ?

— Oui, M'sieu. L'école de Miller Street. Mais c'est l'été et y a rien de mal que je sois pas à l'école. Je ne suis pas *censé* être à l'école.

— Je sais. Du moment que tu vas à l'école, tu as le droit d'avoir une carte de bibliothèque. Tu pourrais emporter le livre chez toi.

— Pourquoi que vous n'arrêtez pas de me dire d'emporter ce livre ? A la maison, on l'abîmerait.

— Tu pourrais le cacher quelque part, dans un bureau...

— Dites donc, répliqua-t-il en me regardant de travers, pourquoi que vous voulez pas que je vienne ici ?

— Je n'ai pas dit que tu ne devais pas venir.

— Ça me plaît de venir ici. J'aime bien les escaliers.

— Je les aime bien aussi, dis-je. Mais l'ennui, c'est qu'un jour ou l'autre quelqu'un va sortir ce livre.

Il sourit. « Vous en faites pas, me dit-il. Y a encore personne qui l'a fait », et il se dirigea vers l'escalier en tapant des talons.

Comme j'ai transpiré ce jour-là ! Ce fut le plus frais de tout l'été, mais lorsque je quittai mon travail dans la soirée, ma chemise me collait à la peau. Dans la voiture, j'ouvris ma valise et tandis que la grosse circulation s'écoulait dans Washington Street, je me pelotonnai à l'arrière et mis une chemise propre, si bien qu'en arrivant à Short Hills, j'aurais l'air de sortir d'une promenade à la campagne. Mais en remontant Central Avenue, il me fut impossible de concentrer mon attention sur mes vacances, ni par conséquent sur le volant : à la grande frayeur des piétons et des automobilistes, je fis grincer les vitesses, grillai les passages cloutés, hésitai également aux feux rouges et aux feux verts. Je ne pouvais m'empêcher de penser que pendant que je serais en vacances, le vieillard couperosé reviendrait à la bibliothèque, que le livre du petit Noir disparaîtrait, que mon nouveau poste me serait enlevé, qu'en fait mon ancien poste... et puis pourquoi me ferais-je du souci pour tout ça : la bibliothèque n'allait pas être ma *vie*.

V

— Ron va se marier ! me hurla Julie au moment où je passais la porte. Ron va se marier !

— Maintenant ? dis-je.

— Labor Day ! Il épouse Harriet, il épouse Harriet. Elle se mit à chanter cette phrase comme lorsqu'on saute à la corde, d'une voix nasale et rythmée.

— Je vais être belle-sœur !

— Bonjour, dit Brenda, je vais être belle-sœur.

— C'est bien ce que j'ai compris. Quand cela est-il arrivé ?

— Il nous l'a annoncé cet après-midi. Ils se sont parlé au téléphone pendant quarante minutes hier soir. Elle prend l'avion la semaine prochaine et il y aura un *énorme* mariage. Mes parents se démènent dans tous les sens. Ils ont un jour ou deux pour tout arranger. Et mon père prend Ron dans son affaire... mais il devra débuter à deux cents par semaine et grimper par lui-même. Ça prendra jusqu'en octobre.

— Je croyais qu'il voulait devenir professeur de gymnastique.

— Il voulait. Mais maintenant il a des responsabilités...

Au dîner, Ron s'étendit longuement sur le sujet des responsabilités et de l'avenir.

— Nous aurons un garçon, dit-il au ravissement de sa mère, et quand il aura environ six mois, je poserai devant lui un ballon de basket, un ballon de football et une balle de base-ball ; le premier ballon qu'il touchera décidera du sport sur lequel nous le concentrerons.

— Suppose qu'il n'en touche aucun, dit Brenda.

— Ne faites pas d'humour, jeune fille, dit Mme Patimkin.

— Je vais être tante, chanta Julie et elle tira la langue à Brenda.

— Quand Harriet arrive-t-elle ? souffla M. Patimkin à travers une bouchée de pommes de terre.

— Dans six jours.

— Pourra-t-elle dormir dans ma chambre ? s'écria Julie. Oh, s'il vous plaît !

— Non, dans la chambre d'amis... commença Mme Patimkin, mais elle se souvint de moi, et continua, non sans m'avoir lancé un coup d'œil écrasant de ses yeux violets : « Bien sûr. »

Enfin, je mangeai réellement comme un oiseau. Après le dîner, ma valise fut montée — par moi — dans la chambre d'amis qui était située en face de la chambre de Ron et à l'autre bout du couloir par rapport à celle de Brenda. Brenda m'accompagna pour me montrer le chemin.

— Fais-moi voir ton lit, Bren.

— Tout à l'heure, dit-elle.

— On peut ? Ici ?

— Je crois, dit-elle. Ron dort comme un loir.

— Pourrai-je rester toute la nuit ?

— Je ne sais pas.

— Je pourrais me lever tôt et revenir ici. On fera sonner le réveil.

— Pour réveiller tout le monde.

— Je penserai à me lever. Je peux.

— Je ferais mieux de ne pas rester trop longtemps ici avec toi, dit-elle. Ma mère en ferait une maladie. Je crois que ton séjour ici l'inquiète.

— Moi aussi. Je les connais à peine. Tu crois vraiment que je devrais rester toute une semaine ?

— Toute une semaine ? Une fois qu'Harriet sera là, ce sera un tel chaos que tu pourras probablement rester deux mois.

— Tu crois ?

— Oui.

— Tu veux ?

— Oui, dit-elle, et elle redescendit afin d'alléger la conscience de sa mère.

Je défis ma valise et glissai mes vêtements dans un tiroir vide à l'exception d'un paquet de housses en plastique et d'un livret scolaire. Au milieu de mes rangements, j'entendis Ron monter l'escalier d'un pas pesant.

— Bonjour ! cria-t-il dans ma chambre.

— Félicitations, criai-je en retour. J'aurais dû prévoir que toute parole de cérémonie provoquerait une poignée de main de la part de Ron ; il renonça à ce

qu'il allait faire dans sa chambre et entra dans la
mienne.

— Merci. — Il me pompa. — Merci.

Puis il s'assit sur mon lit et me regarda terminer de
vider ma valise. Je possède une chemise portant la
marque des Brooks Brothers et je la laissai traîner un
moment sur le lit ; j'empilai celles qui venaient de chez
Arrows dans le tiroir. Ron était là, souriant et se
frottant l'avant-bras. Au bout d'un moment, je me
sentis extrêmement gêné par le silence.

— Eh bien, dis-je, c'est une bonne chose de faite.

Il acquiesça, mais je ne sais pas à quoi.

— Quel effet ça fait ? demandai-je après un autre
silence plus long encore.

— Ça va mieux. Ferrari l'a envoyée dans le décor.

— Oh ! Bien, dis-je. Quel effet ça fait de se marier ?

— Ah, pas mal, je crois.

Je m'appuyai contre le secrétaire et comptai les
points du tapis.

Ron se risqua finalement à un voyage à travers le
langage :

— Vous vous y connaissez en musique ?

— Un peu, oui.

— Vous pouvez vous servir de mon tourne-disque,
si vous voulez.

— Merci, Ron. Je ne savais pas que vous vous
intéressiez à la musique.

— Si. J'ai tous les disques d'André Kostelanetz.
Vous aimez Mantovani ? J'ai tous les siens aussi.
J'aime beaucoup les demi-classiques. Vous pouvez
écouter mon Columbus si vous voulez... termina-t-il
dans un murmure.

Finalement, il me serra la main et sortit.

J'entendais Julie, en bas, qui chantait : « Je vais être tan-tan-tante », et Mme Patimkin qui lui disait : « Non, ma chérie, tu vas être belle-sœur. Chante ça, ma poupée », mais Julie continuait à chanter : « Je vais être tan-tan-tante », puis j'entendis la voix de Brenda se joindre à la sienne, chantant : « Nous allons être tan-tan-tantes », Julie entama la nouvelle phrase et à la fin, Mme Patimkin fit appel à M. Patimkin : « Veux-tu l'empêcher de l'encourager... », et le duo se termina bientôt.

Puis j'entendis de nouveau Mme Patimkin. Je ne pouvais pas distinguer ses paroles, mais Brenda lui répondit. Leurs voix montèrent ; enfin j'entendis parfaitement.

— Tu crois que j'ai besoin d'une maison pleine d'invités en ce moment ?

C'était Mme Patimkin.

— Je t'ai demandé, maman.

— Tu as demandé à ton père. C'est à moi que tu aurais dû demander d'abord. Il ne sait pas combien de travail supplémentaire cela représente pour moi...

— Enfin, maman, on dirait que nous n'avons pas Carlota et Jenny.

— Carlota et Jenny ne peuvent pas tout faire. Ce n'est pas l'Armée du Salut ici !

— Nom de Dieu, qu'est-ce que ça veut dire ?

— Surveille ton langage, jeune fille. Il convient peut-être à tes amis étudiants.

— Oh, maman, je t'en prie !

— N'élève pas la voix contre moi. Quand as-tu levé

le petit doigt dans la maison pour la dernière fois ?

— Je ne suis pas votre esclave... je suis votre fille.

— Tu devrais apprendre ce que c'est qu'une journée de travail.

— Pourquoi ? dit Brenda.

— *Pourquoi ?* Parce que tu es paresseuse, répondit
Mme Patimkin, et que tu crois que tout t'est dû.

— Qui a dit ça ?

— Tu devrais gagner un peu d'argent et t'acheter
tes vêtements toi-même.

— Pourquoi ? Enfin, maman, papa pourrait vivre
de ses rentes. De quoi te plains-tu ?

— Quand as-tu fait la vaisselle pour la dernière
fois ?

— Nom de Dieu ! éclata Brenda, c'est Carlota qui
fait la vaisselle !

— Ne me donne pas du nom de Dieu !

— Oh, maman ! et Brenda se mit à pleurer. Pourquoi diable es-tu comme ça ?

— C'est ça, dit Mme Patimkin, pleure devant ton
invité...

— Mon *invité*... larmoya Brenda, pourquoi ne vas-
tu pas hurler après lui aussi... pourquoi tout le monde
est-il si méchant avec moi...

De l'autre côté du couloir, j'entendis André Kostelanetz lâcher plusieurs milliers de violons sur *Nuit et jour.*
La porte de Ron était ouverte et je vis qu'il était
étendu, colossal, sur son lit ; il chantait avec le disque.
Les paroles correspondaient à *Nuit et jour,* mais je ne
reconnus pas l'air chanté par Ron. Une minute après,
il prit le téléphone et demanda à la standardiste un
numéro dans le Milwaukee. Tandis qu'elle opérait la

jonction, il roula sur lui-même et augmenta le volume du tourne-disque, afin que le son pût parcourir les quinze cents kilomètres vers l'ouest.

J'entendis Julie, en bas : « Ha, ha, Brenda pleure, ha ha, Brenda pleure. »

Puis Brenda monta l'escalier en courant.

— Ton tour viendra, petite peste ! cria-t-elle.

— *Brenda !* cria Mme Patimkin.

— *Maman !* cria Julie. Brenda m'a insultée !

— Que se passe-t-il par ici ? cria M. Patimkin.

— C'est moi que vous appelez, madame Patimkin ? cria Carlota.

Et Ron, dans l'autre chambre, dit : « Allô, Harriet, je leur ai dit... »

Je m'assis sur ma chemise Brooks Brothers et prononçai mon nom à haute voix.

— Qu'elle aille au diable ! me dit Brenda en arpentant ma chambre.

— Bren, tu ne crois pas que je devrais m'en aller...

— Chut... — Elle se dirigea vers la porte et écouta. — Ils sortent, Dieu soit loué.

— Brenda...

— Chut... Ils sont partis.

— Julie aussi ?

— Oui, dit-elle. Ron est-il dans sa chambre ? Sa porte est fermée.

— Il est sorti.

— On n'entend jamais personne ici. Ils circulent tous en chaussures de tennis. Oh, Neil.

— Bren, je te demande, je devrais peut-être juste rester demain et m'en aller.

— Oh, ce n'est pas contre toi qu'elle est en colère.

— Je n'arrange pas les choses.

— C'est contre Ron en fait. L'annonce de son mariage lui a donné un coup. Contre moi aussi. Mais avec cette bonne Harriet dans les parages, elle va oublier jusqu'à mon existence.

— C'est bien ce que tu cherches?

Elle alla à la fenêtre et regarda au-dehors. Il faisait sombre et frais, les arbres s'agitaient et bruissaient comme des draps qu'on aurait mis à sécher. Tout rappelait que septembre était proche, et, pour la première fois, je réalisai combien nous nous rapprochions du jour où Brenda devrait retourner à l'Université.

— C'est ça, Bren? — mais elle ne m'écoutait pas. Elle traversa la pièce et alla ouvrir une porte.

— Je croyais que c'était un placard, dis-je.

— Viens voir.

Elle tint la porte et nous nous penchâmes dans l'obscurité. Un vent bizarre sifflait dans les avant-toits.

— Qu'y a-t-il là-dedans? dis-je.

— De l'argent.

Brenda entra dans la pièce. Lorsque la faible ampoule de soixante watts fut allumée, je m'aperçus que l'endroit était rempli de vieux meubles — deux fauteuils dont le dossier portait les traces de cheveux brillantinés, un canapé avec une bosse au milieu, une table de bridge, deux fauteuils de bridge éventrés, une glace dont l'envers s'était écaillé, des lampes sans abat-jour, des abat-jour sans lampe, une console dont le dessus de verre était craqué, et une pile de stores roulés.

— Qu'est-ce que c'est ? dis-je.

— Un débarras. Nos anciens meubles.

— Anciens de quand ?

— De Newark, dit-elle. Viens voir.

Elle était à quatre pattes devant le canapé et soulevait la bosse pour regarder par-dessous.

— Brenda, que diable faisons-nous ici ? Tu te salis.

— Il n'est pas là.

— *Quoi ?*

— L'argent. Je t'ai dit.

Je m'assis sur un fauteuil, faisant voler de la poussière. Il avait commencé à pleuvoir et nous sentions l'humidité entrer par l'ouverture qui se dessinait à l'autre bout de la pièce. Brenda se leva et s'assit sur le canapé. Ses genoux et son short étaient sales, et lorsqu'elle rejeta ses cheveux en arrière, elle se noircit le front. Là, au milieu du désordre et de la saleté, j'eus l'étrange sensation de nous voir *tous les deux,* au milieu du désordre et de la saleté : nous avions l'air d'un jeune couple qui viendrait juste d'emménager dans un nouvel appartement ; nous venions de rassembler nos meubles, nos finances et notre avenir, et la seule chose qui pût nous procurer du plaisir était l'odeur pure du dehors, qui nous rappelait que nous étions vivants mais qui ne nous nourrissait pas.

— Quel argent ? dis-je.

— Les billets de cent dollars. De quand j'étais petite fille... — Elle respira profondément. — Quand j'étais petite et que nous venions de quitter Newark, mon père m'a fait monter ici un jour. Il me fit entrer dans cette pièce et me dit que s'il lui arrivait quelque chose, il voulait que je sache où se trouvait un peu d'argent pour moi. Il me dit que ce n'était pour personne d'autre que moi, et que je ne devais en parler à personne, pas même à Ron, ni à ma mère.

— Combien était-ce ?

— Trois billets de cent dollars. Je ne les avais jamais vus auparavant. J'avais neuf ans, à peu près l'âge de Julie. Il me semble que cela faisait à peine un mois que nous vivions ici. Je me souviens que j'avais l'habitude de monter une fois par semaine, quand il n'y avait personne à la maison sauf Carlota, et je rampais sous le canapé pour m'assurer qu'ils étaient toujours là. Et ils y étaient toujours. Il ne m'en a jamais reparlé. Jamais.

— Où sont-ils ? Quelqu'un les a peut-être volés.

— Je ne sais pas, Neil. Je suppose qu'il les a repris.

— Quand ils ont disparu, dis-je, pourquoi ne le lui as-tu pas dit ? Peut-être Carlota...

— Je ne savais pas qu'ils avaient disparu, jusqu'à maintenant. Je crois que j'ai cessé de monter voir à un moment donné... Et puis j'ai tout oublié. Ou je n'y pensais plus. C'est-à-dire que j'ai toujours eu assez d'argent et que je n'avais pas besoin de celui-ci. Je suppose qu'un jour il a pensé que je n'en avais pas besoin.

Brenda se dirigea vers l'étroite petite fenêtre et traça ses initiales sur les vitres couvertes de poussière.

— Pourquoi le voulais-tu maintenant ? dis-je.

— Je ne sais pas... et elle alla éteindre la lampe.

Je ne bougeai pas de mon fauteuil ; à quelques pas de moi, dans son short et sa chemise qui lui moulaient le corps, Brenda paraissait nue. Je vis ses épaules trembler.

— Je voulais le trouver et déchirer les billets en petits morceaux, et mettre les fichus morceaux dans son porte-monnaie ! S'ils avaient été là, je jure que je l'aurais fait.

— Je ne t'aurais pas laissé faire, Brenda.

— Non ?

— Non.

— Fais-moi l'amour, Neil. Tout de suite.

— Où ?

— Ici ! Sur ce canapé poussiéreux, sale, dégoûtant.

Et je lui obéis.

Le lendemain matin, Brenda prépara le petit déjeuner pour nous deux. Ron était parti à son premier jour de travail — je l'avais entendu chanter sous sa douche, une heure à peine après que j'eus regagné ma chambre ; en fait, j'étais encore éveillé lorsque la Chrysler était sortie du garage, emportant patron et fils vers l'usine Patimkin à Newark. Mme Patimkin n'était pas là non plus ; elle avait pris sa voiture et était partie à la synagogue pour discuter du mariage avec le rabbin Kranitz. Julie était sur la pelouse et s'amusait à aider Carlota à accrocher le linge.

— Tu sais ce que j'ai envie de faire ce matin ? dit Brenda.

Nous mangions un pamplemousse, d'une façon plutôt maladroite, car Brenda n'ayant pu trouver de couteau à pamplemousse, nous avions décidé de l'éplucher comme une orange et d'en manger les quartiers séparément.

— Quoi ? dis-je.

— Courir, dit-elle. Tu cours ?

— Tu veux dire sur une piste? Mon Dieu, oui. Au lycée, nous devions courir un mile tous les mois. Pour ne pas être des petits garçons à sa maman. Je suppose que plus nos poumons se développent, plus on est censé détester sa mère.

— J'ai envie de courir, dit-elle, et je veux que tu coures aussi. Okay?

— Oh, Brenda...

Mais une heure plus tard, après un petit déjeuner qui s'était composé d'un pamplemousse supplémentaire, ce qui était apparemment tout ce qu'un coureur était censé manger le matin, nous avions pris la Volkswagen pour aller au lycée, derrière lequel se trouvait une piste d'un quart de mile. Quelques enfants jouaient avec un chien sur la bande herbeuse qui longeait le milieu de la piste, et tout au bout, près des bois, une silhouette, torse nu et en short blanc fendu sur les côtés, faisait tournoyer, tournoyer, puis lançait un poids aussi loin que possible. Après que l'objet eut quitté sa main, le lanceur fit une espèce de saut d'aigle, tout en le suivant des yeux dans sa courbe, puis dans sa chute, au loin.

— Tu sais, dit Brenda, tu me ressembles, en plus grand.

Nous étions vêtus pareillement : chaussures de tennis, grosses chaussettes, bermuda kaki et sweat shirt, mais j'avais l'impression que Brenda ne parlait pas de la ressemblance accidentelle de nos tenues — si tant est qu'elle fût accidentelle. Elle voulait dire, j'en suis sûr, que je commençais en quelque sorte à prendre la tournure qu'elle souhaitait me voir prendre. La sienne.

— Voyons qui est le plus rapide, dit-elle ; puis nous

partîmes le long de la piste. Pendant le premier huitième de mile, les trois petits garçons et leur chien nous suivirent. Comme nous passions le coin où se trouvait le lanceur de poids, il nous fit un signe de main ; Brenda lança un « Salut ! » et je souris, ce qui, comme vous le savez peut-être, donne à quelqu'un engagé dans une course sérieuse un air parfaitement idiot. Au quart de mile, les enfants abandonnèrent et retournèrent sur l'herbe, le chien fit demi-tour et repartit en sens inverse et moi je sentis un petit couteau me pénétrer les côtes. Cependant, j'étais toujours à hauteur égale avec Brenda qui, tandis que nous entamions le second tour, lança un nouveau « Salut ! » au lanceur de poids, maintenant assis dans l'herbe, nous regardant et frottant son poids comme une boule de cristal. Ah, pensai-je, ça c'est du sport.

— Si on lançait le poids ? haletai-je.

— Après, dit-elle, et je vis des gouttes de sueur perler aux derniers cheveux qui étaient restés collés à son oreille. Comme nous atteignions le demi-mile, Brenda quitta soudain la piste et alla s'effondrer sur le gazon ; son départ me surprit et je continuai à courir.

— Hé, Bob Mathias ! appela-t-elle, allongeons-nous au soleil...

Mais je fis semblant de ne pas l'entendre et bien que mon cœur me battît dans la gorge et que ma bouche fût aussi sèche qu'un désert, je fis bouger mes jambes et jurai que je ne m'arrêterais pas avant d'avoir accompli un tour de plus. En passant devant le lanceur de poids pour la troisième fois, je lançai « Salut ! ».

Elle était enthousiasmée lorsque je m'arrêtai enfin devant elle. « Tu es fort », dit-elle. J'avais les mains sur les hanches, le regard fixé au sol et j'aspirais l'air — ou plutôt, c'était l'air qui m'aspirait ; je n'avais pas grand-chose à dire à ce propos.

— Heu-heu, soufflai-je.

— Nous ferons ça tous les matins, dit-elle. Nous nous lèverons, nous mangerons deux pamplemousses, et tu viendras ici pour courir. Je te chronométrerai. Dans deux semaines, tu le feras en quatre minutes, n'est-ce pas, chéri ? Je prendrai le chronomètre de Ron.

Elle était si excitée — elle avait glissé sur l'herbe et remontait mes chaussettes sur mes chevilles et mes mollets mouillés. Elle mordit ma rotule.

— Okay, dis-je.

— Puis nous rentrerons et nous prendrons un vrai petit déjeuner.

— Okay.

— C'est toi qui conduis, dit-elle, et elle fut soudain debout, courant devant moi, puis dans la voiture nous nous retrouvâmes à niveau égal.

Le lendemain matin, alors que je sentais encore les picotements du pamplemousse dans ma bouche, nous étions sur la piste. Nous avions emporté le chronomètre de Ron et une serviette pour moi, après la course.

— Mes jambes me tirent un peu, dis-je.

— Fais quelques mouvements, dit Brenda. Je vais les faire avec toi.

Elle jeta la serviette sur l'herbe et ensemble nous pliâmes les genoux, nous redressâmes, puis levâmes les genoux très haut sur la poitrine. Je me sentais éperdument heureux.

— Je vais juste courir un demi-mile aujourd'hui,
Bren. On verra ce que je donne... — et j'entendis
Brenda déclencher le chronomètre, puis lorsque je fus
à l'autre bout de la piste, avec la traînée de nuages au-
dessus de moi, telle ma propre queue blanche et
cotonneuse, je vis que Brenda était assise par terre, les
bras serrés autour des genoux, regardant alternativement le chronomètre et moi-même. Nous étions les
seuls sur le terrain et cela me rappelait une de ces
scènes dans les films sur les chevaux de course, où un
vieil entraîneur comme Walter Brennan et un beau
jeune homme chronomètrent le cheval de la belle jeune
fille au petit matin dans le Kentucky, pour voir si c'est
vraiment le plus rapide de tous les chevaux de deux
ans. Il y avait des différences, bien sûr — l'une d'elles
n'étant qu'au quart de mile, Brenda me cria : « Une
minute quatorze secondes », mais c'était agréable,
passionnant et sain ; lorsque j'eus terminé, Brenda
était debout et m'attendait. Au lieu d'un ruban à
arracher, je retrouvai la peau douce de Brenda, et ce
fut la première fois qu'elle dit qu'elle m'aimait.

Nous courions — je courais — tous les matins, et à
la fin de la semaine, je faisais sept minutes deux
secondes au mile et toujours, à la fin du parcours,
il y avait le petit déclic de la montre et les bras de
Brenda.

La nuit, je lisais en pyjama, et Brenda lisait aussi
dans sa chambre ; nous attendions que Ron aille se
coucher. Certains soirs, nous devions attendre plus
longtemps que d'autres, et j'entendais les feuilles
bruire au-dehors, car le temps s'était rafraîchi vers la
fin août ; la nuit, on coupait l'air conditionné et nous

avions tous le droit d'ouvrir nos fenêtres. Enfin Ron
était prêt à se mettre au lit. Il se démenait dans sa
chambre, puis il sortait en short et T-shirt pour entrer
dans la salle de bains où il urinait bruyamment et se
lavait les dents. Quand il avait fini de se laver les
dents, j'entrais à mon tour pour laver les miennes.
Nous nous croisions dans le couloir et je lui souhaitais
une chaleureuse et sincère « bonne nuit ». Dans la
salle de bains, je passais un moment à admirer mon
hâle dans la glace ; derrière . moi, j'apercevais les
cache-sexe que Ron avait accrochés aux robinets de la
douche. Personne ne mit jamais en doute leur bon goût
en tant qu'élément décoratif, et après quelques soirs, je
ne les remarquais même plus.

Pendant que Ron se lavait les dents et que j'attendais mon tour dans mon lit, j'entendais le tourne-
disque marcher dans sa chambre. Généralement, en
rentrant du basket, il appelait Harriet — qui devait
arriver dans quelques jours — puis s'enfermait avec
Sports Illustrated et Mantovani ; pourtant, lorsqu'il
émergeait de sa chambre pour aller faire sa toilette de
nuit, ce n'était pas un disque de Mantovani que
j'entendais, mais autre chose, apparemment ce qu'il
appelait son disque sur Columbus. J'*imaginais* que
c'était ça, car je ne pouvais pas tirer grand-chose des
premiers sons qui me parvenaient. Tout ce que je
percevais était un lent gémissement de cloches, accom-
pagné d'une douce musique patriotique, et dominant
le tout, une voix profonde et ténébreuse, dans le genre
Edward R. Murrow : « *And so goodbye, Columbus* »,
entonnait la voix, « ... *goodbye, Columbus... goodbye...* »
Puis le silence tombait et Ron revenait dans sa

chambre ; la lumière s'éteignait et en quelques minutes, je l'entendais sombrer dans ce sommeil vivifiant, rédempteur, survitaminé, dont, pensais-je, jouissent les athlètes.

Un matin, peu avant l'heure de me sauver, je fis un rêve, et quand je me réveillai, il y avait juste assez de jour filtrant dans la chambre pour me permettre de voir la couleur des cheveux de Brenda. Bien qu'elle fût encore endormie, je la touchai de la main, car le rêve m'avait inquiété : j'étais sur un bateau, un vieux voilier comme ceux qu'on voit dans les films de pirates. Avec moi sur le bateau, il y avait le petit garçon noir de la bibliothèque — j'étais le capitaine et lui mon marin, et nous étions les seuls membres de l'équipage. Pendant un moment, ce fut un rêve agréable : nous étions ancrés dans le port d'une île du Pacifique et il y avait beaucoup de soleil. Sur la plage, il y avait de splendides négresses nues et immobiles ; mais, soudain, *nous* nous mîmes à bouger, notre bateau sortit du port, et les négresses descendirent lentement sur la grève et nous jetèrent des guirlandes en disant : « Goodbye, Columbus... goodbye, Columbus... goodbye... » et bien que nous ne voulussions pas partir, le petit garçon et moi, le bateau glissait et il n'y avait rien à faire, et il me criait que c'était ma faute et je lui criais que c'était la sienne parce qu'il n'avait pas de carte de bibliothèque, mais nous gaspillions notre haleine, car nous nous éloignions de plus en plus de l'île, et les indigènes se perdirent bientôt dans le néant. L'espace était démesuré dans mon rêve, et les objets avaient des proportions que je n'avais jamais vues auparavant, et je crois que c'est ça plus que toute autre chose qui me

rappela à la conscience. Je ne voulus pas quitter
Brenda ce matin-là, et je jouai un moment avec la
pointe sur sa nuque, à l'endroit où on lui avait coupé
les cheveux. Je restai plus longtemps que je n'aurais
dû, et lorsque je retournai dans ma chambre, je me
heurtai presque à Ron qui se préparait pour sa journée
aux Eviers et Lavabos Patimkin.

VI

Cette journée était supposée être ma dernière chez
les Patimkin ; cependant, en fin d'après-midi, alors que
je commençais à jeter mes affaires dans ma valise,
Brenda vint me dire que je pouvais tout ressortir —
d'une façon ou d'une autre, elle avait réussi à soutirer
une semaine supplémentaire à ses parents, et je
pouvais rester jusqu'à Labor Day, jusqu'au mariage
de Ron ; alors, le lendemain, Brenda partirait pour
l'Université et moi pour mon travail. Nous resterions
ensemble jusqu'à la fin de l'été.

Ceci aurait dû me remplir de joie, mais tandis que
Brenda redescendait l'escalier au trot pour accompagner sa famille à l'aéroport — où ils devaient aller
chercher Harriet — je n'étais pas joyeux mais troublé,
comme je l'avais été davantage de jour en jour à la
pensée que lorsque Brenda retournerait à Radcliffe, ce
serait terminé pour moi. J'étais convaincu que même
le tabouret de Miss Winney ne serait pas assez haut
pour que je puisse voir clairement ce qui se passait à

Boston. Néanmoins, je remis mes affaires dans le tiroir et je finis par me dire qu'il n'y avait aucun signe annonciateur d'une rupture avec Brenda, et doutes et inquiétudes s'étouffèrent dans mon cœur lui-même incertain. Puis j'allai dans la chambre de Ron pour téléphoner à ma tante.

— Allô? dit-elle.

— Tante Gladys, dis-je, comment vas-tu?

— Tu es malade.

— Non. Je m'amuse bien. Je voulais t'appeler, je reste encore une semaine.

— Pourquoi?

— Je te l'ai dit. Je m'amuse bien. Mᵐᵉ Patimkin m'a demandé de rester jusqu'à Labor Day.

— Tu as du linge propre?

— Je le lave le soir. Ça va bien, tante Gladys.

— A la main, tu ne peux pas l'avoir propre.

— Il est assez propre. Ecoute, tante Gladys, je passe des vacances formidables.

— Il vit dans la saleté et je ne devrais pas m'en occuper.

— Comment va oncle Max? demandai-je.

— Comment veux-tu qu'il aille? Oncle Max est l'oncle Max. Toi, je n'aime pas le son de ta voix.

— Pourquoi? J'ai la voix de quelqu'un qui porte du linge sale?

— Malin, va. Un jour tu verras.

— Quoi?

— Comment quoi? Tu verras bien. Tu vas rester là-bas trop longtemps et tu seras trop bien pour nous.

— Jamais, tante chérie, dis-je.

— Je le croirai quand je le verrai.

— Il fait frais à Newark, tante Gladys ?

— Il neige, dit-elle.

— Il n'a pas fait frais toute la semaine ?

— Tu restes assis toute la journée, alors pour toi il fait frais. Pour moi, on n'est pas en février, crois-moi.

— Okay, tante Gladys. Donne le bonjour à tout le monde.

— Tu as reçu une lettre de ta mère.

— Bien. Je la lirai en rentrant.

— Tu ne pourrais pas faire un saut en voiture pour la lire ?

— Elle attendra. Je vais leur envoyer un mot. Sois sage, dis-je.

— Et tes chaussettes ?

— Je marche pieds nus. Au revoir, tante chérie.

Et je raccrochai.

En bas, dans la cuisine, Carlota préparait le dîner. J'étais toujours étonné de voir à quel point le travail de Carlota semblait peu embarrasser sa vie. A la regarder faire, on avait l'impression que les travaux ménagers n'étaient que des gestes illustrant ce qu'elle chantait, même si, comme en ce moment, c'était « Tu me donnes un coup de pied ». Elle allait du fourneau à la machine à laver la vaisselle — elle poussait des boutons, tournait des cadrans, jetait un coup d'œil à la porte vitrée du four, et de temps en temps piquait un gros raisin noir sur une grappe dans l'évier. Elle mâchait et remâchait, sans cesse chantonnant, puis, d'un geste d'une négligence délibérée, crachait la peau et les pépins directement dans le vide-ordures. Passant par la cuisine pour sortir dans le jardin, je lui lançai un salut, et bien qu'elle ne me le rendît pas, je sentis une

parenté avec celle qui, comme moi, avait été en partie
courtisée et conquise par les fruits Patimkin.

Sur la pelouse, je fis quelques paniers, puis je
ramassai une crosse et projetai gracieusement une
balle en coton dans le soleil, puis j'envoyai d'un coup
de pied le ballon de football contre le chêne; puis
j'essayai à nouveau de lancer quelques coups francs.
Rien ne parvenait à me distraire — je me sentais
l'estomac vide comme si je n'avais pas mangé depuis
des mois; même après être rentré chercher une
poignée de raisins, le sentiment persista, et je savais
que cela n'avait rien à voir avec ma dose de calories;
ce n'était qu'un avant-goût du creux que je ressentirais
quand Brenda serait partie. Cela faisait quelque temps
déjà, naturellement, que la pensée de son départ me
pesait, mais elle avait pris dans la nuit une teinte plus
sombre encore. Aussi curieux que cela puisse paraître,
cette obscurité semblait avoir quelque rapport avec
Harriet, la fiancée de Ron, et je pensai un moment que
c'était simplement la réalité de l'arrivée d'Harriet qui
avait dramatisé le passage du temps : nous en avions
parlé, et soudain c'était là — comme le départ de
Brenda serait là avant que nous ayons pu nous en
rendre compte.

Mais c'était plus que cela : l'union d'Harriet et de
Ron me rappelait que la séparation n'est pas nécessai-
rement un état permanent. Les gens pouvaient se
marier, même s'ils étaient jeunes ! Pourtant, Brenda et
moi n'avions jamais parlé mariage; sauf peut-être
cette nuit à la piscine, lorsqu'elle avait dit : « Quand
tu m'aimeras, tout sera très simple. » Eh bien, je
l'aimais et elle m'aimait et les choses ne semblaient pas

simples du tout. Ou bien étais-je encore en train
d'inventer des difficultés? Je pensai que j'aurais dû
estimer ma situation considérablement améliorée;
cependant, là sur la pelouse, le ciel d'août semblait
trop beau et trop éphémère à supporter, et je voulais
épouser Brenda. Ce ne fut pourtant pas le mariage que
je lui proposai lorsqu'un quart d'heure plus tard elle
arriva en voiture, seule. Pour faire cette proposition, il
aurait fallu un genre de courage que je ne pensais pas
avoir. Je ne me sentais prêt pour aucune réponse,
hormis « Alléluia! ». Tout autre oui ne m'aurait pas
satisfait, et tout non, même masqué derrière les mots :
« Attendons un peu, mon chéri », aurait signifié pour
moi la rupture. C'est pourquoi, je suppose, je proposai
un succédané, qui se révéla finalement être beaucoup
plus audacieux que je ne le pensais sur le moment.

— L'avion d'Harriet a du retard, alors je suis
rentrée, me dit Brenda de loin.

— Où sont les autres?

— Ils vont l'attendre et dîner à l'aéroport. Il faut
que je prévienne Carlota — et elle rentra dans la
maison.

Au bout de quelques minutes, elle parut sur la
véranda. Elle portait une robe jaune qui formait un
large U sur ses épaules, laissant deviner où commençait la peau bronzée, au-dessus des seins. Sur la
pelouse, elle retira ses chaussures à hauts talons et
avança pieds nus jusqu'au chêne où j'étais assis.

— Les femmes qui portent tout le temps de hauts
talons ont les ovaires qui chavirent, dit-elle.

— Qui t'a dit ça?

— Je ne me rappelle plus. Ça me plaît de penser que tout est en forme de bateau là-dedans.

— Brenda, je voudrais te demander quelque chose...

Elle tira vers nous la couverture avec le grand O au milieu et s'assit.

— Quoi ? dit-elle.

— Je sais que ça vient comme les cheveux sur la soupe, bien qu'en vérité... Je veux que tu achètes un diaphragme. Que tu ailles voir un médecin et que tu t'en procures un.

Elle sourit.

— Ne t'inquiète pas, mon chéri, nous sommes prudents. Tout va bien.

— Mais c'est ce qu'il y a de plus sûr.

— Nous ne craignons rien. Ce serait inutile.

— Pourquoi prendre des risques ?

— Mais nous n'en prenons pas. De combien de choses as-tu besoin ?

— Chérie, ce n'est pas le nombre qui m'intéresse, ni même la sécurité, ajoutai-je.

— Tu veux simplement que j'en aie un, c'est ça ? Comme on a une canne, ou un casque colonial...

— Brenda, je veux que tu en aies un pour... pour le plaisir.

— Le plaisir ? De qui ? Du docteur ?

— Le mien, dis-je.

Elle ne répondit pas, mais se frotta les doigts le long de la clavicule pour essuyer les petits globes de transpiration qui s'y étaient soudain formés.

— Non, Neil, c'est idiot.

— Pourquoi ?

— Pourquoi ? Comme ça.

— Tu sais pourquoi c'est idiot, Brenda — parce que c'est moi qui te l'ai demandé ?

— C'est encore plus idiot.

— Si tu m'avais demandé à *moi* d'acheter un diaphragme, nous aurions dû parcourir immédiatement les pages jaunes du bottin pour trouver un gynécologue ouvert le samedi après-midi.

— Je ne te demanderais jamais de faire une chose pareille.

— C'est la vérité, dis-je, tout en souriant. C'est la vérité.

— Ce n'est pas vrai, dit-elle, puis elle se leva et se dirigea vers le terrain de basket où elle se mit à marcher sur les lignes blanches que M. Patimkin avait tracées la veille.

— Reviens ici, dis-je.

— Neil, c'est idiot et je ne veux pas en parler.

— Pourquoi es-tu si égoïste ?

— Egoïste ? C'est toi qui es égoïste. Il s'agit de ton plaisir...

— C'est ça. Mon plaisir. Et pourquoi pas ?

— N'élève pas la voix. Carlota.

— Alors viens ici, nom de Dieu, dis-je.

Elle vint vers moi, laissant des empreintes blanches sur l'herbe.

— Je ne savais pas que tu étais une telle créature de la chair, dit-elle.

— Non ? dis-je. Je vais te dire quelque chose que tu devrais savoir. Ce n'est même pas des plaisirs de la chair que je veux parler.

— Alors franchement, je ne sais pas de quoi tu

parles. Pas même pourquoi tu t'inquiètes. Ce que nous utilisons n'est donc pas suffisant ?

— Je m'inquiète simplement parce que je veux que tu ailles voir un médecin pour te faire poser un diaphragme. C'est tout. Pas d'explication. Fais-le. Fais-le parce que je te l'ai demandé.

— Tu n'es pas raisonnable...

— Bon Dieu, Brenda !

— Bon Dieu, toi-même ! dit-elle, et elle entra dans la maison.

Je fermai les yeux et m'appuyai contre l'arbre ; au bout d'un quart d'heure, ou peut-être moins, j'entendis quelqu'un frapper une balle de golf. Elle avait changé sa robe contre un short et une blouse et elle était toujours pieds nus.

Nous ne parlions pas, mais je la regardai monter la crosse derrière son oreille, puis frapper violemment en décrivant un demi-cercle, son menton basculant comme pour suivre la courbe qu'une balle de golf normale aurait décrite.

— Ça fait quatre cent cinquante mètres, dis-je.

Elle ne répondit pas, alla chercher la balle de coton et se prépara à un second lancement.

— Brenda, viens ici, je t'en prie.

Elle vint, faisant traîner la crosse sur l'herbe.

— Quoi ?

— Je ne veux pas que nous nous disputions.

— Moi non plus, dit-elle. C'était la première fois.

— Etait-ce une chose si affreuse ce que je t'ai demandé ?

Elle acquiesça d'un signe de tête.

— Bren, je sais que c'était probablement une

surprise. Ça l'était pour moi. Mais nous ne sommes
pas des enfants.

— Neil, je ne veux pas. Ce n'est pas parce que tu
me l'as demandé. Je ne sais pas d'où tu as tiré ça. Ce
n'est pas vrai.

— Alors pourquoi ?

— Oh, pour des tas de raisons. Je ne me sens pas
assez vieille pour tout cet équipement.

— Qu'est-ce que l'âge a à voir avec ça ?

— Je ne veux pas dire l'âge. Je veux dire... enfin,
moi. Il y a un côté si délibéré...

— Bien sûr, c'est délibéré. C'est exactement ça. Tu
ne vois pas ? Cela nous changerait.

— Cela me changerait, moi.

— Nous. Tous les deux.

— Neil, comment crois-tu que je me sentirais de
raconter des mensonges à un médecin ?

— Tu peux aller chez Margaret Sanger, à New
York. Ils ne posent pas de questions.

— Tu l'as déjà fait ?

— Non, dis-je. Mais je le sais. J'ai lu Mary
McCarthy.

— C'est tout à fait ça. C'est ce que je me sentirais,
un de ses personnages.

— Ne dramatise pas, dis-je.

— C'est toi qui dramatises. Tu crois que ça en ferait
toute une aventure. L'été dernier, j'étais avec cette
putain que j'ai envoyée acheter...

— Oh, Brenda, tu es une garce égoïste et mesquine !
C'est toi qui penses à « l'été dernier », à une fin entre
nous. En fait, là est le mal, n'est-ce pas...

— C'est ça, je suis une garce. Je veux en finir. C'est

pourquoi je t'ai demandé de rester une semaine de
plus, c'est pourquoi je te laisse coucher avec moi dans
ma propre maison. Enfin, qu'est-ce que tu as ? Toi et
ma mère pourriez vous relayer — un jour ce serait elle
qui m'empoisonnerait, le lendemain ce serait toi qui...

— Arrête...

— Allez tous au diable ! dit Brenda, et elle se mit à
pleurer et je sus quand elle s'enfuit que je ne la
reverrais pas de l'après-midi.

Harriet Ehrlich me donna l'impression d'être une
jeune fille singulièrement inconsciente du fait qu'il
puisse exister des motivations chez les autres et en elle-
même. Elle était toute en surface, et semblait une
partenaire parfaite pour Ron, et aussi pour les Patimkin. En effet, Mme Patimkin agit exactement comme
Brenda l'avait prévu : Harriet parut et la mère de
Brenda souleva son aile et attira la jeune fille sous la
partie chaude de son corps, là où Brenda aurait elle-
même aimé se blottir. Harriet était faite comme
Brenda, avec un peu plus de poitrine, et elle hochait la
tête avec persistance à chaque fois que quelqu'un
prenait la parole. Elle prononçait même parfois les
derniers mots des phrases en même temps que la
personne qui parlait, mais rarement ; la plupart du
temps, elle hochait la tête et gardait les mains jointes.
Toute la soirée, tandis que les Patimkin faisaient des
projets : où les jeunes mariés devraient habiter, quels
meubles ils devraient acheter, quand ils devraient
avoir un bébé — pendant tout ce temps, j'eus la
sensation qu'Harriet portait des gants blancs, bien
qu'il n'en fût rien.

Brenda et moi n'échangeâmes pas une parole ni un regard; nous écoutions, Brenda avec un peu moins de patience que moi. Vers la fin, Harriet commença à appeler Mme Patimkin « Maman », et une fois « Maman Patimkin », et ce fut à ce moment-là que Brenda monta se coucher. Je restai; j'étais presque fasciné de voir la futilité ainsi disséquée, analysée, reconsidérée et finalement synthétisée devant mes yeux. M. et Mme Patimkin, tombant de sommeil, finirent par aller se coucher, et Julie, qui s'était endormie sur sa chaise, fut emportée dans sa chambre par Ron. Ce qui nous laissa, les deux non-Patimkin, ensemble.

— Ron m'a dit que vous aviez un métier intéressant.

— Je travaille dans une bibliothèque.

— J'ai toujours aimé lire.

— C'est bien, pour la femme de Ron.

— Ron aime la musique.

— Oui, dis-je.

Qu'avais-je dit là ?

— Vous devez être parmi les premiers à lire les best-sellers, dit-elle.

— Quelquefois, dis-je.

— Eh bien, dit-elle, faisant claquer ses mains sur ses genoux, je suis certaine que nous nous amuserons bien ensemble. Ron et moi espérons que Brenda et vous nous imiterez bientôt.

— Pas ce soir. — Je souris. — Bientôt. Je vous prie de m'excuser.

— Bonsoir. J'aime beaucoup Brenda.

— Merci, dis-je, et je montai l'escalier.

Je frappai doucement à la porte de Brenda.

— Je dors.

— Je peux entrer? demandai-je.

Sa porte s'ouvrit d'un centimètre et elle dit :

— Ron va bientôt monter.

— Nous laisserons la porte ouverte. Je veux seulement te parler.

Elle me laissa entrer et je m'assis sur la chaise en face du lit.

— Comment trouves-tu ta belle-sœur?

— Je la connaissais déjà.

— Brenda, tu n'as pas besoin de prendre une voix sèche.

Elle ne répondit pas et je restai là, à tirer sur la corde de l'abat-jour.

— Tu es toujours en colère? demandai-je enfin.

— Oui.

— Ne le sois plus, dis-je. Je retire ma proposition. Elle n'en vaut pas la peine si elle doit donner ce résultat.

— A quoi t'attendais-tu?

— A rien. Je ne pensais pas que cela paraîtrait si horrible.

— C'est parce que tu ne peux pas comprendre mon point de vue.

— Peut-être.

— Il n'y a pas de peut-être.

— *D'accord,* dis-je. Je voudrais simplement que tu te rendes bien compte contre quoi tu es en colère. Ce n'est pas contre ma proposition, Brenda.

— Non? Alors quoi?

— Contre moi.

— Oh, ne recommence pas, veux-tu ? Je ne peux pas gagner, quoi que je dise.

— Si, tu peux, dis-je. Tu as gagné.

Je sortis de la chambre, fermant la porte derrière moi pour le restant de la nuit.

Lorsque je descendis le lendemain matin, une activité fébrile régnait dans la maison. Du living, me parvint la voix de Mme Patimkin énumérant une liste de noms à Harriet tandis que Julie courait d'une pièce à l'autre à la recherche d'une clef de patin. Carlota passait l'aspirateur sur le tapis ; tous les appareils de la cuisine étaient en marche. Brenda me salua d'un sourire tout à fait charmant et dans la salle à manger, où j'entrai pour jeter un coup d'œil à la pelouse de derrière et au temps qu'il faisait, elle m'embrassa sur l'épaule.

— Bonjour, dit-elle.

— Bonjour.

— Il faut que j'accompagne Harriet ce matin, me dit Brenda. Donc nous ne pouvons pas courir. A moins que tu ne veuilles y aller seul.

— Non. Je vais lire, ou je ferai autre chose. Où allez-vous ?

— Nous allons à New York. Faire des courses. Elle va s'acheter une robe de mariée. Pour après le mariage, pour partir avec.

— Et toi, que vas-tu acheter ?

— Une robe de demoiselle d'honneur. Si je vais avec Harriet, je pourrai aller chez Bergdorf, ce qui m'évitera toute cette histoire de Orhbach avec ma mère.

— Achète-moi quelque chose, veux-tu ? dis-je.

— Oh, Neil, tu ne vas pas recommencer !

— Je blaguais. Je ne pensais même pas à ça.

— Alors pourquoi l'as-tu dit ?

— Oh, bon Dieu ! dis-je, et je sortis, montai en voiture et descendis à Milburn Center où je pris des œufs et du café.

Lorsque je revins, Brenda était partie ; il ne restait que Carlota, Mme Patimkin et moi dans la maison. J'essayai d'éviter toutes les pièces où elles se trouvaient, mais finalement Mme Patimkin et moi nous retrouvâmes l'un en face de l'autre dans le salon. Elle vérifiait des noms sur une grande feuille de papier qu'elle tenait à la main ; à côté d'elle, sur la table, elle avait posé deux annuaires qu'elle consultait de temps à autre.

— Pas de repos pour les gens fatigués, me dit-elle.

J'étirai un énorme sourire, étreignant le proverbe comme si Mme Patimkin venait juste de l'inventer.

— Oui. Naturellement, dis-je. Puis-je vous aider ? Je pourrais peut-être vous aider à vérifier.

— Oh non ! dit-elle avec un petit geste de refus de la tête, c'est pour la Hadassah.

— Oh ! dis-je.

Je restai à la regarder jusqu'à ce qu'elle me demande :

— Votre mère fait-elle partie d'une Hadassah ?

— En ce moment, je ne sais pas. Mais elle appartenait à celle de Newark.

— Etait-elle un membre actif ?

— Je crois bien, elle était toujours en train de planter des arbres en Israël pour quelqu'un.

— Vraiment? dit Mme Patimkin. Comment s'ap-
pelle-t-elle?

— Esther Klugman. Elle est dans l'Arizona maintenant. Y a-t-il des Hadassah là-bas?

— Partout où il y a des femmes juives.

— Alors elle doit en faire partie. Elle est avec mon
père. Ils sont allés là-bas à cause de leur asthme.
J'habite avec ma tante à Newark. Elle n'est pas à la
Hadassah. Ma tante Sylvia y est, elle. Vous la
connaissez, Aaron et Sylvia Klugman? Ils sont membres de votre club. Ils ont une fille, ma cousine Doris...
— Je ne pouvais pas m'arrêter. — ... Ils vivent à
Livingston. Ce n'est peut-être pas de la Hadassah que
ma tante Sylvia fait partie. Il me semble que c'est un
organisme de lutte contre la tuberculose. Ou contre le
cancer. Ou contre la dystrophie musculaire. Je sais
qu'elle s'intéresse à une maladie.

— C'est très bien, dit Mme Patimkin.

— Oh oui.

— Ils font du bon travail.

— Je sais.

Mme Patimkin, me semblait-il, commençait à me
manifester quelque amitié; les yeux violets abandonnèrent un instant leur inquisition pour regarder le
monde sans le juger.

— Vous intéressez-vous à B'nai Brith? me
demanda-t-elle. Ron va s'y inscrire, vous savez, aussitôt qu'il sera marié.

— Je crois que j'attendrai jusque-là, dis-je.

Mme Patimkin retourna brusquement à ses listes, et
je me rendis compte que j'avais été sot de me risquer à
la légère au sujet du judaïsme devant elle.

— Vous vous occupez activement du temple, n'est-ce pas ? demandai-je en concentrant dans ma voix tout l'intérêt dont j'étais capable.

— Oui, dit-elle. A quelle synagogue êtes-vous rattaché ? demanda-t-elle après quelques instants.

— Nous étions rattachés à la synagogue de Hudson Street. Depuis que mes parents sont partis, je ne m'en suis pas beaucoup occupé.

Je ne savais pas si Mme Patimkin avait remarqué une fausse note dans ma voix. Personnellement, je pensais m'être assez bien sorti de ma sinistre confession, surtout lorsque je me rappelais les mois de paganisme qui avaient précédé le départ de mes parents. Quoi qu'il en soit, Mme Patimkin demanda immédiatement — dans un but stratégique, semblait-il :

— Nous allons tous au temple vendredi soir ; êtes-vous orthodoxe ou conservateur ?

Je réfléchis.

— Eh bien, ça fait longtemps que je ne m'en occupe plus... J'ai coupé en quelque sorte... — Je souris. — Je suis Juif tout simplement, dis-je, plein de bonne volonté, mais ceci également renvoya Mme Patimkin à sa Hadassah. J'essayai désespérément de penser à quelque chose qui pût la convaincre que je n'étais pas un infidèle. Je finis par demander :

— Connaissez-vous les œuvres de Martin Buber ?

— Buber... Buber, dit-elle en regardant la liste. Est-ce un orthodoxe ou un conservateur ?

— ... C'est un philosophe.

— Un *réformé ?* demanda-t-elle, intriguée soit par le caractère évasif de mes réponses, soit par la possibilité que Buber assistât à l'office du vendredi soir sans chapeau, et que Mme Buber n'eût qu'un seul service de table dans sa cuisine.

— Orthodoxe, dis-je faiblement.

— C'est très bien, dit-elle.

— Oui.

— La synagogue d'Hudson Street n'est-elle pas orthodoxe ? demanda-t-elle.

— Je ne sais pas.

— Je croyais que vous y étiez rattaché.

— J'y ai fait ma bar-mitzvah.

— Et vous ne savez pas si elle est orthodoxe ?

— Si, elle l'est.

— Alors vous devez l'être aussi.

— Oh oui, oui bien sûr, dis-je. Et vous ? lançai-je en rougissant.

— Orthodoxe. Mon mari est conservateur, — ce qui voulait dire, si j'ai bien compris, qu'il se désintéressait de la question. — Brenda n'est rien, comme vous le savez probablement.

— Ah ? dis-je. Non, je ne le savais pas.

— Elle était la meilleure élève d'hébreu que j'aie jamais vue, dit Mme Patimkin, mais naturellement ce n'est plus assez bien pour elle maintenant.

Mme Patimkin me regarda, et je me demandai si la politesse voulait que j'approuve.

— Oh, je ne sais pas, dis-je enfin. A mon avis, Brenda est conservatrice. Peut-être un peu réformée...

Le téléphone sonna, venant à mon secours, et j'émis une silencieuse prière orthodoxe au Seigneur.

— Allô, dit Mme Patimkin, ... non... je ne peux pas, il faut que je m'occupe des listes...

Je fis semblant d'écouter le chant des oiseaux, au

dehors, bien que les fenêtres fermées ne laissassent passer aucun son naturel.

— Que Ronald les monte... Mais nous ne pouvons pas attendre, si nous voulons l'avoir à temps...

Mme Patimkin me jeta un coup d'œil ; puis elle mit une main sur le récepteur.

— Voudriez-vous descendre à Newark pour moi ? J'étais debout.

— Oui, bien sûr.

— Chéri ? dit-elle à l'appareil, Neil va aller le chercher... Non, *Neil*, l'ami de Brenda... Oui... Au revoir.

— M. Patimkin a des motifs d'argenterie qu'il faut que je voie. Voudriez-vous descendre les chercher au magasin ?

— Naturellement.

— Vous savez où il se trouve ?

— Oui.

— Tenez, dit-elle, en me tendant un trousseau de clefs, prenez la Volkswagen.

— J'ai ma voiture devant la porte.

— Prenez ça, dit-elle.

Les Éviers et Lavabos Patimkin étaient situés au cœur du quartier noir de Newark. Autrefois, à l'époque de la grande immigration, cela avait été le quartier juif, et l'on pouvait encore voir les petites poissonneries, les épiceries kasher, les bains turcs, où mes grands-parents avaient fait leurs achats et s'étaient baignés au début du siècle. Même les odeurs y étaient encore attachées : merlan, corned-beef, tomates aigres, — mais à présent, par-dessus celles-là, il y avait l'odeur plus forte, plus graisseuse, des garages, la puanteur aigre des brasseries ; et dans la rue, au lieu du yiddish, on entendait les cris des enfants noirs jouant à Willie Mays avec un manche à balai et la moitié d'un ballon en caoutchouc. Le voisinage avait changé : les vieux Juifs comme mes grands-parents avaient lutté et étaient morts, et leurs descendants avaient lutté et prospéré ; ils s'étaient déplacés de plus en plus vers l'ouest, vers la périphérie de Newark, puis en dehors de la ville, et sur les pentes des Monts Orange, jusqu'à atteindre le sommet, puis ils étaient redescendus de l'autre côté, se répandant en territoire chrétien comme les Scotch-Irish s'étaient répandus dans le Cumberland Gap. Maintenant, en fait, les Noirs se livraient à la même migration, suivant le chemin des Juifs, et ceux qui étaient restés dans le Quartier Trois menaient la plus sordide des vies tout en rêvant sur leurs grabats fétides aux nuits parfumées de Géorgie.

Je me demandai, un court instant seulement, si j'allais rencontrer le petit Noir de la bibliothèque. Je ne le vis pas, naturellement, bien que je fusse certain qu'il habitait dans l'un de ces immeubles vétustes, lépreux, d'où sortaient et entraient sans cesse des chiens, des enfants et des femmes en tablier. Aux étages supérieurs, les fenêtres étaient ouvertes, et les très vieux, qui ne pouvaient plus descendre les longs escaliers, étaient assis là où on les avait mis, près des fenêtres sans store, les coudes appuyés sur des oreillers sans plumes, et la tête penchée en avant, suivant des yeux le va-et-vient des jeunes, des femmes enceintes et des chômeurs. Qui viendrait après les Noirs ? Qui restait-il ? Personne, me semblait-il, et un jour ces rues, où ma grand-mère buvait du thé chaud dans un vieux verre à bougie, seraient vides ; nous nous serions tous installés au sommet des Monts Orange — peut-être les morts cesseraient-ils alors enfin de frapper aux cloisons de leur cercueil !

Je rangeai la Volkswagen devant l'énorme porte de garage sur laquelle était inscrit :

ÉVIERS ET LAVABOS PATIMKIN
Toutes tailles — Toutes formes

A l'intérieur, je vis un bureau vitré, au milieu d'un immense entrepôt. Au fond, on chargeait deux camions, et M. Patimkin, lorsque je l'aperçus, avait un cigare à la bouche et criait après quelqu'un. Ce quelqu'un était Ron ; il portait un T-shirt blanc sur lequel était inscrit « Association Athlétique de l'Ohio ». Bien qu'il fût plus grand que M. Patimkin et presque aussi fort de carrure, ses mains pendaient à ses côtés comme celles d'un petit garçon ; le cigare de M. Patimkin fumait dans sa bouche comme une locomotive. Six Noirs chargeaient fiévreusement l'un des camions, se lançant — j'en eus un creux à l'estomac — des éviers de l'un à l'autre.

Ron quitta M. Patimkin et retourna diriger les employés. Il faisait de grands gestes des bras, mais quoique paraissant plutôt mal à l'aise dans l'ensemble, il ne semblait pas du tout s'inquiéter que quelqu'un lâchât un évier. Je m'imaginai soudain en train de diriger les Noirs — j'attraperais un ulcère dans l'heure. Je pouvais presque entendre les surfaces d'émail éclater sur le sol. Et je m'entendis : « Attention, les gars. Soyez prudents. Hop ! Oh, je vous en prie, faites... attention ! attention ! Oh ! » Supposons que M. Patimkin vienne me dire : « Okay, mon garçon, vous voulez épouser ma fille, eh bien, voyons ce que vous savez faire. » Eh bien, il verrait : en quelques minutes, ce sol serait une mosaïque, un chemin parsemé d'émail. « Klugman, quel ouvrier vous faites ! Vous travaillez comme vous mangez ! — C'est ça, c'est ça, je suis un moineau, laissez-moi m'en aller. — Vous ne savez donc même pas charger et décharger un camion ? — Monsieur Patimkin, même respirer me cause des ennuis, le sommeil me fatigue, laissez-moi partir, laissez-moi partir... »

M. Patimkin fut rappelé dans l'aquarium par la sonnerie du téléphone ; je m'arrachai à ma rêverie et me dirigeai à mon tour vers le bureau. Lorsque j'entrai, M. Patimkin leva les yeux du téléphone ; il tenait le cigare poisseux dans sa main libre — il le secoua dans ma direction pour me dire bonjour. J'entendis Ron crier très fort : « Vous ne pouvez pas tous aller déjeuner en même temps. Nous n'avons pas toute la journée ! »

— Asseyez-vous, me lança M. Patimkin ; mais lorsqu'il retourna à sa conversation, je m'aperçus qu'il n'y avait qu'une seule chaise dans la pièce, la sienne. Les gens ne s'asseyaient pas chez les Eviers Patimkin — ici, on gagnait sa vie à la dure, debout. Je me plongeai dans l'examen de quelques calendriers suspendus à des classeurs ; ils étaient illustrés de dessins de femmes si merveilleuses, avec des cuisses et des seins si extraordinaires qu'on ne pouvait pas les considérer comme pornographiques. L'artiste qui avait dessiné les filles des calendriers pour l'« Entreprise de construction Lewis », pour les « Réparations automobiles Earl » et pour les « Cartons Grossman et Fils », avait représenté un troisième sexe que je n'avais jamais vu.

— Mais certainement, certainement, dit M. Patimkin au téléphone. Demain, ne me dites pas demain. Demain, le monde peut sauter.

A l'autre bout du fil, quelqu'un parla. Qui était-ce ? Lewis, de l'entreprise de construction ? Earl, des réparations de voitures ?

— Je dirige une affaire, Grossman, pas un office de charité.

Ainsi, c'était Grossman qui se faisait rudoyer.

— Merde, dit M. Patimkin. Vous n'êtes pas le seul en ville, mon ami — et il me lança un clin d'œil.

Ah ah, une conspiration contre Grossman. Moi et M. Patimkin. Je lui rendis un sourire aussi complice que possible.

— Eh bien d'accord, nous sommes ici jusqu'à cinq heures... pas plus tard.

Il nota quelque chose sur une feuille de papier. Ce n'était qu'un grand X.

— Mon fils sera là, dit-il. Oui, il est dans l'affaire.

Grossman dit quelque chose qui fit rire M. Patimkin. M. Patimkin raccrocha sans au revoir.

Il regarda derrière lui pour voir comment Ron s'en tirait.

— Quatre ans à l'Université et il ne sait même pas décharger un camion.

Je ne sus que répondre, puis je choisis finalement la
vérité :

— Je crois que je ne saurais pas non plus.

— Vous pourriez apprendre. Qu'est-ce que je suis,
un génie ? J'ai appris. Travailler dur n'a jamais tué
personne.

Avec ça, j'étais d'accord.

M. Patimkin regarda son cigare.

— Un homme qui travaille dur arrive à quelque
chose. On n'arrive à rien à rester assis sur son derrière,
vous savez... Les plus grands hommes du pays ont
travaillé dur, croyez-moi. Même Rockefeller. La réussite ne vient pas facilement...

Ceci ne fut pas tant dit que pensé tout haut, tandis
qu'il parcourait du regard son domaine. Ce n'était pas
un homme entiché de mots, et j'avais l'impression que
ce qui l'avait entraîné à émettre ce barrage de lieux
communs était probablement la combinaison de la
performance de Ron et de ma présence — moi,
l'étranger qui pourrait être un jour un intime. Mais
M. Patimkin pensait-il même à cette éventualité ? Je
ne savais pas ; ce dont j'étais certain, c'est que les
quelques mots qu'il avait prononcés pouvaient à peine
traduire toute la satisfaction et l'étonnement qu'il
ressentait devant la vie qu'il avait réussi à bâtir pour
lui et sa famille.

Il tourna de nouveau ses yeux vers Ron.

— Regardez-le, s'il jouait au basket comme ça, ils le
chasseraient du terrain.

Mais il souriait en disant cela.

Il se dirigea vers la porte.

— Ronald, laisse-les aller déjeuner.

Ron répondit :

— J'ai pensé que j'allais laisser quelques-uns y aller maintenant et les autres plus tard.

— Pourquoi ?

— Comme ça, il y aura toujours quelqu'un...

— Pas de fantaisie ici, cria M. Patimkin. Nous sortons tous déjeuner en même temps.

Ron se retourna.

— D'accord, les gars, allez déjeuner !

Son père me sourit :

— Un gars intelligent, hein ? — Il se frappa la tête. — Ça lui a pris de la cervelle, hein ? Il n'est pas doué pour les affaires. C'est un idéaliste — puis, me semble-t-il, M. Patimkin réalisa soudain qui j'étais, et se corrigea avec empressement afin de ne pas m'offenser : — C'est très bien, vous savez, quand on est professeur, ou comme vous, vous savez, un étudiant ou quelque chose dans ce genre-là. Ici, on a besoin d'être un peu *ganef*. Vous savez ce que ça veut dire : *ganef* ?

— Voleur, dis-je.

— Vous en savez plus que mes propres enfants. Ce sont des *goyim*, mes enfants, c'est tout ce qu'ils comprennent.

Il regarda le groupe de Noirs passer devant le bureau et leur cria :

— Eh, les gars, vous savez combien ça fait une heure ! Eh bien, soyez de retour dans une heure !

Ron entra dans le bureau et, bien entendu, me serra la main.

— Vous avez les choses pour Mme Patimkin ? demandai-je.

— Ronald, apporte-lui les motifs d'argenterie.

Ron sortit et M. Patimkin dit :

— Quand je me suis marié, nous avions des fourchettes et des couteaux du Prisunic. Ce gosse a besoin d'une vaisselle en or — mais il n'y avait pas de colère dans sa voix ; loin de là.

C'est dans ma propre voiture que je grimpai sur les monts Orange cet après-midi-là ; je restai un moment près de la grille à regarder les cerfs bondir avec grâce, se nourrir avec timidité, sous la protection de panneaux portant l'inscription : NE PAS DONNER DE NOURRITURE AUX CERFS, *par ordre de la Réserve de South Mountain.* A côté de moi, le long de la grille, il y avait des dizaines d'enfants ; ils riaient et criaient quand les cerfs venaient lécher le maïs grillé dans leurs mains, puis s'attristaient quand leur propre agitation faisait fuir les jeunes animaux à l'autre bout du champ où leurs mères à la peau rousse regardaient d'un air hautain le défilé des voitures s'enrouler le long de la route de montagne. Derrière moi, de jeunes mères à la peau blanche, à peine plus âgées que moi, et souvent plus jeunes, bavardaient dans leurs voitures décapotables en jetant de temps à autre un coup d'œil pour voir ce que faisaient leurs enfants. Je les avais déjà vues, lorsque Brenda et moi étions sortis manger quelque chose un après-midi, ou que nous étions montés déjeuner : par groupes de trois ou quatre, elles étaient installées dans les bars rustiques dont le territoire de la Réserve était parsemé, tandis que leurs enfants avalaient des hamburgers et de la farine lactée et qu'on leur donnait des pièces de monnaie pour nourrir le juke-box. Bien qu'aucun de ces bambins ne fût assez grand pour lire les titres de chansons, presque tous étaient capables de hurler les paroles, pendant que leurs mères, parmi lesquelles je reconnus quelques camarades de lycée, parlaient bronzage, supermarchés et vacances. Assises là, ainsi, elles semblaient immortelles. Leurs cheveux garderaient toujours la couleur de leur gré, leurs vêtements seraient toujours coupés dans le tissu et la teinte du jour ; chez elles, elles auraient des meubles simples genre suédois contemporain tant que ceux-ci seraient à la mode, et si l'énorme affreux baroque retrouvait ses lettres de noblesse, adieu à la longue table en marbre sur pieds nains, et bienvenue à Louis Quatorze. Elles étaient les déesses, et si j'étais Pâris, j'aurais été incapable de faire un choix parmi elles, si microscopiques étaient les différences de l'une à l'autre. Leurs destins respectifs les avaient confondues en une unique destinée. Seule Brenda conservait son éclat. L'argent et le confort n'effaceraient pas sa singularité — ils n'y étaient pas encore parvenus, ou bien me trompais-je ? Qu'est-ce que j'aimais, me demandai-je, mais comme je ne suis pas homme à me planter des scalpels dans le corps, je glissai une main entre les barreaux de la grille et permis à un chevreuil au tout petit nez de venir la lécher, chassant ainsi mes pensées.

Lorsque je revins chez les Patimkin, Brenda était dans le living, plus belle que jamais. Elle présentait sa nouvelle robe devant Harriet et sa mère. Même Mme Patimkin semblait adoucie par son aspect ; on aurait dit qu'elle avait avalé un sédatif qui avait décontracté les muscles anti-Brenda autour des yeux et de la bouche.

Brenda, sans lunettes, présentait sur place ; lorsqu'elle me regarda, ce fut une espèce de regard à demi
éveillé, groggy, et bien que d'autres eussent pu l'inter-
préter comme un signe de sommeil, il coula en moi
comme du désir. Mme Patimkin lui dit qu'elle avait
acheté une très jolie robe, je lui dis qu'elle était
ravissante et Harriet qu'elle était très belle, que c'est
elle qui devrait être la mariée, puis il y eut un silence
gêné, tout le monde se demandant qui devrait être le
marié.

Puis lorsque Mme Patimkin eut emmené Harriet
dans la cuisine, Brenda vint vers moi et dit :

— Je devrais être la mariée.

— Oui, ma chérie.

Je l'embrassai et soudain elle se mit à pleurer.

— Qu'y a-t-il, chérie ? dis-je.

— Sortons.

Sur la pelouse, Brenda ne pleurait plus, mais sa voix
semblait très fatiguée.

— Neil, j'ai téléphoné à la clinique Margaret Sanger, dit-elle. Quand j'étais à New York.

Je ne répondis pas.

— Neil, ils m'ont demandé si j'étais mariée. Bon
Dieu, la bonne femme ressemblait à ma mère...

— Qu'est-ce que tu as dit ?

— J'ai dit non.

— Qu'a-t-elle dit ?

— Je ne sais pas. J'ai raccroché.

Elle s'éloigna et fit le tour du chêne. Lorsqu'elle
réapparut, elle avait enlevé ses chaussures et posé une
main sur l'arbre, comme pour présenter un mai.

— Tu peux retéléphoner, dis-je.

Elle secoua la tête.

— Non, je ne peux pas. Je ne sais même pas pourquoi j'ai appelé la première fois. Nous étions en train de faire les courses, je me suis simplement éloignée, j'ai cherché le numéro et j'ai téléphoné.

— Tu peux aller voir un médecin.

Elle secoua la tête de nouveau.

— Ecoute, Bren, dis-je en me précipitant vers elle, nous irons ensemble, chez un médecin. A New York...

— Je ne veux pas aller dans un sale petit cabinet...

— Mais non. Nous irons chez le plus chic gynécologue de New York. Celui qui met des *Harper's Bazaar* dans sa salle d'attente. Ça te va ?

Elle se mordit la lèvre inférieure.

— Tu viendras avec moi ? demanda-t-elle.

— J'irai avec toi.

— Chez le médecin ?

— Chérie, ton mari n'irait pas chez le médecin.

— Non ?

— Il serait à son travail.

— Mais tu ne l'es pas, dit-elle.

— Je suis en vacances, dis-je — mais je n'avais pas répondu à la question. — Bren, je t'attendrai et quand tu auras fini, nous irons boire un verre. Nous irons dîner.

— Neil, je n'aurais pas dû appeler Margaret Sanger... ce n'est pas bien.

— Si, Brenda. C'est la meilleure chose que nous puissions faire.

Elle s'éloigna et j'étais épuisé de ma plaidoirie. Je sentais que j'aurais pu la convaincre si j'avais été un peu plus habile ; et pourtant je ne voulais pas que ce soit l'habileté qui la fasse changer d'avis. Je ne dis rien lorsqu'elle revint, et ce fut peut-être mon silence qui la poussa finalement à dire :

— Je demanderai à maman Patimkin si elle veut que nous emmenions Harriet aussi...

VII

Je n'oublierai jamais la chaleur et la lourdeur de cet après-midi où nous allâmes à New York. C'était quatre jours après qu'elle eut téléphoné chez Margaret Sanger — elle s'était dérobée et dérobée, remettant sans cesse au lendemain, mais finalement le vendredi, trois jours avant le mariage de Ron et quatre avant son départ, nous passions sous le tunnel Lincoln, qui nous sembla plus long et plus fumeux que jamais, tel un enfer aux murs carrelés. Nous arrivâmes enfin à New York, nous replongeant à nouveau dans le jour étouffant. Je contournai l'agent de police qui réglait la circulation en manches de chemise et montai sur le toit de Port Authority pour garer la voiture.

— Tu as de l'argent pour un taxi ? dis-je.

— Tu ne viens pas avec moi ?

— J'ai pensé que je pourrais attendre au bar. Ici, en bas.

— Tu peux attendre à Central Park. Son cabinet est juste en face.

— Bren, quelle diff...

Mais quand je vis l'expression qui envahit ses yeux,

je renonçai au bar à air conditionné pour l'accompagner à travers la ville. Il y eut une brusque averse pendant que notre taxi traversait la ville, et lorsque la pluie cessa, les rues étaient poisseuses et luisantes ; on sentait monter le grondement du métro de sous la chaussée et le tout était comme d'entrer dans l'oreille d'un lion.

Le cabinet du médecin se trouvait dans le Squibb Building, en face des magasins Bergdorf Goodman, c'était donc l'endroit parfait pour que Brenda y augmentât sa garde-robe. Pour une raison quelconque, nous n'avions jamais pensé à ce qu'elle aille voir un médecin à Newark, peut-être parce que c'était trop près de chez elle et que cela aurait laissé place à une possibilité de découverte. Quand Brenda parvint devant la porte tournante, elle se retourna vers moi ; ses yeux étaient très humectés, même avec les lunettes, et je ne dis pas un mot, craignant ce qu'un mot, n'importe lequel, pourrait avoir comme conséquence. Je l'embrassai dans les cheveux et montrai que je serais de l'autre côté de la rue, près de la fontaine Plazza, puis je la regardai passer la porte. Dans la rue, la circulation était lente, comme si l'humidité était un mur arrêtant toute chose. Même la fontaine semblait éclabousser d'eau bouillante les gens qui étaient assis au bord, et je décidai immédiatement de ne pas traverser la rue ; je pris la Cinquième Avenue et me mis à marcher sur le trottoir fumant en direction de Saint-Patrick. Une foule était rassemblée sur les marches de l'église ; tout le monde regardait un mannequin que l'on photographiait. Elle portait une robe jaune citron et se tenait sur la pointe des pieds

comme une ballerine, et en entrant dans l'église,
j'entendis une dame qui disait : « Même si je mangeais
dix yaourts par jour, je ne pourrais pas être aussi
maigre. »

Il ne faisait pas beaucoup plus frais à l'intérieur de
l'église, bien que le calme et la flamme vacillante des
cierges m'en donnassent l'impression. Je pris un siège
au fond, et comme je ne pouvais pas m'agenouiller, je
m'appuyai sur le dossier de la chaise devant moi, je
joignis les mains et fermai les yeux. Je me demandai si
j'avais l'air d'un catholique, et dans mon interroga-
tion, je commençai à me faire un petit discours. Puis-je
qualifier de prière les phrases maladroites que je
prononçai ? Quoi qu'il en soit, mon public fut
dénommé Dieu. Dieu, dis-je, j'ai vingt-trois ans. Je
veux faire les choses au mieux. Or, le docteur va
bientôt me marier à Brenda et je ne suis pas tout à fait
sûr que ceci soit pour le mieux. Seigneur, qu'est-ce que
j'aime ? Pourquoi ai-je choisi ? Qui est Brenda ? La
course revient aux plus rapides. Aurais-je dû arrêter le
cours de mes pensées ?

Je n'obtenais aucune réponse, mais je continuai. Si
nous Vous trouvons, mon Dieu, c'est parce que nous
sommes charnels et possessifs, et en cela nous partici-
pons à Votre Etre. Je suis charnel, et je sais que Vous
m'approuvez, je le sais. Mais jusqu'à quel point puis-je
être charnel ? J'aime posséder. De quel côté vais-je à
présent diriger mon désir de possession ? Où allons-
nous nous rencontrer ? De quoi êtes-Vous la récompense ?

C'était une méditation naïve et je me sentis soudain

honteux. Je me levai et sortis, et les rumeurs de la
Cinquième Avenue me fournirent une réponse :

Quelle récompense crois-tu, imbécile ? Des couverts
en or, des arbres à sports, des mandarines, des vide-
ordures, des nez sans bosse, les Éviers Patimkin,
Bonwit Teller...

Mais sapristi, mon Dieu, tout ça, c'est Vous !

Et Dieu ne fit que rire, ce clown.

Sur les marches autour de la fontaine, je m'assis sur
un petit arc-en-ciel que le soleil avait projeté à travers
les gouttes de pluie.

Puis je vis Brenda sortir du Squibb Building. Elle ne
portait aucun paquet, comme une femme qui n'a fait
que du lèche-vitrines, et je fus un instant content
qu'elle n'eût finalement pas satisfait à mon désir.

Néanmoins, pendant qu'elle traversait la rue, cette
désinvolture s'évanouit et je me retrouvai semblable à
moi-même.

Elle avança vers l'endroit où j'étais assis et baissa
son regard sur moi ; elle inspira profondément, se
remplissant tout le corps, puis expira avec un « ouf ! ».

— Où est-il ? dis-je.

Je n'obtins d'abord comme réponse que son regard
victorieux, celui qu'elle avait lancé à Simp le soir où
elle l'avait battue, celui que j'avais reçu le matin où
j'avais terminé le troisième tour tout seul. Enfin elle
dit :

— Je le porte.

— Oh, Bren.

— Il m'a demandé si je voulais l'emporter ou le
mettre tout de suite.

— Oh Brenda, je t'aime.

Nous couchâmes ensemble cette nuit-là, mais notre nouveau jouet nous avait rendus si nerveux que notre performance fut digne de la maternelle, autrement dit (selon le langage de ce pays) ce fut une déplorable combinaison à deux. Puis le lendemain, nous nous vîmes à peine, car avec les derniers préparatifs du mariage vinrent les bousculades, les télégrammes, les cris, les pleurs, la précipitation — en un mot, la folie. Même les repas perdirent leur plénitude patimkinesque et furent péniblement réalisés à l'aide de fromage, de petits pains rassis, de saucisson sec, d'un peu de foie haché et de salade de fruits. La fièvre régna pendant tout le week-end et je fis mon possible pour rester à l'abri de la tempête, devant laquelle Ron, maladroit et souriant, Harriet, virevoltante et polie, se rapprochaient de plus en plus. Le dimanche soir, l'épuisement avait mis fin à l'hystérie et tous les Patimkin, Brenda comprise, allèrent se coucher tôt. Lorsque Ron entra dans la salle de bains pour se laver les dents, je décidai d'entrer pour laver les miennes. Pendant que j'étais penché sur le lavabo, il toucha ses cache-sexe pour voir s'ils étaient encore mouillés, puis il les accrocha sur les robinets de la douche et me demanda si je voulais écouter des disques. Ce ne fut pas par ennui ou solitude que j'acceptai ; mais plutôt parce qu'une brève étincelle de camaraderie — genre régiment — venait de jaillir, là, au milieu du savon, de l'eau et du carrelage, et que je pensai que l'invitation de Ron lui avait peut-être été suggérée par le désir de passer ses derniers moments de célibataire avec un autre célibataire. Sauf erreur de ma part, eh bien, c'était la première fois qu'il portait témoignage à ma masculinité. Comment pouvais-je refuser ?

Je m'assis sur le lit jumeau inutilisé.

— Vous voulez écouter Mantovani ?

— Certainement, dis-je.

— Qui préférez-vous, lui ou Kostelanetz ?

— Ça m'est égal.

Ron s'approcha du placard.

— Et le disque sur Columbus ? Brenda ne vous l'a jamais passé ?

— Non. Je ne crois pas.

Il sortit un disque d'une pochette, et tel un géant manipulant un coquillage, il le plaça délicatement sur le tourne-disque. Puis il me sourit et s'allongea sur son lit, les mains derrière la tête et les yeux fixés au plafond.

— Ils le donnent à tous les seniors [1], avec le livret universitaire... Mais il se tut aussitôt que le disque commença. J'observai Ron et écoutai le disque.

Il n'y eut d'abord qu'un roulement de tambours, puis un silence, puis un autre roulement — puis doucement, une marche dont la mélodie m'était très familière. Lorsque la chanson se termina, j'entendis des cloches, doucement, fort, puis doucement à nouveau. Enfin une voix s'éleva, profonde et historique, du genre de celles qu'on associe avec les documentaires sur la montée du fascisme.

« Année : 1956. Saison : l'automne. Lieu : Université de l'Ohio... »

Blitzkrieg ! Le Jugement dernier ! Le Seigneur avait

---

1. Etudiant de dernière année à l'Université (N. d. T.).

levé sa baguette, et les membres de l'Ohio State Glee
Club alignaient l'Alma Mater comme si leurs âmes en
dépendaient. Après un dernier couplet désespéré, ils
tombèrent, toujours criant, dans un oubli éternel, et la
voix reprit :

« Les feuilles tournaient au roux sur les arbres. Des
feux s'alignent dans Fraternity Row, tandis que les
verres se lèvent, chassant les feuilles dans une brume
fumeuse. Les anciens visages accueillent les nouveaux,
les nouveaux rencontrent les anciens, et une nouvelle
année a commencé... »

Musique. Le Glee Club en retour triomphal. Puis la
Voix : « Lieu : les berges de l'Olentangy. Evénement :
le Match de la Rentrée 1956. Adversaire : le dange-
reux Illini... »

Rugissement de la foule. Nouvelle voix — Bill
Stern : « Illini sur le ballon. Envoi. Linday ne pouvant
passer, il trouve un destinataire et fait une longue,
longue passe à travers le terrain — et la balle EST
INTERCEPTÉE PAR LE Nᵒ 43, HERB CLARK DE
L'OHIO STATE ! Clark évite un plaquage, puis un
autre et arrive au centre du terrain. Il talonne maintenant les marqueurs, il est sur le 45, le 40, le 35... »

Et tandis que Bill Stern marquait Clark et Clark Bill
Stern, Ron, sur son lit, d'une légère poussée, aida Herb
Clark à marquer son but.

« Et les Buckeyes mènent à présent par 21 à 19.
Quelle partie ! »

La Voix de l'Histoire éleva de nouveau son bary-
ton : « Mais l'année avançait et lorsque les premières
chutes de neige couvrirent le gazon, ce fut le son des

dribbles et le cri *tir et panier!* qui résonnèrent dans le gymnase... »

Ron ferma les yeux.

« Le match de Minnesota », annonça une nouvelle voix, haut perchée, « et pour certains de nos seniors, leur dernier match pour les Blanc et Rouge... Les joueurs sont prêts à entrer sur le terrain, dans la lumière des projecteurs. Ce public de connaisseurs va vivement encourager ceux qui ne seront plus là l'an prochain. Voici Larry Gardner, numéro 7, qui entre sur le terrain, le grand Larry d'Akron, Ohio... »

« Larry... », annonça le haut-parleur; « Larry », hurla la foule.

« Et voici Ron Patimkin qui arrive en dribblant. Ron, numéro 11, de Short Hills, New Jersey. Le dernier match du grand Ron, et les supporters de Buckeye ne sont pas près de l'oublier... »

Le grand Ron se raidit sur son lit au moment où le haut-parleur lança son nom; l'ovation qu'il reçut dut faire trembler les paniers. Puis le reste des joueurs fut annoncé, puis la saison de basket fut terminée, et vint le tour de la Semaine Religieuse, la Promotion des Anciens (Billy May faisant résonner sa trompette contre le plafond du gymnase), la Nuit de la Satire, E. E. Cummings faisant une lecture aux étudiants (poèmes, silence, applaudissements); puis finalement, le commencement :

« Le silence règne sur le campus en ce jour. Pour plusieurs milliers de jeunes gens et jeunes filles, c'est un événement joyeux et pourtant solennel. Et pour leurs parents, un jour de rire et un jour de larmes. C'est une journée claire et verdoyante, le 7 juin de l'année 1957 et pour ces jeunes Américains, la journée la plus émouvante de leur vie. Pour beaucoup, ce sera la dernière vision du campus, de Columbus, pour de nombreuses années. La vie nous appelle, et avec inquiétude, quoique sans nervosité, nous quittons les plaisirs enfermés dans ces murs couverts de lierre pour entrer dans le monde. Mais nous n'en quittons pas les souvenirs. Ils seront les compagnons, si ce n'est les bases de notre vie. Nous choisirons des maris et des femmes, nous choisirons un métier et un foyer, nous élèverons des enfants et des petits-enfants, mais nous ne t'oublierons pas, Ohio. Dans les années à venir, nous porterons toujours en nous ton souvenir, Université d'Ohio... »

Lentement, doucement, l'orchestre de l'Ohio State University attaque l'Alma Mater, puis les cloches carillonnent cette dernière heure. Doucement, très doucement, car c'est le printemps.

Les bras veinés de Ron avaient la chair de poule lorsque la Voix reprit : « Nous nous offrons à toi, monde, et venons à toi en quête de la Vie. Et à toi, Ohio State, à toi Columbus, nous disons merci, merci et au revoir. Tu nous manqueras, en hiver, au printemps, mais un jour nous reviendrons. Jusqu'à ce jour, au revoir, Ohio State, au revoir, Blanc et Rouge, au revoir Columbus... au revoir, Columbus... au revoir... »

Les yeux de Ron étaient fermés. L'orchestre égrenait son dernier stock de nostalgie, et je sortis de la pièce sur la pointe des pieds, en même temps que les 2 163 membres de la promotion 57.

Je fermai la porte, puis la rouvris et jetai un coup

d'œil à Ron : il chantonnait encore sur son lit. Eh
bien ! pensai-je, mon beau-frère !

Le mariage.
Commençons par la famille.
Il y avait celle du côté de Mme Patimkin : sa sœur
Molly, une petite poule ronde dont les chevilles
enflaient et débordaient sur ses chaussures, et qui se
souviendrait du mariage de Ron, ne serait-ce que
parce qu'elle s'y était martyrisé les pieds sur des
talons de huit centimètres ; et le mari de Molly, le type
des produits laitiers, Harry Grossbart, qui avait fait sa
fortune en vendant de l'orge et du blé au temps de la
Prohibition. Maintenant, il était actif au temple et à
chaque fois qu'il voyait Brenda il lui donnait une tape
sur le derrière ; c'était une espèce de contrebande
physique qui passait, je suppose, pour de la tendresse
familiale. Puis il y avait le frère de Mme Patimkin,
Marty Kreiger, le roi du hot-dog kasher, un type
immense, ayant autant d'estomacs que de mentons, et
totalisant à cinquante-cinq ans seulement autant de
crises cardiaques que d'estomacs et de mentons réunis.
Il rentrait juste d'une cure dans les Catskills, où,
disait-il, il n'avait mangé que du son et gagné quinze
cents dollars au rummy. Lorsque le photographe
arriva pour prendre des photos, Marty mit la main sur
les crêpes qui tenaient lieu de seins à sa femme, et dit :
« Hé, que diriez-vous d'une photo de ça ! » Sa femme
Sylvia était grande et maigre avec des os d'oiseau. Elle
avait pleuré pendant toute la cérémonie, et s'était
même carrément mise à sangloter quand le rabbin
avait déclaré Ron et Harriet « unis devant Dieu et

l'Etat de New Jersey ». Plus tard, au cours du dîner,
elle s'était suffisamment endurcie pour frapper la main
de son mari alors qu'il allait prendre un cigare.
Cependant, lorsqu'il avança la main pour lui toucher
la poitrine, elle eut l'air hébété mais ne dit rien.

Il y avait aussi les sœurs jumelles de Mme Patimkin,
Rose et Pearl, qui avaient toutes les deux des cheveux
blancs, de la couleur des décapotables Lincoln, une
voix nasale, et des maris qui les suivaient partout mais
qui ne se parlaient qu'entre eux, comme si, en fait, la
sœur avait épousé sa sœur et son mari, le mari de
l'autre. Les maris, respectivement nommés Earl Klein
et Manny Kartzman, étaient assis l'un à côté de l'autre
pendant la cérémonie, de même qu'à table, et une fois,
tandis que l'orchestre jouait entre deux plats, ils se
levèrent, Klein et Kartzman, comme pour danser,
mais se dirigèrent tout simplement vers l'autre bout de
la salle où, ensemble, ils se mirent à l'arpenter dans le
sens de la largeur. Earl, je l'appris plus tard, était dans
les tapis, et il essayait visiblement de calculer combien
d'argent il pourrait gagner si l'Hôtel Pierre lui faisait
la faveur d'une vente.

Du côté de M. Patimkin, il n'y avait que Léo, son
demi-frère. Léo était marié à une femme nommée Bea
à qui personne ne semblait adresser la parole. Au
cours du repas, Bea ne cessa de se lever de table,
courant à celle des enfants pour voir si l'on s'occupait
de sa petite fille Sharon. « Je lui ai dit de ne pas
emmener la gosse, de prendre une baby-sitter. » Léo
me raconta cela pendant que Brenda dansait avec le
garçon d'honneur de Ron, Ferrari. « Elle dit que nous
ne sommes pas des millionnaires. Non, bien sûr, mais

quand le gosse de mon frère se marie, je peux bien faire un extra. Ah, ça l'occupe !... » Il jeta un regard autour de la salle. Sur la scène, Harry Winters (*né* Weinberg) dirigeait l'orchestre dans un pot-pourri de *My Fair Lady;* sur la piste, des danseurs de tous âges, toutes tailles, toutes formes, évoluaient. M. Patimkin dansait avec Julie, dont la robe avait glissé des épaules, révélant le long cou — comme celui de Brenda — et la peau douce de son petit dos. Il dansait en décrivant des carrés et en faisant des efforts considérables pour ne pas marcher sur les pieds de Julie. Harriet, qui était, selon l'avis général, une mariée magnifique, dansait avec son père. Ron dansait avec la mère d'Harriet, Brenda avec Ferrari, et moi je restai un moment assis près de Léo afin de ne pas me laisser manœuvrer à danser avec Mme Patimkin, ce qui semblait être la direction des événements.

— Vous êtes le flirt de Brenda ? Hein ? dit Léo.

J'acquiesçai — depuis longtemps déjà j'avais cessé de fournir des explications embarrassées.

— Faudra y mettre du vôtre, mon garçon, dit Léo, ne faites pas de gâchis.

— Elle est très belle, dis-je.

Léo se versa une coupe de champagne et attendit qu'une mousse se formât au-dessus du liquide, puis, voyant qu'il ne se passait rien, il remplit le verre jusqu'à ras bords.

— Belle ou pas belle, quelle différence ! Moi je suis réaliste; faut bien puisque je suis au bas de l'échelle. Quand on est Ali Khan, on pense à épouser des vedettes de cinéma. Je ne suis pas né d'hier... Vous savez quel âge j'avais quand je me suis marié ? Trente-cinq ans. Je me demande pourquoi diable j'étais si pressé. Il ingurgita son verre de champagne et s'en remplit un autre. Je vais vous dire quelque chose : il ne m'est arrivé qu'une seule bonne chose dans toute ma vie. Ou peut-être deux. Avant que je revienne d'Europe, j'ai reçu une lettre de ma femme — elle n'était pas encore ma femme. Ma belle-mère nous avait trouvé un appartement dans le Queens. Ça coûtait soixante-deux dollars cinquante par mois. C'est la dernière bonne chose qui me soit arrivée.

— Quelle était la première ?

— Quelle première ?

— Vous avez dit deux choses, dis-je.

— Je ne m'en souviens plus. Je dis deux parce que ma femme me dit que je suis cynique et sarcastique. Comme ça, elle ne croira peut-être pas que je suis un type sérieux.

Je vis Brenda et Ferrari se séparer ; je m'excusai donc et me dirigeai vers Brenda, mais juste à ce moment-là M. Patimkin quitta Julie et il sembla que les deux hommes allaient échanger leurs partenaires. En fait, ils se regroupèrent tous les quatre sur la piste et lorsque je les rejoignis, ils riaient et Julie disait : « Qu'y a-t-il de si drôle ? » Ferrari me fit un petit salut et s'éloigna avec Julie en lui donnant une brusque poussée qui la précipita dans un fou rire.

M. Patimkin avait une main sur le dos de Brenda et il posa soudain l'autre sur le mien.

— Vous vous amusez bien, les enfants ? dit-il.

Nous nous balancions en quelque sorte, tous les trois, sur l'air de « Mène-moi à l'église à temps ».

Brenda embrassa son père.

— Oui, dit-elle. Je suis si saoule que ma tête ne tient plus sur mon cou.

— C'est un beau mariage, monsieur Patimkin.

— Si vous voulez quelque chose, demandez-le-moi... dit-il, un peu ivre lui aussi. Vous êtes deux braves gosses... Quel effet ça te fait que ton frère se marie?... Hein?... C'est un beau brin de fille, hein?

Brenda sourit, et bien qu'elle semblât croire que son père avait parlé d'elle, j'étais persuadé qu'il s'agissait d'Harriet.

— Tu aimes les mariages, papa? dit Brenda.

— J'aime les mariages de mes enfants... Il me donna une grande tape dans le dos. Vous voulez quelque chose, les enfants? Allez vous amuser. N'oublie pas, dit-il à Brenda, tu es ma chérie... Puis il me regarda. Tout ce que ma Biche désire est assez bon pour moi. Dans une affaire, quand il y en a pour deux il y en a pour trois.

Je souris, quoique pas à lui directement, et j'aperçus au loin Léo qui sirotait du champagne en nous regardant; lorsqu'il croisa mon regard, il me fit un signe de main, signifiant : « C'est bien, mon garçon! »

Après que M. Patimkin nous eut quittés, Brenda et moi dansâmes joue contre joue, et ne nous rassîmes que lorsque les serveurs commencèrent à circuler avec le plat principal. La grande table était bruyante, surtout de notre côté, où les hommes étaient presque tous des coéquipiers de Ron, dans un sport ou dans l'autre; ils mangeaient une quantité fantastique de petits pains. Tank Feldman, le camarade de chambre de Ron, qui était arrivé par avion de Toledo, ne cessait d'appeler le garçon pour du pain, du céleri, des olives, et ce à la joie criarde de son épouse, Gloria Feldman, une fille nerveuse et sous-alimentée qui regardait continuellement le devant de sa robe comme s'il se déroulait quelque chose sous ses vêtements. Gloria et Tank semblaient s'être désignés eux-mêmes comme capitaines de notre équipe. Ils proposaient les toasts, entamaient les chansons et nous appelaient sans cesse, Brenda et moi, les « tourtereaux ». Brenda souriait des yeux et des dents, et je parvins à extraire un regard égayé de quelque lointain recoin de mon âme.

Et la nuit continua : nous mangeâmes, nous bûmes, nous dansâmes — Rose et Pearl dansèrent ensemble un charleston (tandis que leurs maris examinaient les boiseries et les lustres), puis j'exécutai un charleston avec rien moins que Gloria Feldman, qui me fit des grimaces timides et hideuses pendant toute la durée de la danse. Vers la fin de la soirée, Brenda, qui avait bu autant de champagne que l'oncle Léo, dansa toute seule un tango à la Rita Hayworth, et Julie s'endormit sur des fougères qu'elle avait enlevées de la grande table et disposées par terre en matelas dans un coin de la salle. Je sentis un engourdissement gagner mon palais durci, et vers 3 heures du matin, des gens dansaient en manteau, des dames déchaussées enve- loppaient des morceaux du gâteau de mariage dans des serviettes pour le déjeuner de leurs enfants, puis Gloria Feldman se dirigea vers notre coin de table et dit, d'une voix un peu sèche :

— Alors, ma petite intellectuelle, qu'as-tu fait tout l'été ?

— J'ai fait pousser un pénis.

Gloria sourit et s'éloigna aussi rapidement qu'elle

était venue, et sans un mot de plus, Brenda se dirigea en vacillant vers les toilettes pour y recevoir la juste récompense de ses abus. Elle venait à peine de me quitter que Léo vint s'asseoir à côté de moi, un verre dans une main et une nouvelle bouteille de champagne dans l'autre.

— Pas trace des mariés ? dit-il, le regard paillard.

Il avait perdu la plupart de ses consonnes et essayait de s'en tirer au mieux à l'aide de longues voyelles mouillées.

— Eh bien, le prochain tour est le vôtre, mon garçon, je le vois dans les cartes... Ne vous laissez pas rouler...

Et il m'enfonça les côtes avec le goulot de la bouteille, renversant du champagne sur mon smoking loué. Il se redressa, en versa un peu plus dans son verre et sur sa main, puis s'arrêta soudain. Il regardait les lumières cachées sous un long banc de fleurs qui décorait la table. Il secoua la bouteille comme pour la faire mousser.

— Le salaud qui a inventé l'ampoule fluorescente devrait crever sur l'heure !

Il reposa la bouteille et but.

Sur la scène, Harry Winters fit taire ses musiciens. Le batteur se leva, s'étira, et ils commencèrent tous à ouvrir des boîtes et à ranger leurs instruments. Sur la piste, les parents, les amis, les camarades, se tenaient par la taille et les épaules, et de petits enfants se blottissaient contre les jambes de leurs parents. Deux gosses s'amusaient à courir entre les jambes du groupe, hurlant à tue-tête, jusqu'à ce que l'un d'eux se soit fait attraper par un adulte et sérieusement fesser.

Il se mit à pleurer, et couple après couple, la piste se vida. Notre table était une orgie de choses écrasées : serviettes, fruits, fleurs ; il y avait des bouteilles de whisky vides, des fougères fanées et des plats barbouillés de restes de gâteau aux cerises, devenu gluant au cours des heures. Au bout de la table, M. Patimkin était assis à côté de sa femme et lui tenait la main. En face d'eux M. et Mme Ehrlich étaient assis dans des fauteuils. Ils conversaient d'un ton calme et détaché, comme s'ils s'étaient connus depuis des années. Tout s'était ralenti à présent, et de temps à autre des gens s'approchaient des Patimkin et des Ehrlich, leur souhaitaient *mazel tov* et se retiraient avec leur famille dans la nuit de septembre, qui était fraîche et pleine de vent, dit quelqu'un, ce qui me rappela que l'hiver et la neige étaient proches.

— Ils ne s'usent jamais ces trucs-là, vous savez. Léo désignait les ampoules fluorescentes qui brillaient à travers les fleurs. Elles durent des années. Ils pourraient faire une voiture comme ça s'ils voulaient, qui ne s'userait jamais. Elle roulerait sur l'eau en été et dans la neige en hiver. Mais ils ne veulent pas, les gaillards... Regardez, moi, par exemple, dit Léo en éclaboussant son costume de champagne, je vends une bonne ampoule. On ne trouve pas ce genre-là dans les drugstores. C'est une ampoule de qualité. Mais je suis un petit. Je n'ai même pas de voiture. Son frère, et je n'ai même pas de voiture. Je prends le train. Je suis le seul type que je connaisse qui use trois paires de caoutchoucs par hiver. La plupart des types s'en achètent des neufs quand ils perdent les vieux. Moi, je les porte jusqu'au bout, comme des chaussures. Ecou-

tez, dit-il en se penchant sur moi, je pourrais vendre
une saloperie d'ampoule, ça ne me briserait pas le
cœur. Mais c'est pas un bon calcul.

Les Ehrlich et les Patimkin repoussèrent leurs
chaises et s'en allèrent tous, excepté M. Patimkin qui
s'approcha de Léo et moi.

Il donna à Léo une grande tape dans le dos.

— Eh bien, comment vas-tu, mon grand?

— Très bien, Ben. Très bien...

— Tu t'amuses?

— C'était une belle cérémonie, Ben, ça a dû coûter
un sacré pognon, à mon avis...

M. Patimkin rit.

— Quand je déclare mes impôts, je vais voir Léo. Il
sait exactement combien d'argent j'ai dépensé... Vous
voulez que je vous raccompagne? me demanda-t-il.

— Non, merci. J'attends Brenda. Nous avons ma
voiture.

— Bonsoir, dit M. Patimkin.

Je le regardai descendre de l'estrade sur laquelle
était posée la grande table, puis se diriger vers la
sortie. Les seules personnes restant alors dans la salle
— les débris d'une salle — étaient moi-même, Léo, sa
femme et son enfant qui dormaient toutes les deux, la
tête sur une nappe froissée en guise d'oreiller, par terre
devant nous. Brenda n'était toujours pas revenue.

— Quand on en a, dit Léo en se frottant les mains,
on peut se permettre de parler comme un caïd. Qui a
besoin d'un gars comme moi maintenant? Les com-
merçants, on crache dessus. On va au supermarché et
on peut y acheter n'importe quoi. Là où ma femme fait
son marché, on trouve des draps et des oreillers. Vous

vous rendez compte, dans une épicerie ! Moi, je vends
à des stations-service, des usines, des petits commer-
ces, tout le long de la côte Est. Bien sûr, vous pouvez
vendre une ampoule qui ne vaut rien et qui s'usera en
huit jours à un gars d'une station-service. Car vous
savez, dans les pompes, il faut des ampoules spéciales.
Des ampoules utilitaires. D'accord, alors vous lui
vendez de la saloperie, et puis une semaine plus tard il
en met une neuve, et pendant qu'il la visse, il se
rappelle encore votre nom. Pas moi. Je vends une
ampoule de qualité. Elle dure un mois, cinq semaines
avant même de clignoter, puis elle vous fait encore
deux jours, faible peut-être, mais elle ne vous laisse pas
dans le noir. Elle dure, c'est une ampoule de qualité.
Avant même qu'elle meure, on s'aperçoit qu'elle faiblit
et on la change. Ce que les gens n'aiment pas, c'est
quand il fait clair et que tout d'un coup il fait noir.
Laissez-la vivoter quelques jours et ils ne se sentent
pas si mal à l'aise. Personne ne jette jamais mes
ampoules — ils les gardent en cas de besoin. Des fois,
je dis à un type, est-ce que vous jetez une ampoule
achetée à Léo Patimkin ? Faut de la psychologie. C'est
pour ça que j'envoie ma fille à l'école. Si on n'est pas
un peu psychologue, de nos jours, on est fichu...

Il leva un bras et le pointa vers sa femme ; puis il
s'enfonça sur sa chaise.

— Ach ! dit-il, et il vida un demi-verre de champagne. Je vais vous dire, je vais jusqu'à New London,
dans le Connecticut. Je ne veux pas aller plus loin, et
quand je rentre chez moi le soir, je m'arrête d'abord
pour boire un verre ou deux. Des martinis. J'en prends
deux, parfois trois. C'est convenable, non ? Mais pour

elle, une goutte ou une baignoire entière, c'est la même chose. Elle dit que c'est mauvais pour la gosse si je reviens à la maison en sentant l'alcool. C'est un bébé, nom de Dieu, et elle croit que je devrais avoir la même odeur. Comparer un enfant de trois ans à un homme de quarante-huit ! Elle me fera attraper une thrombose, cette enfant. Ma femme, elle veut que je rentre tôt pour jouer avec la petite avant qu'elle aille se coucher. Rentre à la maison, dit-elle, et c'est moi qui t'offrirai un verre. Ah ! Je passe toute la journée à renifler de l'essence, à m'allonger sous des capots de voitures avec des Polaks tout barbouillés de cambouis, essayant de faire entrer une sale ampoule dans une douille — je vais la visser moi-même que je leur dis — et elle croit que j'ai envie de rentrer à la maison pour boire un martini dans un verre à confiture ! Combien de temps vas-tu traîner dans les bars ? dit-elle. Jusqu'à ce qu'une fille juive soit Miss Rheingold !

— Ecoutez, continua-t-il après un autre verre, j'aime mon enfant comme Ben aime sa Brenda. C'est pas que je veux pas jouer avec elle. Mais si je joue avec la gosse et que le soir je couche avec ma femme, faut pas qu'elle s'attende à ce que je lui fasse des trucs. C'est l'un ou l'autre. Je ne suis pas une vedette de cinéma.

Léo regarda son verre vide et le posa sur la table ; il prit la bouteille et but du champagne comme si c'était de l'eau de Vichy.

— Combien croyez-vous que je fais par semaine ? dit-il.

— Je ne sais pas.

— Devinez.

— Une centaine de dollars.

— C'est ça, et demain ils vont lâcher les lions dans Central Park. Combien croyez-vous que je fasse?

— Je ne peux pas vous dire.

— Un chauffeur de taxi gagne plus que moi. C'est un fait. Le frère de ma femme est chauffeur de taxi, il vit à New Gardens. Et ils ne se laissent pas avoir, ces gars-là, vous pouvez y aller. La semaine dernière, un soir, il pleuvait, et je me suis dit après tout je m'en fous, je prends un taxi. J'avais passé toute la journée à Newton, Massachusetts. D'habitude, je ne vais pas si loin, mais dans le train le matin je me suis dit, reste, va plus loin, ça changera un peu. Et tout le temps je savais que je me roulais. Je ne rentrerais même pas dans les frais du voyage. Mais je suis resté. Et le soir, j'avais encore quelques boîtes avec moi, alors quand le type s'est arrêté devant la gare, y avait comme un démon qui me dit, monte. J'ai même jeté les ampoules dedans, sans même faire attention qu'elles pourraient se casser. Et le chauffeur de me lancer : Dites donc, mon pote, voulez arracher le cuir? C'est des banquettes neuves. Non, lui dis-je. Bon Dieu, qu'il dit, y a des gens quand même. Je monte et je lui donne une adresse dans le Queens, ce qui aurait dû la lui fermer, mais non, pendant toute la course, il m'a bondieusé. Il faisait chaud dans le taxi, alors j'ai baissé la vitre, alors il s'est retourné et il a dit : Dites donc, voulez me faire attraper le torticolis? Je viens juste de me débarrasser d'une saloperie de rhume... Léo me regarda, les yeux troubles. Cette ville est dingue! Si j'avais un peu d'argent, je ficherais le camp d'ici immédiatement. J'irais en Californie. Ils n'ont pas besoin d'ampoules électriques là-bas, tellement il fait clair. Je suis allé en Nouvelle-Guinée pendant la guerre, de San Francisco. *C'est ça,* éclata-t-il, c'est ça l'autre bonne chose qui m'est arrivée, cette nuit à San Francisco avec Hannah Schreiber. Ce sont les deux, vous me l'avez demandé, je vous le dis — l'appartement que ma belle-mère nous a trouvé et cette Hannah Schreiber. Une nuit, c'est tout. Je suis allé au bal de B'nai Brith pour soldats dans le sous-sol d'une grande synagogue, et je l'ai rencontrée. Je n'étais pas marié à l'époque, alors ne faites pas la grimace.

— Je ne fais pas la grimace.

— Elle habitait une jolie petite chambre, toute seule. Elle faisait des études pour être professeur. Je savais déjà qu'il allait se passer quelque chose parce qu'elle se laissa tripoter sous la combinaison dans le taxi. Ecoutez, j'ai l'air d'être toujours en taxi. Peut-être deux autres fois dans ma vie, pas plus. A vrai dire, je n'y prends même pas plaisir. Pendant toute la course, j'observe le compteur. Je ne peux même pas profiter des plaisirs !

— Que s'est-il passé avec Hannah Schreiber ?

Il sourit, découvrant des éclairs d'or dans sa bouche.

— Comment trouvez-vous ce nom ? C'était une jeune fille, mais elle avait un nom de vieille dame. Dans la chambre, elle me dit qu'elle croit à l'amour oral. Je l'entends encore : Léo Patimkin, je crois à l'amour oral. Je ne savais pas à quoi elle pouvait bien faire allusion. Je suppose qu'elle était Christian Scientist ou quelque chose dans ce genre-là. Très bien, lui ai-je dit. Mais pour les soldats, les pauvres gars qui traversent l'océan pour aller se faire tuer peut-être, que

Dieu nous garde. Il haussa les épaules. J'étais pas un
gars très malin. Mais ça se passait il y a presque vingt
ans, j'avais encore du lait dans le nez. Je vais vous dire,
de temps en temps, ma femme, vous savez, elle fait
pour moi ce qu'a fait Hannah Schreiber. Je n'aime pas
la forcer, elle travaille dur. Ça pour elle, c'est comme
un taxi pour moi. Je voudrais pas la forcer. Je parie
que je me souviens de chacune des fois où ça s'est
passé. Une fois après un Seider, ma mère, que Dieu ait
son âme, vivait encore. Ma femme en avait marre du
Mogen David. En fait, deux fois après des Seiders.
Ach ! Tout ce que j'ai eu de bon dans ma vie, je peux le
compter sur les doigts. Si quelqu'un me léguait un
million de dollars, je n'aurais même pas à enlever mes
chaussures. J'ai encore toute une main à ma disposi-
tion !

Il pointa la bouteille de champagne presque vide
vers les ampoules fluorescentes.

— Vous appelez ça de la lumière ? C'est une
lumière pour lire, ça ? Elle est violette, nom de Dieu !
La moitié des aveugles du monde ont perdu la vue à
cause de ces machins-là. Vous savez qui est derrière ?
Les optométristes ! Je vais vous dire, si on m'offrait
deux ou trois cents dollars pour tout mon stock et ma
clientèle, je vendrais sur l'heure. C'est ça, Léo Patimkin, un semestre de comptabilité, cours du soir à City
College, vend marchandise, clientèle, bonne renom-
mée. J'achèterai cinq centimètres dans le *Times*. Ma
clientèle va d'ici à partout. Je vais où je veux, mon
propre patron, personne ne me dit ce que je dois faire.
Vous connaissez la Bible ? « Que la lumière soit... et
voici Léo Patimkin ! » C'est ma devise publicitaire, je

la vendrai avec. Je leur lance ce slogan aux Polaks, et ils croient que je l'ai inventé. A quoi ça sert d'être intelligent si on n'est pas aux premières loges ! J'ai plus de cervelle dans mon petit doigt que Ben n'en a dans toute sa tête. Pourquoi est-il en haut et moi en bas ? *Pourquoi ?* Croyez-moi, quand on est né pour avoir de la chance, on en a !

Puis il explosa dans le silence.

J'avais l'impression qu'il allait pleurer, je me penchai donc et lui chuchotai :

— Vous feriez mieux de rentrer chez vous.

Il acquiesça, mais je dus le soulever de sa chaise et le mener par le bras vers sa femme et son enfant. La petite fille ne voulant pas se réveiller, Léo et Bea me demandèrent de veiller sur elle tandis qu'ils allaient chercher leurs manteaux dans le hall. Lorsqu'ils revinrent, Léo semblait avoir réussi à retrouver le niveau de la communication humaine. Il me serra la main avec une réelle affection. Je fus très touché.

— Vous irez loin, me dit-il. Vous êtes un gars intelligent, vous ne craignez rien. Ne faites pas de gaffes.

— Promis.

— La prochaine fois qu'on se verra, ce sera votre mariage.

Et il me lança un clin d'œil. Bea était à côté de lui, marmonnant des au revoir pendant tout le temps qu'il parlait. Il me serra la main de nouveau, puis souleva la fillette de son siège, et ils se dirigèrent vers la porte. Vus de dos, les épaules rentrées, chargés, portant l'enfant, ils avaient l'air de gens fuyant une ville capturée.

Je découvris Brenda endormie sur une banquette dans le hall. Il était presque 4 heures du matin et nous étions les seuls dans le hall de l'hôtel, avec le réceptionniste. Je ne réveillai pas Brenda tout de suite, car elle était pâle, les traits tirés, et je savais qu'elle avait été très malade. Je m'assis à côté d'elle, lui caressant les cheveux. Comment pourrais-je jamais la connaître, me demandai-je, car tandis qu'elle dormait, je sentais que je n'en savais pas davantage sur elle que je n'aurais pu en apprendre à travers une photographie. Je la secouai doucement et dans un demi-sommeil, elle m'accompagna jusqu'à la voiture.

Il faisait presque jour lorsque nous débouchâmes du tunnel Lincoln dans le New Jersey. Je mis mes phares en code, passai devant la barrière de péage et là, devant moi, je vis les prairies marécageuses qui s'étendaient sur des kilomètres et des kilomètres, humides, tachetées, comme oubliées de Dieu. Je pensai à cet autre oubli, Léo Patimkin, le demi-frère de Ben. Dans quelques heures il serait dans un train, roulant vers le nord, et en passant Scarsdale et White Plains, il aurait un renvoi de champagne et en laisserait la saveur s'attarder dans sa bouche. Près de lui, sur la banquette, tel un voisin de voyage, il y aurait des cartons d'ampoules. Il descendrait à New London, ou peut-être, inspiré par la vision de son demi-frère, resterait-il une fois de plus, dans l'espoir de rencontrer la chance plus au nord. Car le territoire de Léo s'étendait à toute la terre, comprenait chaque ville, chaque marais, chaque route. Il pouvait aller jusqu'à Terre-Neuve s'il le désirait, jusqu'à la Baie d'Hudson, monter jusqu'à Thulé, puis redescendre de l'autre côté du globe et frapper à des fenêtres gelées dans les steppes russes, s'il le désirait. Mais il n'irait pas. Léo avait quarante-huit ans et de l'expérience. Il poursuivait l'inconfort et le chagrin, d'accord, mais quand on en a déjà plein le cœur en arrivant à New London, quelle détresse inconnue peut-on aller chercher à Vladivostok?

Le lendemain, le vent soufflait l'automne et les branches du saule pleureur pointaient la tête sur la pelouse. A midi, je conduisis Brenda à la gare et elle me quitta.

VIII

L'automne arriva vite. Il faisait froid et dans le New Jersey, les feuilles changèrent de couleur et tombèrent du jour au lendemain. Le samedi suivant, je montai voir les cerfs; je ne sortis même pas de ma voiture, car il faisait trop froid pour rester devant la grille; je regardai donc les animaux marcher et courir dans la grisaille de cette fin d'après-midi, et au bout d'un moment, tout, même les choses de la nature, les arbres, les nuages, l'herbe, les plantes, me rappelèrent Brenda et je redescendis à Newark. Nous avions déjà échangé nos premières lettres et je lui avais téléphoné un soir tard, mais tant par lettre que par téléphone, nous avions du mal à nous trouver; nous n'avions pas encore le style. Ce soir-là, j'essayai à nouveau de

l'appeler, mais quelqu'un de son étage me dit qu'elle
était sortie et ne rentrerait que tard dans la soirée.

Quand je revins à la bibliothèque, M. Scappelo me
posa des questions à propos du Gauguin. Le monsieur
couperosé avait effectivement envoyé une méchante
lettre dénonçant mon impolitesse, et je ne pus m'en
sortir qu'en offrant une histoire confuse sur un ton
indigné. En fait, je m'arrangeai même pour la tourner
de telle façon que M. Scapello me présenta des excuses
en me conduisant à mon nouveau poste, au milieu des
encyclopédies, des bibliographies, des index et des
guides. Ma violence m'étonna, et je me demandai si je
n'en avais pas un peu appris de M. Patimkin le matin
où je l'avais entendu houspiller Grossman au téléphone. J'étais peut-être plus doué pour les affaires que
je ne le pensais. Je pourrais peut-être facilement
apprendre à devenir un Patimkin...

Les jours passaient lentement ; je ne revis jamais le
petit garçon noir, et un jour, en regardant dans les
rayons, je m'aperçus que le Gauguin avait disparu,
probablement emporté, enfin, par le monsieur couperosé. Je me demandai ce qui s'était passé le jour où
l'enfant avait découvert que le livre n'était plus là.
Avait-il pleuré ? Pour quelque raison, j'imaginai qu'il
m'en avait attribué la responsabilité, mais je réalisai
que j'étais en train de confondre le rêve que j'avais eu
avec la réalité. Il y avait des chances pour qu'il eût
découvert quelqu'un d'autre, Van Gogh, Vermeer...
Mais non, ils n'étaient pas son genre. Selon toute
probabilité, il avait renoncé à la bibliothèque et était
retourné jouer à Willie Mays dans les rues. Cela valait

mieux, pensais-je. C'est idiot de rêver de Tahiti, si on ne peut pas se payer le voyage.

Voyons, que faisais-je d'autre? je mangeais, je dormais, j'allais au cinéma, j'envoyais des livres abîmés à l'atelier de reliure — je faisais tout ce que j'avais fait auparavant, mais maintenant chaque activité était entourée d'une barrière, existait en soi, et ma vie consistait à sauter d'une barrière à l'autre. Il n'y avait pas de continuité, car celle-ci avait été créée par Brenda.

Puis Brenda écrivit qu'elle pourrait venir pour les fêtes juives qui n'étaient que dans une semaine. J'étais si content que j'eus envie de téléphoner à M. et Mᵐᵉ Patimkin, juste pour leur faire part de ma joie. Néanmoins, lorsque je pris l'appareil et que j'eus déjà même formé les deux premières lettres, je sus qu'à l'autre bout je ne trouverais que le silence; s'il y avait une réponse, ce ne serait que Mᵐᵉ Patimkin demandant : « Que désirez-vous? » M. Patimkin avait probablement oublié mon nom.

Ce soir-là, après le dîner, j'embrassai tante Gladys et lui dis qu'elle ne devrait pas se donner tant de peine.

— Dans moins d'une semaine, c'est Rosh Hashana et il trouve que je devrais prendre des vacances. J'aurai dix personnes à dîner. Qu'est-ce que tu crois, qu'une poule se nettoie toute seule? Dieu merci, les fêtes n'ont lieu qu'une fois par an, je serais une vieille femme avant l'heure.

Mais tante Gladys n'eut que neuf personnes, car deux jours après sa lettre, Brenda téléphona.

— Oy, Got! cria tante Gladys, un appel interurbain.

— Allô ? dis-je.

— Allô, chéri ?

— Oui, dis-je.

— Qu'est-ce que c'est ? Tante Gladys me tirait par la chemise. Qu'est-ce que c'est ?

— C'est pour moi.

— Qui ? dit tante Gladys en pointant un doigt sur le récepteur.

— Brenda, dis-je.

— Oui ? dit Brenda.

— Brenda ? dit tante Gladys. Pourquoi fait-elle un appel interurbain, j'ai presque eu une crise cardiaque.

— Parce qu'elle est à Boston, dis-je. Je t'en prie, tante Gladys.

Et tante Gladys s'éloigna en marmonnant : « Ces enfants... »

— Allô, dis-je à nouveau au téléphone.

— Neil, comment vas-tu ?

— Je t'aime.

— Neil, j'ai de mauvaises nouvelles. Je ne peux pas venir cette semaine.

— Mais chérie, ce sont les fêtes juives.

— *Chéri*, dit-elle en riant.

— Tu ne peux pas donner ça comme excuse ?

— J'ai un examen samedi et un devoir à rendre, et tu sais que si je rentre à la maison, je ne ferai rien...

— Si.

— Neil, je ne peux pas. Ma mère me ferait aller à la synagogue, et je n'aurais même pas le temps de te voir.

— Oh, mon Dieu, Brenda.

— Chéri ?

— Oui ?

— Tu ne peux pas venir ici ? demanda-t-elle.

— Je travaille.

— Les fêtes juives, dit-elle.

— Chérie, je ne peux pas. L'année dernière, je n'ai pas demandé de congé, je ne peux pas tout à...

— Tu peux dire que tu t'es converti.

— En outre, ma tante a invité toute la famille à dîner et tu sais, avec mes parents...

— Neil, viens.

— Je ne peux pas prendre deux jours, Bren. Je viens d'obtenir de l'avancement et une augmentation...

— Au diable l'augmentation.

— Chérie, c'est mon travail.

— Pour toujours ? dit-elle.

— Non.

— Alors viens. J'ai une chambre d'hôtel.

— Pour moi ?

— Pour nous.

— Tu peux faire ça ?

— Oui et non. Ça se fait.

— Brenda, tu me tentes.

— Laisse-toi tenter.

— Je pourrais prendre un train mercredi soir directement après mon travail.

— Tu pourrais rester jusqu'à dimanche soir.

— Bren, je ne peux pas. Il faut que je sois rentré à la bibliothèque samedi.

— Tu n'as pas un jour de congé ? dit-elle.

— Le mardi, dis-je sombrement.

— Bon Dieu.

— Et dimanche, ajoutai-je.

Brenda dit quelque chose mais je ne l'entendis pas, car tante Gladys cria :

— Tu vas parler toute la journée sur un appel interurbain ?

— Silence ! lui criai-je.

— Neil, tu viens ?

— Sapristi, oui, dis-je.

— Tu es en colère ?

— Je ne crois pas. Je vais venir.

— Jusqu'à dimanche ?

— On verra.

— Ne sois pas bouleversé, Neil. Tu as l'air bouleversé. Ce sont les fêtes juives. C'est-à-dire, tu *dois* prendre un congé.

— Juste, dis-je. Je suis un Juif orthodoxe, bon Dieu, je devrais en profiter.

— Juste, dit-elle.

— Y a-t-il un train vers six heures ?

— Toutes les heures, il me semble.

— Alors je prendrai celui qui part à six heures.

— Je serai à la gare, dit-elle. Comment te reconnaî-trai-je ?

— Je serai déguisé en Juif orthodoxe.

— Moi aussi, dit-elle.

— Bonne nuit, mon amour, dis-je.

Tante Gladys se mit à pleurer quand je lui dis que je m'en allais pour Rosh Hashana.

— Et moi qui préparais un grand repas, dit-elle.

— Tu peux toujours le préparer.

— Qu'est-ce que je vais dire à ta mère ?

— Je lui dirai, tante Gladys. Je t'en prie. Tu n'as pas le droit d'être bouleversée...

— Un jour tu auras une famille et tu sauras ce que c'est.

— J'ai déjà une famille.

— Qu'est-ce qu'il y a, dit-elle en se mouchant, cette fille ne pouvait pas venir voir sa famille pour les fêtes ?

— Elle fait ses études, elle ne peut pas...

— Si elle aimait sa famille, elle trouverait le temps. On ne vit pas six cents ans.

— Elle aime bien sa famille.

— Alors une fois par an, on peut bien faire un effort et rendre visite.

— Tante Gladys, tu ne comprends pas.

— Bien sûr, dit-elle, quand j'aurai vingt-trois ans je comprendrai tout.

Je voulus l'embrasser, mais elle dit :

— Va-t'en, cours à Boston...

Le lendemain matin, je découvris que M. Scapello non plus ne voulait pas me laisser partir pour Rosh Hashana, mais je le dégonflai, je crois, en laissant entendre que sa réticence à me donner les deux jours de congé pourrait tout aussi bien masquer de l'antisémitisme, de sorte que dans l'ensemble il fut plus aisé à manier. A l'heure du déjeuner, je fis un tour à Penn Station et pris un horaire des trains pour Boston. Ce fut ma lecture du soir pendant trois jours.

Elle ne ressemblait pas à Brenda, du moins les premières minutes. Et probablement pour elle je ne me ressemblais pas. Mais nous nous embrassâmes et nous étreignîmes, et c'était étrange de sentir l'épaisseur de nos manteaux entre nous.

— Je laisse pousser mes cheveux, dit-elle dans le taxi, et ce furent en fait ses seules paroles. Ce ne fut qu'en l'aidant à descendre du taxi que je remarquai l'étroit anneau d'or qui brillait sur sa main gauche.

Elle se tint à l'écart, se promenant négligemment dans le hall, pendant que je signais le registre « Monsieur et Madame Neil Klugman », puis dans la chambre nous échangeâmes un autre baiser.

— Ton cœur bat, lui dis-je.

— Je sais, dit-elle.

— Tu es nerveuse ?

— Non.

— Tu as déjà fait ça avant ? dis-je.

— J'ai lu Mary McCarthy.

Elle enleva son manteau et au lieu de le poser sur le lit, elle le jeta sur la chaise. Je m'assis sur le lit ; elle pas.

— Qu'est-ce qui ne va pas ?

Brenda respira profondément et s'approcha de la fenêtre, et je pensai qu'il valait mieux ne rien demander — que nous nous habituerions tranquillement l'un à l'autre. J'accrochai mon manteau et le sien dans le placard vide et laissai les valises — la mienne et la sienne — près du lit.

Brenda était agenouillée sur la chaise, regardant par la fenêtre comme si de l'autre côté de la fenêtre était l'endroit où elle eût préféré être. Je m'approchai derrière elle et passai mes bras autour de son corps, mes mains sur sa poitrine, et lorsque je sentis le froid courant d'air qui se glissa sous la fenêtre, je réalisai combien de temps avait passé depuis cette première nuit chaude où je l'avais entourée de mes bras et senti les petites ailes battre dans son dos. Puis je réalisai pourquoi j'étais réellement venu à Boston — cela avait duré assez longtemps. Il était temps de cesser de jouer avec le mariage.

— Y a-t-il quelque chose qui ne va pas? dis-je.

— Oui.

Je ne m'attendais pas à cette réponse; en fait, je n'en désirais aucune, seulement calmer sa nervosité par mon attention. Mais je demandai :

— Qu'est-ce que c'est? Pourquoi ne m'en as-tu pas parlé au téléphone?

— C'est arrivé hier.

— A l'Université?

— A la maison. Ils ont découvert à propos de nous.

Je tournai son visage vers le mien.

— Ça ne fait rien. J'ai dit à ma tante que je venais ici. Quelle importance?

— Cet été. Que nous avons couché ensemble.

— Ah?

— Oui.

— ...Ron?

— Non.

— Cette nuit, tu veux dire, est-ce que Julie...

— Non, dit-elle, *personne.*

— Je ne comprends pas.

Brenda se leva, s'approcha du lit et s'assit sur le bord. Je m'assis sur la chaise.

— Ma mère a trouvé le truc.

— Le diaphragme?

Elle hocha la tête.

— Quand? demandai-je.

— L'autre jour, je suppose. — Elle alla vers le secrétaire et ouvrit son porte-monnaie. — Tiens, tu peux les lire dans l'ordre où je les ai reçues.

Elle me jeta une enveloppe ; elle était froissée et sale, comme si elle l'avait bien des fois sortie et remise dans ses poches.

— J'ai reçu celle-ci ce matin, dit-elle. Exprès.

Je sortis la lettre et lus :

ÉVIERS ET LAVABOS PATIMKIN
Toutes tailles — Toutes formes

Chère Brenda,

Ne prête aucune Attention à la Lettre de ta Mère quand tu la recevras. Je t'aime ma chérie si tu veux un manteau je Te l'achèterai. Tu peux avoir tout ce que tu veux. Nous avons entièrement confiance en toi alors ne t'alarme pas trop à cause de ce que ta mère dit dans sa Lettre. Bien sûr elle est terriblement bouleversée par le choc et puis elle s'est donné tant de peine pour la Hadassah. C'est une Femme et elle a du mal à comprendre certains Chocs dans la vie. Bien sûr je ne peux pas dire que Nous n'avons pas tous été surpris parce que j'ai été tout de suite si aimable avec lui et Pensai qu'il apprécierait les agréables vacances que nous lui avons offertes. Il y a des Gens qui ne se conduisent jamais comme on l'espérait et plaise à Dieu je suis prêt à pardonner et oublier le Passé, Tu as toujours été jusqu'à maintenant une gentille Biche et tu as eu des bons Résultats scolaires et Ron a toujours été comme nous le voulions un Bon Garçon, ce qui est très important, et un Gentil Garçon. Si tard dans ma vie crois-moi je ne vais pas commencer à haïr ma propre chair. Quant à ta faute il faut être Deux pour faire une faute et maintenant que tu seras à l'école et loin de lui tu te remettras très bien de ce que tu as fait j'en suis persuadé. Il faut faire confiance à ses enfants comme à une Affaire ou n'importe quelle

entreprise et il n'y a rien qui soit si mauvais qu'on ne puisse
pardonner surtout quand il s'agit de Notre propre sang. Nous
avons une famille très unie et pourquoi pas???? Passe de bonnes
Fêtes et à la Synagogue je ferai une prière pour toi comme
chaque année. Lundi je veux que tu ailles à Boston t'acheter un
manteau. Tout ce que tu as besoin parce que je sais comme il fait
Froid là où tu es... Fais mes amitiés à Linda et n'oublie pas de
l'amener à la maison pour Thanksgiving comme l'an dernier.
Vous vous étiez si bien amusées toutes les deux. Je n'ai jamais
rien dit de méchant sur tes amis ou ceux de Ron et que ceci soit
arrivé n'est que l'exception qui confirme la règle. Bonnes Fêtes.

TON PÈRE.

Puis c'était signé BEN PATIMKIN, mais ceci était
barré et au-dessous de nouveau TON PÈRE, comme en
écho.

— Qui est Linda? demandai-je.

— Ma camarade de chambre, l'année dernière.
— Elle me lança une autre enveloppe. — Tiens. J'ai
reçu celle-là cet après-midi. Par avion.

La lettre était de la mère de Brenda. Je commençai à
la lire puis la posai un instant.

— Tu l'as reçue *après*?

— Oui, dit-elle. Quand j'ai reçu celle de mon père,
je ne savais pas ce qui se passait. Lis la sienne.

Je repris ma lecture.

Chère Brenda,

Je ne sais même pas comment commencer. J'ai pleuré toute la
matinée et j'ai dû renoncer à une réunion cet après-midi,
tellement j'avais les yeux rouges. Je n'aurais jamais cru qu'une

chose pareille pouvait arriver à une fille à moi. Je me demande si tu comprends ce que je veux dire, si cela pèse au moins sur ta conscience, afin que je n'aie pas besoin de nous dégrader par une description. Tout ce que je peux dire c'est que ce matin, en nettoyant les tiroirs pour ranger tes vêtements d'été j'ai trouvé quelque chose dans ton tiroir du bas, sous des tricots que tu te souviens probablement avoir laissés ici. J'ai pleuré aussitôt que je l'ai vu et n'ai pas cessé de pleurer depuis. Ton père a téléphoné tout à l'heure et maintenant il rentre à la maison parce qu'il a entendu combien j'étais bouleversée au téléphone.

Je ne sais pas ce que nous t'avons fait pour que tu nous récompenses de la sorte. Nous t'avons donné un foyer agréable et tout l'amour et le respect dont un enfant a besoin. J'étais toujours fière quand tu étais petite que tu saches si bien prendre soin de toi. Tu t'occupais si magnifiquement de Julie quand tu avais quatorze ans que c'était un vrai plaisir. Mais tu t'es éloignée de ta famille, bien que nous t'ayons envoyée dans les meilleures écoles et donné le meilleur de ce que l'argent pouvait acheter. Pourquoi tu nous remercies de la sorte est une question que j'emporterai jusque dans la tombe.

En ce qui concerne ton ami, je ne trouve pas de mots. Il relève de la responsabilité de ses parents et je ne peux m'imaginer quelle vie familiale il a eue pour pouvoir agir ainsi. C'était certainement une jolie façon de nous remercier pour l'hospitalité que nous avons été assez aimables de lui offrir, à lui un parfait étranger. Que vous ayez eu un tel comportement dans notre propre maison, je ne pourrai jamais le comprendre. Les temps ont certainement changé depuis l'époque où j'étais jeune fille pour que ces choses puissent se passer. Je me demande si au moins tu ne pensais pas à nous en faisant ça. Sans parler de moi, comment as-tu pu faire ça à ton père ? Dieu fasse que Julie n'apprenne jamais cette histoire.

Dieu sait ce que tu as fait pendant toutes ces années où nous avons eu confiance en toi.

Tu as brisé le cœur de tes parents et tu devrais le savoir. C'est la preuve de ta gratitude pour tout ce que nous t'avons donné.

MÈRE.

Elle ne signait « Mère » qu'une fois, et d'une écriture extraordinairement minuscule, comme un murmure.

— Brenda, dis-je.

— Quoi ?

— Tu pleures ?

— Non. J'ai déjà pleuré.

— Ne recommence pas.

— J'essaie, bon Dieu.

— Okay... Brenda, puis-je te poser une question ?

— Quoi ?

— Pourquoi l'as-tu laissé chez toi ?

— Parce que je ne pensais pas l'utiliser ici, c'est tout.

— Imagine que je sois venu. D'ailleurs, je suis venu, qu'en dis-tu ?

— Je croyais que ce serait moi qui viendrais la première.

— Enfin, tu ne pouvais pas l'emporter tout de suite ? Comme une brosse à dents ?

— Tu essaies d'être drôle ?

— Non. Je te demande simplement pourquoi tu l'as laissé chez toi.

— Je te l'ai dit. Je croyais que je rentrerais à la maison.

— Mais Brenda, ça n'a pas de sens. Suppose que tu sois rentrée puis revenue ici. Tu ne l'aurais pas pris avec toi alors ?

— Je ne sais pas.

— Ne te mets pas en colère, dis-je.

— C'est toi qui es en colère.

— Je suis contrarié, pas en colère.

— Eh bien je suis contrariée, moi aussi.

Je ne répondis pas ; je m'approchai de la fenêtre et regardai au-dehors. Les étoiles et la lune avaient paru, dur argent, et de la fenêtre j'apercevais le campus de Harvard où les lumières brillaient puis semblaient clignoter quand le vent soufflait dans les arbres devant elles.

— Brenda...

— Quoi ?

— Connaissant les sentiments de ta mère à ton égard, n'était-ce pas idiot de le laisser à la maison ? Risqué ?

— Qu'est-ce que ses sentiments à mon égard ont à voir dans cette histoire ?

— Tu ne peux pas lui faire confiance.

— Pourquoi pas ?

— Tu vois bien. Ce n'est pas possible.

— Neil, elle ne faisait que nettoyer les tiroirs.

— Tu ne savais pas qu'elle allait le faire ?

— Elle ne l'a jamais fait. Ou peut-être que si. Neil, je ne pouvais pas penser à tout. Nous avons couché ensemble soir après soir et personne n'a entendu ni remarqué...

— Brenda, pourquoi diable emmêles-tu volontairement les choses ?

— Je n'emmêle rien !

— Okay, dis-je doucement. D'accord.

— C'est toi qui emmêles tout, dit Brenda. Tu as l'air de dire que je voulais qu'elle le trouve.

Je ne répondis pas.

— Oh, Neil, tu es fou.

— Qu'y avait-il de plus fou que de laisser traîner ce fichu machin ?

— C'était un oubli.

— Maintenant c'est un oubli, tout à l'heure c'était volontaire.

— C'était un oubli en ce qui concerne le tiroir. Ce n'était pas un oubli de le laisser, dit-elle.

— Brenda chérie, le plus sûr, le plus simple, le plus intelligent, le plus facile, n'aurait-ce pas été de l'emporter avec toi ? Tu ne crois pas ?

— Cela revenait au même, de toute façon.

— Brenda, cet argument relève de la plus parfaite mauvaise foi !

— Tu persistes à vouloir me faire croire que j'ai voulu qu'elle le trouve. Tu crois que j'en ai besoin ? Vraiment ? Je ne peux même plus rentrer chez moi.

— A ce point ?

— Oui !

— Non, dis-je. Tu peux rentrer chez toi — ton père t'attendra avec deux manteaux et une demi-douzaine de robes.

— Et ma mère ?

— De même.

— Ne dis pas de bêtises. Comment pourrais-je les regarder en face !

— Pourquoi ne pourrais-tu les regarder en face ? As-tu fait quelque chose de mal ?

— Neil, je t'en prie, vois les choses comme elles sont.

— As-tu fait quelque chose de mal ?

— Neil, *ils* pensent que c'est mal. Ce sont mes parents.

— Mais crois-tu que c'est mal...

— Ceci n'a aucune importance.

— Cela en a pour moi, Brenda...

— Neil, pourquoi emmêles-tu les choses ? Tu n'arrêtes pas de m'accuser.

— Bon Dieu, Brenda, tu es bien coupable de certaines choses.

— Lesquelles ?

— D'avoir laissé ce fichu diaphragme là-bas. Comment peux-tu appeler ça un oubli ?

— Oh, Neil, ne commence pas ces sornettes psychanalytiques !

— Alors pourquoi l'as-tu fait ? Tu voulais qu'elle le trouve ?

— Pourquoi ?

— Je ne sais pas, Brenda, pourquoi ?

— Oh ! dit-elle, saisissant l'oreiller et le rejetant sur le lit.

— Et que faisons-nous maintenant ? dis-je.

— Qu'est-ce que ça veut dire ?

— Ce que ça veut dire. Que faisons-nous maintenant ?

Elle roula sur le lit et y enfonça la tête.

— Ne te mets pas à pleurer, dis-je.

— Je ne pleure pas.

Je tenais encore les lettres à la main ; je sortis celle de M. Patimkin de son enveloppe.

— Pourquoi ton père met-il des majuscules un peu partout ?

Elle ne répondit pas.

— Quant à ta faute, lus-je tout haut à Brenda, il faut être Deux pour faire une faute et maintenant que tu seras à l'école et loin de lui tu te remettras très bien de ce que tu as fait j'en suis persuadé. Ton père. Ton père.

Elle se retourna et me regarda ; mais sans dire un mot.

— Je n'ai jamais rien dit de méchant sur tes amis ou ceux de Ron et que ceci soit arrivé n'est que l'exception qui confirme la règle. Bonnes Fêtes.

Je m'arrêtai ; dans le visage de Brenda il n'y avait aucune menace de larmes ; elle regardait, soudain solide et décidée.

— Eh bien, que vas-tu faire ? demandai-je.

— Rien.

— Qui vas-tu ramener à la maison pour Thanksgiving — Linda ? dis-je, ou moi ?

— Qui *puis*-je ramener, Neil ?

— Je ne sais pas, qui ?

— Puis-je t'amener, toi ?

— Je ne sais pas, dis-je, peux-tu ?

— Cesse de répéter mes questions !

— Je suis certain de ne pas pouvoir te donner les réponses.

— Neil, sois réaliste. Après ça, est-ce que je peux t'amener à la maison ? Peux-tu nous imaginer tous assis autour de la table ?

— Si tu ne peux pas, je ne peux pas non plus, et si tu peux, je peux.

— Vas-tu te mettre à parler en Zen, pour l'amour de Dieu?

— Brenda, ce n'est pas à moi de prendre les décisions. Tu peux amener Linda ou moi. Tu peux rentrer ou ne pas rentrer. C'est une autre possibilité. Ainsi tu n'aurais pas à choisir entre Linda et moi.

— Neil, tu ne comprends pas. Ce sont tout de même mes parents. Ils m'ont effectivement envoyée dans les meilleures écoles, n'est-ce pas? Ils m'ont donné tout ce que je désirais, n'est-ce pas?

— Oui.

— Alors comment pourrais-je ne pas rentrer à la maison? Il *faut* que je rentre.

— Pourquoi?

— Tu ne comprends pas. Tes parents ne t'ennuient plus. Tu as de la chance.

— Oh bien sûr. Je vis avec une tante toquée. C'est une aubaine.

— Les familles ne se ressemblent pas. Tu ne comprends pas.

— Sapristi, je comprends mieux que tu ne le crois. Je comprends sacrément bien pourquoi tu as laissé traîner ce truc. Pas toi? Tu ne peux pas voir plus loin que le bout de ton nez?

— Neil, qu'est-ce que tu racontes? C'est toi qui ne comprends pas. C'est toi qui, dès le début, as porté des accusations contre moi. Tu te rappelles? N'est-ce pas vrai? Pourquoi ne vous faites-vous pas arranger les yeux? Pourquoi ne vous faites-vous pas arranger ceci, cela? Comme si c'était ma faute que je ne puisse me les faire arranger. Tu n'as cessé d'agir comme si j'allais te quitter d'un moment à l'autre. Et maintenant tu recommences, en me disant que j'ai planté ce truc exprès.

— Je t'aimais, Brenda, je n'étais donc pas indifférent.

— Moi aussi je t'aimais. C'est pour ça d'ailleurs que j'ai acheté ce fichu truc.

Puis nous réalisâmes quel temps nous venions d'employer et nous rentrâmes en nous-mêmes et dans le silence.

Quelques minutes plus tard, je ramassai ma valise et mis mon manteau. Il me semble que Brenda aussi pleurait lorsque j'ouvris la porte.

Au lieu de prendre un train immédiatement, je descendis la rue à pied et pénétrai dans la cour de Harvard que je n'avais jamais vue. J'entrai par l'une des grilles, puis longeai un chemin, sous le ciel sombre et le feuillage fatigué d'automne. Je voulais être seul, dans l'obscurité ; non pas parce que je voulais penser à quelque chose, mais plutôt parce que, juste un moment, je ne voulais penser à rien. Je traversai la cour, puis grimpai sur une petite colline, et je me retrouvai devant la bibliothèque Lamont, dont, Brenda me l'avait dit, les salles de repos étaient munies de lavabos Patimkin. Grâce à la lumière d'une des lampes du chemin, derrière moi, j'apercevais mon image dans la façade vitrée du bâtiment. A l'intérieur, il faisait noir et il n'y avait pas d'étudiants ni de bibliothécaires. Soudain, j'eus envie de poser ma valise, de ramasser une pierre et de la lancer en plein dans la vitre, mais naturellement je n'en fis rien. Je me regardai simplement dans le miroir que la lumière faisait de la vitre. Je n'étais que cette substance, pensai-je, ces membres, ce visage que je voyais devant moi. Je regardai, mais mon aspect extérieur me renseignait bien peu sur l'intérieur. J'aurais aimé pouvoir me glisser de l'autre côté de la vitre, plus rapide que la lumière, que le son, que Herb Clark le Jour de la Rentrée, passer derrière cette image et saisir ce qui regardait par ces yeux. Quelle était la chose qui, en moi, avait changé l'esprit de conquête en amour, pour opérer ensuite le changement inverse ? Qu'est-ce qui avait changé le gain en perte, et la perte — qui sait — en gain ? J'étais certain d'avoir aimé Brenda, et pourtant, debout, là, je savais que je ne pouvais plus l'aimer. Et je savais qu'il se passerait longtemps avant que je fasse l'amour à quelqu'un comme je l'avais fait avec elle. Avec quelqu'un d'autre, pourrais-je concentrer tant de passion ? Quelle que fût la chose qui avait flétri mon amour pour elle, avait-elle également flétri le désir ? Si seulement elle avait été un peu *moins* Brenda... mais alors l'aurais-je aimée ? Je regardai attentivement mon image, dans l'obscurité de la vitre, puis mon regard la traversa, se posant sur le sol froid, sur un mur de livres, imparfaitement disposés dans les rayons.

Je ne regardai pas plus longtemps et pris un train qui me déposa à Newark au moment où le soleil se levait sur le premier jour de la Nouvelle Année Juive. J'avais largement le temps de me rendre à la bibliothèque.

La conversion des Juifs

— Tu es vraiment doué pour ouvrir la bouche le premier, dit Itzie. Pourquoi es-tu tout le temps en train d'ouvrir la bouche?

— Ce n'est pas moi qui en ai parlé le premier, Itz, je t'assure, dit Ozzie.

— Qu'est-ce que tu t'occupes de Jésus-Christ, de toute façon?

— Ce n'est pas moi qui en ai parlé le premier. C'est lui. Je ne savais même pas de quoi il s'agissait. Jésus est un personnage historique, disait-il, Jésus est un personnage historique. — Ozzie imita la voix monumentale du Rabbin Binder.

— Jésus est une personne qui a vécu comme vous et moi, continua Ozzie. C'est ce que dit Binder...

— Oui?... et alors! Qu'est-ce que ça peut bien faire qu'il ait vécu ou non? Et pourquoi as-tu besoin d'ouvrir la bouche?

Itzie Lieberman préconisait le mutisme, surtout lorsqu'il s'agissait des questions d'Ozzie Freedman. Mᵐᵉ Freedman avait déjà dû rendre visite deux fois au Rabbin Binder à cause des questions d'Ozzie et ce mercredi à seize heures trente serait la troisième. Itzie, lui, préférait garder sa mère à la cuisine ; il s'adonnait aux subtilités cachées, telles que les gestes, les grimaces, les grognements et autres bruits de basse-cour moins délicats.

— Jésus était un homme, mais il n'était pas comme Dieu et nous ne croyons pas qu'il soit Dieu.

Lentement, Ozzie expliquait l'opinion du Rabbin Binder à Itzie, qui avait été absent de l'école hébraïque l'après-midi précédent.

— Les catholiques, dit Itzie avec bonne volonté, ils croient en Jésus-Christ, qu'il est Dieu.

Itzie Lieberman utilisait « les catholiques » dans son sens le plus large, y incluant les protestants.

Ozzie accueillit la remarque d'Itzie d'un petit mouvement de tête, comme s'il s'agissait d'une parenthèse et continua.

— Sa mère était Marie, et son père probablement Joseph, dit Ozzie. Mais le Nouveau Testament dit que son vrai père était Dieu.

— Son vrai père ?

— Oui, dit Ozzie, c'est ça le grand truc, on suppose que son père était Dieu.

— Boniments.

— C'est ce que dit le Rabbin Binder, que c'est impossible...

— Sûr que c'est impossible. Cette histoire, c'est tout des boniments. Pour avoir un bébé, il faut être fécondée, dit Itzie en théologien. Marie a dû se faire féconder.

— C'est ce que dit Binder : « Le seul moyen pour

une femme d'avoir un bébé, c'est d'avoir des rapports avec un homme! »

— Il a dit ça, Ozz! — Pendant quelque temps, Itzie parut laisser le problème théologique de côté. — Il a dit rapports?

Un petit sourire rentré se forma sur la partie inférieure du visage d'Itzie, comme une moustache rose.

— Qu'est-ce que vous avez fait, les gars, vous avez ri ou quoi?

— J'ai levé la main.

— Ah! et qu'est-ce que t'as dit?

— C'est à ce moment-là que j'ai posé la question. Le visage d'Itzie s'éclaira.

— Sur quoi... les rapports?

— Non, j'ai posé la question sur Dieu, pourquoi, s'Il avait pu créer le ciel et la terre en six jours, et faire tous les animaux et les poissons et la lumière en six jours — la lumière surtout, c'est ça qui m'étonne toujours, qu'Il ait pu faire la lumière. Faire des poissons et des animaux, c'est très bien...

— C'est rudement bien.

L'appréciation d'Itzie était honnête mais dépourvue d'imagination : comme si Dieu venait d'accomplir un exploit sportif.

— Mais faire la lumière... c'est-à-dire quand on y pense, c'est vraiment quelque chose, dit Ozzie. Bref, j'ai demandé à Binder, s'Il a pu faire tout ça en six jours, et qu'Il a pu prendre les six jours qu'Il voulait à partir de rien, pourquoi ne pourrait-Il pas faire qu'une femme ait un bébé sans avoir de rapports.

— Tu as dit rapports, Ozz, à Binder ?

— Oui.

— En pleine classe ?

— Oui.

Itzie se frappa le côté de la tête.

— Je veux dire, sans blague, dit Ozzie, ça ne serait rien. Après tout le reste, ça ne serait presque rien.

Itzie réfléchit un moment.

— Qu'a dit Binder ?

— Il a recommencé à tout expliquer, comment Jésus était un personnage historique, comment il avait vécu comme vous et moi mais n'était pas Dieu. Alors j'ai dit que ça, j'avais bien compris. Ce que je voulais savoir c'était autre chose.

Ce qu'Ozzie voulait savoir était toujours autre chose. La première fois, il avait voulu savoir comment le Rabbin Binder pouvait appeler les Juifs « le peuple élu » alors que la Déclaration d'Indépendance stipulait que tous les hommes sont nés égaux. Le Rabbin Binder avait essayé de lui faire comprendre la distinction entre l'égalité politique et la légitimité spirituelle, mais Ozzie insistait avec véhémence que ce qu'il voulait savoir était autre chose. C'était la première fois que sa mère était venue.

Puis il y eut l'accident d'avion. Cinquante-huit personnes avaient trouvé la mort dans un accident d'avion à La Guardia. En examinant la liste des victimes dans le journal, sa mère avait trouvé huit noms juifs parmi les morts (sa grand-mère en avait trouvé neuf, mais elle comptait Miller comme nom juif), à cause des huit, elle dit que l'accident était une « tragédie ». Au cours de la discussion libre du mercredi, Ozzie avait attiré l'attention du Rabbin Binder sur le fait que « certains membres de sa famille » relevaient toujours les noms juifs. Le Rabbin Binder s'était lancé dans une explication sur l'unité culturelle et autres problèmes de ce genre quand Ozzie se tira de sa chaise et lui dit que ce qu'il voulait savoir était autre chose. Le Rabbin Binder pria instamment Ozzie de se rasseoir et ce fut à ce moment-là qu'Ozzie cria qu'il souhaitait que tous les cinquante-huit eussent été Juifs. Ceci occasionna la seconde venue de sa mère.

— Et il a continué à expliquer que Jésus était un personnage historique et alors j'ai continué à lui poser des questions. Sans blague, Itz, il essayait de me faire passer pour un imbécile.

— Alors, qu'est-ce qu'il a fait finalement ?

— A la fin, il s'est mis à hurler que décidément j'étais un simple d'esprit et un malin, et que je devais dire à ma mère de venir le voir et que ce serait la dernière fois. Que si ça ne tenait qu'à lui, je ne ferais jamais ma bar-mitzvah. Et puis, Itz, il a commencé à parler avec cette voix de statue, lente et profonde, et m'a dit que je ferais mieux de réfléchir à ce que j'avais dit à propos du Seigneur. Il m'a dit d'aller dans son bureau et d'y réfléchir. — Ozzie se pencha vers Itzie. — Itz, j'y ai réfléchi pendant une bonne heure, et maintenant je suis convaincu que Dieu pouvait le faire.

Ozzie avait projeté d'avouer sa dernière faute à sa mère aussitôt que celle-ci serait rentrée du travail. Mais c'était un vendredi soir de novembre et il faisait déjà nuit, et quand Mme Freedman entra, elle jeta son manteau, donna un rapide baiser à Ozzie et s'approcha de la table de la cuisine pour allumer les trois bougies jaunes, deux pour le Sabbat et une pour le père d'Ozzie.

En allumant les bougies, sa mère opérait un mouvement circulaire des bras, les ramenait lentement vers elle comme pour attirer des gens encore indécis. Et ses yeux devenaient brillants de larmes. Même du vivant de son père, Ozzie se rappelait que ses yeux devenaient brillants, cela n'avait donc rien à voir avec la mort de celui-ci, c'était en rapport avec le fait d'allumer les bougies.

Au moment où elle posait la flamme de l'allumette sur la mèche d'une bougie, le téléphone sonna, et Ozzie, qui n'était qu'à un pas, décrocha le récepteur et l'étouffa contre sa poitrine. Lorsque sa mère allumait les bougies, Ozzie sentait qu'il ne devait y avoir aucun bruit; même la respiration, si possible, devait être adoucie. Ozzie pressa le téléphone contre sa poitrine et regarda sa mère attirer vers elle cette chose mystérieuse et il sentit ses yeux devenir brillants. Sa mère était une espèce de pingouin rond, fatigué, aux cheveux blancs, dont la peau grise avait commencé à accuser la loi de la pesanteur et le poids de sa propre histoire. Même lorsqu'elle était habillée, elle ne ressemblait pas à une personne élue. Mais quand elle allumait les bougies, elle ressemblait à quelque chose de mieux : à une femme qui savait momentanément que Dieu était capable de faire n'importe quoi.

Au bout de quelques mystérieuses minutes, elle eut fini. Ozzie raccrocha le téléphone et s'approcha de la table où sa mère disposait les deux couverts pour les quatre plats du repas de Sabbat. Il lui annonça qu'elle devrait aller voir le Rabbin Binder le mercredi suivant à seize heures trente, puis il lui en donna la raison. Pour la première fois de leur vie en commun, elle le gifla.

Ozzie pleura sur le foie haché et le bouillon de poule ; il n'eut pas d'appétit pour le reste.

Le mercredi suivant, dans le plus grand des trois sous-sols qui servaient de salles de classe à la synagogue, le Rabbin Marvin Binder, trente ans, grand, beau, large d'épaules, aux épais cheveux noirs, retira sa montre de sa poche et vit qu'il était quatre heures. Au fond de la salle, le gardien de la synagogue, Yakov Blotnik, soixante et onze ans, nettoyait lentement la grande fenêtre, marmonnant tout seul, sans notion d'heures ni de jours. Pour la plupart des élèves, les marmonnements de Yakov Blotnik, de même que sa barbe brune et frisée, son nez en faux, et les deux chats noirs qu'il traînait sur ses talons, faisaient de lui un objet d'étonnement, un étranger, une relique, envers lequel ils faisaient alternativement preuve de crainte et d'insolence. Pour Ozzie, les marmonnements avaient toujours ressemblé à une étrange prière monotone ; ce qui la rendait étrange, c'était que le vieux Blotnik marmonnait si continuellement depuis tant d'années qu'Ozzie le soupçonnait d'avoir appris les prières par cœur mais d'avoir oublié Dieu.

— C'est maintenant l'heure de la discussion libre, dit le Rabbin Binder. Parlez librement de tout ce qui concerne le judaïsme : religion, famille, politique, sports...

Il y eut un silence. C'était un après-midi de novembre rempli de vent et de nuages et il semblait qu'il n'eût jamais existé ni pût exister une chose comme le base-ball. De sorte que cette semaine, personne ne dit mot au sujet de ce héros du passé, Hank Greenberg — ce qui limitait considérablement la discussion libre.

Et la correction morale que le Rabbin Binder venait d'infliger à Ozzie Freedman avait imposé ses limites. Lorsque cela avait été le tour d'Ozzie de lire un passage du livre d'hébreu, le rabbin lui avait demandé d'un ton vif pourquoi il ne lisait pas plus rapidement. Il ne faisait aucun progrès. Ozzie avait répliqué qu'il pouvait lire plus vite mais qu'en ce cas il était certain de ne pas comprendre ce qu'il lisait. Néanmoins, sur la demande réitérée du rabbin, Ozzie avait obéi et témoigné d'un grand talent, mais au milieu d'un long passage, il s'était brusquement interrompu, déclarant qu'il ne comprenait pas un mot de ce qu'il lisait, puis avait repris sa lecture d'une voix lente. C'est alors qu'était venue la correction morale.

Conséquemment, lorsque sonna l'heure de la discussion libre, aucun des élèves ne se sentit très libre. L'invitation du rabbin ne reçut comme unique réponse que le marmonnement du pauvre vieux Blotnik.

— N'y a-t-il rien dont vous aimeriez discuter? redemanda le Rabbin Binder, en regardant sa montre. Pas de questions ni de commentaires?

Il y eut un léger murmure au troisième rang. Le rabbin pria Ozzie de se lever et de faire profiter le reste de la classe de sa pensée.

Ozzie se leva. « J'ai oublié », dit-il, et il se rassit. Le

Rabbin Binder avança d'une place en direction d'Ozzie et se posa au bord du pupitre. C'était celui d'Itzie, et le corps du rabbin à quelques centimètres seulement de son visage le plongea dans une attitude attendrie.

— Lève-toi, Oscar, dit le Rabbin Binder d'une voix calme, et essaie de rassembler tes pensées.

Ozzie se leva. Tous ses camarades se retournèrent sur leur chaise pour le regarder tandis qu'il se grattait le front d'indécision.

— Je ne peux pas, annonça-t-il en se laissant retomber sur son siège.

— Lève-toi !

Le Rabbin Binder passa du pupitre d'Itzie à celui qui se trouvait devant Ozzie ; lorsque le dos rabbinique fut tourné, Itzie lui fit un pied de nez, ce qui suscita de petits rires dans la salle. Le Rabbin Binder était trop absorbé à extirper la bêtise d'Ozzie une fois pour toutes pour s'occuper des rires.

— Lève-toi, Oscar. Sur quoi porte ta question ?

Ozzie trouva un mot dans l'air. Le plus facile :

— La religion.

— Ah, tu t'en souviens maintenant ?

— Oui.

— Quelle est-elle ?

Coincé, Ozzie émit la première phrase qui lui vint à l'esprit.

— Pourquoi ne peut-Il pas faire tout ce qu'Il veut ?

Comme le rabbin se préparait à une réponse, une réponse définitive, Itzie, à dix pas de lui, leva un doigt de sa main gauche, le pointa d'une manière significative vers le dos du rabbin, et fit crouler la salle. Binder se retourna brusquement pour voir ce qui se passait, et au milieu de l'agitation générale Ozzie lança dans le dos du rabbin ce qu'il n'aurait pas osé lui lancer au visage. C'était une voix blanche, forte, qui avait le timbre de quelque chose qu'on aurait gardé pour soi depuis au moins six jours.

— Vous ne le savez pas ! Vous ne savez rien sur Dieu !

Le rabbin fit un demi-tour vers Ozzie.

— Quoi ?

— Vous ne savez pas... vous ne...

— Présente tes excuses, Oscar, présente tes excuses !

C'était une menace.

— Vous ne...

La main du Rabbin Binder claqua sur la joue d'Ozzie. L'intention n'avait peut-être été que de fermer la bouche de l'enfant, mais Ozzie baissa la tête et la paume le frappa en plein sur le nez.

Le sang jaillit sur la chemise d'Ozzie.

Puis ce fut la confusion générale. Ozzie hurla : « Salaud, salaud ! » et s'élança vers la porte. Le Rabbin Binder fit un pas en arrière, comme si son propre sang s'était mis à couler violemment en sens inverse, puis fit un pas maladroit en avant et s'élança dehors après Ozzie. La classe suivit le costume bleu du rabbin et, avant que le vieux Blotnik ait eu le temps de se détourner de sa fenêtre, la classe s'était vidée et tout le monde montait au galop les trois étages menant à la toiture.

Si l'on devait comparer la lumière du jour à la vie de l'homme : le lever du soleil à la naissance, le coucher (tomber par-dessus bord) à la mort, eh bien, tandis qu'Ozzie Freedman se hissait par la trappe du toit de la synagogue, donnant des coups de pied dans le style apache aux bras tendus du Rabbin Binder — le jour avait à ce moment-là cinquante ans. En règle générale, la cinquantaine correspond exactement à l'âge des fins d'après-midi de novembre, car en ce mois et à ces heures, notre sens de la lumière ne semble plus relever de la vue mais de l'ouïe : la lumière s'éloigne dans un cliquetis. En fait, au moment où Ozzie refermait la trappe au nez du rabbin, le déclic du verrou aurait pu passer pour le gris plus sombre qui venait juste de s'abattre dans le ciel.

Ozzie s'agenouilla de tout son poids sur la porte verrouillée ; il était persuadé que, d'un moment à l'autre, le Rabbin Binder allait faire voler la porte d'un coup d'épaule, réduisant le bois en miettes et catapultant son corps dans le ciel. Mais la porte ne bougea point et, au-dessous de lui, il n'entendit qu'un grondement de pas, d'abord fort puis faible, tel un tonnerre allant en décroissant.

Une question lui traversa l'esprit : « Cela peut-il être moi ? »

Pour un garçon de treize ans qui venait de traiter par deux fois son guide spirituel de salaud, ce n'était pas une question incongrue. De plus en plus fort, la question monta en lui : « Est-ce moi ? Est-ce moi ? » — jusqu'à ce qu'il se retrouvât, non plus agenouillé, mais courant follement vers le bord du toit, les yeux en larmes, la gorge hurlante et les bras s'agitant dans tous les sens comme s'ils ne lui appartenaient plus.

— Est-ce moi ? Est-ce moi MOI MOI MOI MOI ! Ça doit être moi... mais est-ce moi ?

C'est probablement la question que se pose un voleur la nuit où il force sa première fenêtre, et on dit que c'est ainsi que s'interroge le marié devant l'autel.

Au cours des quelques folles secondes que mit le corps d'Ozzie à se propulser au bord du toit, les facultés introspectives du garçon commencèrent à se brouiller. En abaissant son regard sur la rue, il ne sut plus très bien quel était le problème sous-jacent à la question : était-ce, est-ce-moi-qui-ai-traité-Binder-de-salaud ? ou, est-ce-moi-qui-suis-là-à-bondir-sur-ce-toit ? Quoi qu'il en soit, la scène d'en bas résolut tout, car il y a un moment dans tout acte où le problème de savoir s'il s'agit de soi ou de quelqu'un d'autre reste strictement académique. Le voleur fourre l'argent dans ses poches et file par la fenêtre. Le marié signe le registre de l'hôtel pour deux. Et le garçon sur le toit trouve une rue pleine de gens le regardant la bouche ouverte, la tête penchée en arrière, visage levé, comme s'il était le plafond du Planétarium. Soudain, vous savez que c'est vous.

« Oscar ! Oscar Freedman ! » Une voix s'éleva du centre de la foule, une voix qui, si elle avait été visible, aurait ressemblé à une écriture sur parchemin. « Oscar Freedman, descends de là. Immédiatement ! » Le Rabbin Binder tendait un bras raide dans sa direction ; et à l'extrémité de ce bras, un doigt pointait, menaçant. C'était le geste d'un dictateur, mais un dictateur — les yeux révèlent tout — dont le valet personnel lui aurait proprement craché au visage.

Ozzie ne répondit pas. Il ne jeta qu'un rapide coup

d'œil au rabbin. En revanche, ses yeux se mirent à recomposer le monde au-dessous de lui, à distinguer les gens des objets, les amis des ennemis, les participants des spectateurs. En petits groupes étoilés ses amis entouraient le Rabbin Binder, toujours un bras en l'air. La pointe la plus haute d'une étoile composée non pas d'anges mais de cinq adolescents, était Itzie. Quel monde c'était, avec ces étoiles en bas, le Rabbin Binder en bas... Ozzie, qui, quelques instants plus tôt, avait été incapable de dominer son corps, commença à percevoir le sens du mot domination : il sentit la Paix et la Puissance.

— Oscar Freedman, je te donne jusqu'à trois pour descendre.

Peu de dictateurs donnent jusqu'à trois à leurs sujets pour faire quelque chose ; mais, comme d'habitude, le Rabbin Binder n'avait que l'*air* dictatorial.

— Tu es prêt, Oscar ?

Ozzie secoua la tête en signe d'acquiescement, bien qu'il n'eût pas le moins du monde — la partie inférieure du monde céleste dans lequel il venait de pénétrer — l'intention de descendre, même si le Rabbin Binder lui offrait un million.

— Très bien, dit le Rabbin Binder.

Il passa sa main dans sa noire chevelure samsonienne comme si c'eût été le geste nécessaire à l'annonce du premier chiffre.

Puis, son autre main découpant un cercle dans la petite parcelle de ciel qui l'entourait, il parla : « Un ! »

Il n'y eut pas de coup de tonnerre. Au contraire, à cet instant, comme si « un » avait été le mot qu'il attendait, la personne la moins foudroyante du monde parut sur les marches de la synagogue. Il ne sortit pas réellement, il se pencha plutôt au dehors, vers l'obscurité naissante. Il s'agrippa d'une main au bouton de la porte et leva la tête vers le toit.

— Oy !

Le vieux cerveau de Yakov Blotnik fonctionnait avec lenteur, comme mû par des béquilles, et bien qu'il ne pût se rendre compte très précisément de ce que le garçon faisait sur le toit, il savait que ce n'était pas bien — c'est-à-dire pas-bien-pour-un-Juif. Car pour Yakov Blotnik, la vie se partageait très simplement : ce qui est bien-pour-les-Juifs et ce qui n'est pas-bien-pour-les-Juifs.

Il se donna une légère tape sur sa joue creuse. « Oy, Got ! » Puis il rebaissa la tête aussi vite qu'il put et jeta un coup d'œil sur la rue. Il y avait le Rabbin Binder (tel un homme à une vente aux enchères avec seulement trois dollars dans sa poche, il venait d'émettre un « deux » tremblotant) ; il y avait les élèves, et c'était tout. Pour le moment, ce n'était pas-trop-mal-pour-les-Juifs. Mais il fallait que le garçon descendît immédiatement, avant que quelqu'un d'autre n'arrivât. Le problème : comment faire descendre le garçon du toit ?

Quiconque a déjà eu un chat sur son toit sait comment le faire descendre. On appelle les pompiers. Ou bien on commence par appeler la standardiste et on lui demande les pompiers. Et tout de suite, il y a un grand bruit de freins, de sonnerie de cloches et d'ordres lancés. Puis le chat n'est plus sur le toit. On fait la même chose pour faire descendre un gamin du toit.

C'est-à-dire, on fait la même chose quand on est Yakov Blotnik et qu'on a déjà eu un chat sur son toit.

Lorsque les voitures arrivèrent, toutes les quatre, le Rabbin Binder avait quatre fois compté jusqu'à trois. La grande, munie de l'échelle, surgit au coin de la rue et l'un des pompiers en sauta d'un bond, plongeant la tête la première sur la bouche d'incendie jaune qui se trouvait devant la synagogue. Avec une énorme clef, il se mit à dévisser le couvercle. Le Rabbin Binder se précipita sur lui et le tira par l'épaule.

— Il n'y a pas d'incendie...

Le pompier grommela quelque chose par-dessus son épaule et continua à manipuler fiévreusement la clef.

— Mais il n'y a pas d'incendie, pas d'incendie... cria Binder. Quand le pompier grommela de nouveau, le rabbin lui saisit le visage de ses deux mains et le pointa vers le toit.

Il sembla à Ozzie que le Rabbin Binder essayait de tirer la tête du pompier hors de son corps, tel un bouchon d'une bouteille. Il ne put s'empêcher de rire devant le tableau qu'ils formaient : c'était un portrait de famille — le rabbin en calotte noire, le pompier en casque rouge et le petit couvercle jaune accroupi à côté, tel un frère cadet, tête nue. Du bord du toit, Ozzie agita le bras en direction du portrait, un salut ondoyant et moqueur ; ce faisant son pied droit glissa. Le rabbin se cacha les yeux dans les mains.

Les pompiers travaillent vite. Avant même qu'Ozzie eût recouvré son équilibre, un grand filet jaune avait été tendu sur la pelouse de la synagogue. Les pompiers qui le tenaient regardaient Ozzie avec des yeux sévères et impassibles.

L'un des pompiers tourna la tête vers le rabbin.

— Alors, il est cinglé le gosse ou quoi ?

Le Rabbin Binder détacha les mains de ses yeux, lentement, douloureusement, comme si elles y eussent été collées. Puis il vérifia : rien dans les allées, pas de creux dans le filet.

— Il va sauter oui ou quoi ! cria le pompier.

D'une voix pas du tout semblable à celle d'une statue, le Rabbin Binder finit par répondre : « Oui, oui, je crois... Il a menacé... » Menacé ? Pourtant, Ozzie s'en souvenait, la raison pour laquelle il était sur le toit, c'était qu'il voulait s'enfuir ; il n'avait même pas pensé à sauter. Il s'était simplement enfui et, à vrai dire, il n'avait pas tant pris la direction du toit qu'on l'y avait pourchassé.

— Comment s'appelle-t-il, le gosse ?

— Freedman, répondit le rabbin. Oscar Freedman.

Le pompier leva la tête vers Ozzie :

— Qu'est-ce que tu fais, Oscar ? Tu sautes ou quoi ?

Ozzie ne répondit pas. Franchement, le problème venait juste de se poser.

— Ecoute, Oscar, si t'es pour sauter, saute — et si t'es pas pour sauter, saute pas. Mais nous fais pas perdre notre temps, tu veux ?

Ozzie regarda le pompier puis le Rabbin Binder. Il voulait voir le Rabbin Binder se cacher les yeux une fois encore.

— Je vais sauter.

Puis il galopa au bord du toit jusqu'au coin, là où il n'y avait pas de filet en dessous, et il agita les bras de haut en bas. Il se mit à hurler comme une espèce de machine : « Hou... hou » en se penchant par-dessus bord avec la partie supérieure de son corps. Les pompiers se précipitèrent pour couvrir le sol du filet. Le Rabbin Binder marmonna quelques mots à quelqu'un et se couvrit les yeux. Tout se passa rapidement, d'un mouvement saccadé, comme dans un film muet. La foule, qui s'était rassemblée à l'arrivée des voitures de pompiers, émit un long « ohoh, ahah » de quatorze juillet devant les feux d'artifice. Dans l'agitation générale, personne n'avait prêté beaucoup d'attention à la foule, sauf, naturellement, Yakov Blotnik, qui s'arracha du bouton de la porte pour compter les têtes. « Fier und tsvantsik... Finf und tsvantsik... Oy, Got! » C'était pas comme ça avec le chat.

Le Rabbin Binder coula un regard entre ses doigts, vérifia les allées et le filet. Vides. Mais voici qu'Ozzie courait vers l'autre coin. Les pompiers coururent avec lui mais ils ne purent le rattraper. A n'importe quel moment, Ozzie pouvait sauter et s'écraser dans l'allée, et le temps que les pompiers arrivent, tout ce qu'ils pouvaient faire du filet serait d'en couvrir le cadavre.

— Hou... Hou !

— Hé, Oscar, hurla le pompier qui avait du souffle, qu'est-ce que ça veut dire, nom de Dieu, tu t'amuses ou quoi !

— Hou... Hou...

— Hé, Oscar...

Mais il était déjà parti vers l'autre coin, battant férocement des ailes. Le Rabbin Binder ne put en supporter davantage — les voitures de pompiers venant de nulle part, le gamin hurlant au bord du suicide, le filet. Il tomba sur les genoux, épuisé, et les mains recroquevillées sur la poitrine, il supplia :

— Oscar, arrête, Oscar. Ne saute pas, Oscar. Je t'en prie, descends... je t'en prie, ne saute pas.

Et plus loin derrière, dans la foule, une seule voix, une seule voix d'enfant, cria un seul mot au garçon sur le toit :

— Saute !

C'était Itzie. Ozzie cessa momentanément de battre des bras.

— Vas-y, Ozz... saute !

Itzie rompit sa pointe d'étoile et courageusement, avec l'inspiration non pas d'un gars malin mais d'un disciple, se tint tout seul :

— Saute, Ozz, saute !

Toujours sur les genoux, les mains toujours recroquevillées, le Rabbin Binder se retourna. Il regarda Itzie, puis revint à Ozzie, d'un ton implorant :

— Oscar, NE SAUTE PAS ! JE T'EN PRIE, NE SAUTE PAS... s'il te plaît, s'il te plaît...

— Saute !

Cette fois, ce n'était pas Itzie mais une autre pointe de l'étoile.

Quand Mme Freedman arriva, fidèle à son rendez-vous de seize heures trente avec le Rabbin Binder, tout le petit ciel à l'envers criait et suppliait Ozzie de sauter, et le Rabbin Binder ne le suppliait plus, mais pleurait dans le dôme de ses mains.

Comme il est bien compréhensible, Mme Freedman ne put s'imaginer ce que son fils faisait sur le toit. Elle s'enquit donc de la raison.

— Ozzie, mon Ozzie, qu'est-ce que tu fais ? Mon Ozzie, qu'y a-t-il ?

Ozzie cessa de pousser ses « hou... » et ralentit le mouvement de ses bras, les ramenant à une vitesse de croisière, telle que celle utilisée par les oiseaux volant sur une brise, mais il ne répondit pas. Sa silhouette se découpait sur le ciel bas, nuageux, obscur — la lumière s'éteignait en lent cliquetis à présent, comme en première vitesse — battant lentement des ailes, et fixant du regard le petit paquet qui, en bas, était sa mère.

— Qu'est-ce que tu fais, Ozzie?

Elle se tourna vers le rabbin agenouillé et se précipita sur lui, le serrant de si près que seule une bande de pénombre de l'épaisseur d'une feuille de papier se profilait entre son estomac et les épaules du rabbin.

— Que fait mon enfant là-haut?

Le Rabbin Binder la regarda d'un air hébété mais lui aussi resta muet. Seul le dôme de ses mains bougeait d'avant en arrière comme un pouls.

— Rabbin, faites-le descendre! Il va se tuer. Faites-le descendre, mon unique enfant...

— Je ne peux pas, dit le Rabbin Binder, je ne peux pas... et il détourna sa belle tête vers le groupe de garçons derrière lui. C'est de leur faute. Ecoutez-les.

Et pour la première fois, Mme Freedman aperçut le groupe de garçons et entendit ce qu'ils hurlaient.

— Il le fait pour eux. Il ne veut pas m'écouter. C'est de leur faute.

Le Rabbin Binder parlait comme un homme en transe.

— Pour eux?

— Oui.

— Pourquoi pour eux ?

— Ils le veulent...

Mme Freedman leva les deux bras comme pour diriger le ciel. « C'est pour eux qu'il le fait ! » Puis, dans un geste plus ancien que les pyramides, plus ancien que les prophètes et les déluges, ses bras retombèrent sur ses flancs en un claquement sec. « C'est un martyr que j'ai. Regardez ! » Elle renversa la tête vers le toit. Ozzie battait toujours des bras lentement. « Mon martyr. »

— Oscar, descends, je t'en prie, gémit le Rabbin Binder.

D'une voix étonnamment sereine, Mme Freedman appela l'enfant sur le toit :

— Ozzie, descends, Ozzie. Ne sois pas un martyr, mon enfant.

Comme en une litanie, le rabbin répéta ses paroles :

— Ne sois pas un martyr, mon enfant. Ne sois pas un martyr.

— Vas-y, Ozz — *sois* un Martire !

C'était Itzie.

— Sois un Martire, sois un Martire, — et toutes les voix se joignirent pour chanter la louange de Martire, qui que fût ce personnage. — Sois un Martire, sois un Martire...

Je ne sais pourquoi, quand on est sur un toit, plus le jour s'assombrit moins on entend. Tout ce qu'Ozzie comprenait, c'est qu'il y avait deux groupes désirant deux choses différentes : ses amis étaient joyeux et musicaux à propos de ce qu'ils voulaient ; sa mère et le rabbin psalmodiaient d'un ton uni ce qu'ils ne vou-

laient pas. La voix du rabbin était sans larmes à
présent, de même que celle de sa mère.

Le grand filet fixait Ozzie comme un œil aveugle. Le
grand ciel nuageux s'abattit d'une poussée. Vu d'en
dessous, il ressemblait à une plaque de tôle ondulée.
Soudain, en levant la tête vers ce ciel peu amical,
Ozzie réalisa toute l'étrangeté de ce que demandaient
ces gens, ses amis : ils voulaient qu'il saute, qu'il se
tue ; ils le chantaient maintenant — cela les rendait
heureux. Et il y avait même une chose encore plus
étrange : le Rabbin Binder était agenouillé, tremblant.
S'il y avait une question à poser maintenant, ce n'était
pas : « Est-ce moi ? » mais « Est-ce nous ?... Est-ce
nous ? »

Etre sur le toit, s'avéra-t-il, était une chose sérieuse.
S'il sautait, le chant deviendrait-il une danse ? Qu'en
serait-il ? Son saut arrêterait-il quelque chose ? Ozzie
souhaita ardemment pouvoir fendre le ciel, plonger ses
mains dedans et en sortir le soleil ; et sur le soleil,
comme sur une pièce, serait frappé SAUTE OU NE
SAUTE PAS.

Les genoux d'Ozzie vacillèrent et fléchirent comme
s'ils le préparaient à un plongeon. Ses bras se crispè-
rent, se raidirent, se gelèrent des épaules au bout des
ongles. Il avait l'impression que chaque partie de son
corps allait voter pour déterminer s'il devait se tuer ou
non — et chaque partie comme si elle eût été
indépendante de lui.

La lumière baissa en un déclic inattendu et la
nouvelle obscurité, tel un bâillon, fit taire le chant de
ses amis et la psalmodie de sa mère et du rabbin.

Ozzie cessa de compter les votes, et d'une voix

pointue, comme quelqu'un qui ne serait pas prêt à
prendre la parole, il dit :

— Maman ?

— Oui, Oscar.

— Maman, mets-toi à genoux, comme le Rabbin
Binder.

— Oscar...

— Mets-toi à genoux, dit-il, ou je saute.

Ozzie perçut un gémissement, puis un bruissement
rapide et lorsqu'il baissa les yeux sur sa mère, il
aperçut le sommet d'une tête et au-dessous le cercle
formé par la robe. Elle était à genoux à côté du Rabbin
Binder.

Il reprit la parole : « Tout le monde à genoux. » Il y
eut le bruit de tout le monde s'agenouillant.

Ozzie jeta un regard circulaire. D'une main, il
désigna l'entrée de la synagogue :

— *Lui* aussi, à genoux.

Il y eut un bruit, non pas d'agenouillement, mais
d'un corps et de vêtements dépliés, Ozzie entendit le
Rabbin Binder murmurer d'un ton bourru : « Ou il va
se tuer », puis quand il regarda à nouveau, Yakov
Blotnik avait quitté le bouton de la porte et se trouvait,
pour la première fois de sa vie, sur les genoux dans la
posture de prière des Gentils.

Quant aux pompiers — ce n'est pas si difficile qu'on
le croit de maintenir un filet tendu quand on est à
genoux.

Ozzie jeta un nouveau regard circulaire, puis il
interpella le Rabbin Binder.

— Rabbin ?

— Oui, Oscar.

— Rabbin Binder, croyez-vous en Dieu ?

— Oui.

— Croyez-vous que Dieu peut tout faire ? — Ozzie se pencha dans l'obscurité : Tout ?

— Oscar, je crois...

— Dites-moi que vous croyez que Dieu peut Tout faire.

Il y eut une seconde d'hésitation. Puis :

— Dieu peut Tout faire.

— Dites-moi que Dieu peut faire un enfant sans rapports.

— Il le peut.

— Redites-le !

— Dieu, admit le Rabbin Binder, peut faire un enfant sans rapports.

— Maman, dis-le aussi.

— Dieu peut faire un enfant sans rapports, dit sa mère.

— Faites-*lui* dire.

Il n'y avait aucun doute quant à qui était *lui*.

Quelques secondes plus tard, Ozzie entendit une vieille voix comique dire quelque chose à propos de Dieu dans l'obscurité grandissante.

Ensuite, Ozzie le fit répéter à tout le monde.

Puis il leur fit dire à tous qu'ils croyaient en Jésus-Christ — d'abord l'un après l'autre, puis tous ensemble.

Lorsque le catéchisme fut terminé, c'était le début de la soirée. De la rue, on eût pu croire que l'enfant venait de pousser un soupir.

— Ozzie ? — Une voix de femme osa s'élever. — Tu vas descendre maintenant ?

Il n'y eut pas de réponse, mais la femme attendit et lorsqu'une voix finit par répondre, elle était mince et larmoyante, et épuisée comme celle d'un vieillard qui viendrait de sonner les cloches.

— Maman, tu vois... tu ne devrais pas me battre. Il ne devrait pas me battre. Tu ne devrais pas me battre à cause de Dieu, maman. Tu ne devrais jamais battre personne à cause de Dieu...

— Ozzie, je t'en prie, descends maintenant.

— Promets, promets-moi que tu ne battras jamais personne à cause de Dieu.

Il n'avait demandé qu'à sa mère, mais pour quelque raison inconnue, tous les gens agenouillés dans la rue promirent qu'ils ne battraient jamais personne à cause de Dieu.

Il y eut un autre silence.

— Je peux descendre maintenant, maman, dit enfin le garçon sur le toit. Il tourna la tête des deux côtés comme pour vérifier les clignotants à un passage clouté.

— Maintenant, je peux descendre...

Et il descendit, en plein au milieu du filet jaune qui brillait dans le soir comme une immense auréole.

Défenseur de la foi

En mai 1945, quelques semaines seulement après la fin des combats en Europe, je fus rapatrié aux Etats-Unis, où je passai les derniers mois de la guerre dans une compagnie d'instruction à Camp Crowder, dans le Missouri. Nous avions traversé l'Allemagne si rapidement au cours de l'hiver et du printemps que lorsque je montai à bord de l'avion en cette matinée pluvieuse à Berlin, je ne pouvais croire que nous allions nous diriger vers l'ouest. Ma raison pouvait m'indiquer le contraire, mais il y avait une inertie en moi qui me disait que nous volions vers un nouveau front où nous débarquerions et continuerions notre poussée vers l'est — toujours vers l'est, jusqu'à ce que nous ayons fait le tour du globe, défilant à travers les villages dont les rues pavées et tortueuses seraient remplies d'ennemis nous regardant prendre possession de ce qu'ils avaient considéré comme leur jusqu'à présent. J'avais suffisamment changé en deux ans pour ne plus être sensible au tremblement des vieillards, aux pleurs des tout-petits, à la crainte incertaine dans les yeux autrefois arrogants. En deux ans, j'avais eu la chance de me forger un cœur de soldat d'infanterie, lequel, comme ses pieds, commence par enfler et faire souffrir, puis finit par devenir suffisamment calleux pour lui permettre de parcourir les chemins les plus inquiétants sans rien sentir.

Le capitaine Paul Barrett devait être mon supérieur immédiat à Camp Crowder. Le jour où je me présentai, il sortit de son bureau pour me serrer la main. Il était petit, bourru, vif, et au-dehors comme au-dedans, il portait toujours son casque léger bien astiqué enfoncé jusqu'aux yeux. En Europe, il avait reçu une sérieuse blessure à la poitrine et gagné ses galons : il n'y avait que quelques mois qu'il avait été rapatrié. Il me parla avec aisance, mais devait être, pensai-je, inutilement grossier avec la troupe. Au rassemblement du soir, il me présenta.

— Messieurs, lança-t-il, le sergent Thurston, comme vous le savez, a quitté notre compagnie. Votre nouveau sergent-chef est le sergent Marx que voici. C'est un vétéran du front européen et par conséquent ne se laissera pas emmerder.

Je veillai tard ce soir-là dans la salle de rapport, essayant sans grande conviction de résoudre l'énigme des tableaux de service, des formulaires et des rapports. Le responsable de quartiers dormait par terre, la bouche ouverte. Une recrue lisait le service du lendemain, qui était affiché sur le tableau directement à l'intérieur de la contre-porte. C'était une soirée chaude et je percevais le son de la musique de danse émise par les postes de radio dans les chambrées.

La recrue qui, je le savais, n'avait cessé de me regarder tandis que j'examinais distraitement les formulaires, finit par faire un pas dans ma direction.

— Hé, sergent... on va avoir une GI party demain soir ? Une GI party, c'est un nettoyage de caserne.

— Elles ont lieu le vendredi soir d'habitude ?

— Oui ; puis il ajouta mystérieusement : c'est ça toute l'histoire.

— Alors vous aurez une GI party.

Il se détourna et je l'entendis marmonner. Ses épaules bougeaient et je me demandai s'il pleurait.

— Quel est votre nom, soldat ? demandai-je.

Il me fit face, pas du tout en larmes. Au contraire, ses longs yeux étroits, tachetés de vert, brillaient comme poissons au soleil. Il s'approcha et s'assit sur le bord de mon bureau.

Il tendit une main : « Sheldon », dit-il.

— Tenez-vous sur vos jambes, Sheldon.

Descendant du bureau, il dit : « Sheldon Grossbart. » Il sourit plus largement à l'intimité dans laquelle il m'avait entraîné.

— Vous êtes contre le nettoyage de caserne le vendredi soir, Grossbart ? Nous ne devrions peut-être pas avoir de GI parties... nous devrions peut-être prendre une bonne.

Ma voix me surprit : on aurait dit la marionnette d'un ventriloque-adjudant.

— Non, sergent. — Il devint sérieux, mais d'un sérieux qui semblait n'être que l'étouffement d'un sourire. — Juste les GI parties du vendredi soir, parmi tous les jours...

Il se glissa de nouveau vers le coin du bureau — ni tout à fait assis, ni tout à fait debout. Il me regarda de ses yeux tachetés scintillants, puis fit un geste de la main. Ce fut à peine perceptible, rien qu'une légère

rotation du poignet, et cependant suffisant pour
exclure de notre propos tout le reste de la salle de
rapport, pour faire de nous deux le centre du monde.
Cela semblait, en fait, exclure tout ce qui nous
concernait hormis notre cœur.

— Le sergent Thurston était une chose, murmura-
t-il, son œil lançant un éclair au responsable de
quartiers endormi, mais on a pensé qu'avec vous ici, ce
serait peut-être différent.

— On?

— Les Juifs de la Compagnie.

— Pourquoi? dis-je durement.

Il hésita un instant, puis, involontairement, il porta
sa main à la bouche.

— C'est-à-dire... dit-il.

— Qu'est-ce que vous avez derrière la tête?

Si j'étais encore en colère pour cette histoire de
« Sheldon » ou pour autre chose, je n'aurais su le
dire... mais visiblement j'étais en colère.

— ... nous avons pensé... Marx, vous savez, comme
Karl Marx. Les Marx Brothers. Ces gars sont tous
des:.. M-A-R-X, c'est bien comme ça que vous l'épelez,
sergent?

— M-A-R-X.

— Fishbein a dit... — Il s'arrêta. — Ce que je veux
dire, sergent...

Son visage et son cou étaient rouges, et ses lèvres
bougèrent mais aucun son n'en sortit. Au bout de
quelques secondes, il se redressa, se mit au garde-à-
vous et posa son regard sur moi. Il semblait avoir
soudain décidé qu'il n'y avait pas plus de sympathie à
attendre de ma part que de celle de Thurston, la raison

étant que j'étais de la même foi que Thurston et non de la sienne. Le jeune homme avait réussi à semer la confusion dans son esprit quant à ma croyance, mais je n'avais pas le moindre désir de l'en sortir. Tout simplement, il ne me plaisait pas.

Quand je ne fis que lui rendre son regard, il parla, d'un ton différent :

— Vous savez, sergent, m'expliqua-t-il, le vendredi soir, les Juifs sont censés assister à l'office religieux.

— Le sergent Thurston vous a-t-il dit que vous ne pouviez pas y aller lorsqu'il y avait une GI party ?

— Non.

— Vous a-t-il dit que vous deviez rester à astiquer les parquets ?

— Non, sergent.

— Le capitaine a-t-il dit que vous deviez rester à astiquer les parquets ?

— C'est pas ça, sergent. Ce sont les gars dans la caserne. — Il se pencha vers moi. — C'est le jour où les Juifs vont au temple, le vendredi soir. C'est obligatoire.

— Alors, allez-y.

— Mais les autres gars nous accusent. Ils n'ont pas le droit.

— Cela ne concerne pas l'armée, Grossbart. C'est un problème personnel qu'il vous faudra résoudre tout seul.

— Mais c'est injuste.

Je me levai pour sortir.

— Je n'y peux rien, dis-je.

Grossbart se raidit.

— Mais ceci est une affaire de religion, monsieur [1].

— Sergent.

— Je veux dire « sergent », dit-il presque en grognant.

— Ecoutez, allez voir l'aumônier. L'Inspecteur Général. Si vous voulez voir le capitaine Barrett, je vous ménagerai un rendez-vous.

— Non, non. Je ne veux pas faire d'histoires, sergent. C'est la première chose qu'ils vous jettent à la figure. Je veux juste mes droits !

— Sapristi, Grossbart, cessez de geindre. Vous avez vos droits. Vous pouvez rester à astiquer les parquets ou vous pouvez aller à la *schule*...

Le sourire réapparut. Des bulles de salive brillèrent aux coins de sa bouche.

— Vous voulez dire à l'église, sergent.

— Je veux dire à la *schule*, Grossbart !

Je passai devant lui et sortis. Près de moi, j'entendis le crissement des bottes d'un garde sur le gravier. Par les fenêtres éclairées des chambrées, j'aperçus les garçons en tenue de corvée, assis sur leur couchette, en train d'astiquer leur fusil. Soudain, il y eut un léger bruit derrière moi. Je me retournai et vis la silhouette sombre de Grossbart se précipiter vers les quartiers pour dire à ses amis juifs qu'ils avaient raison — que comme Karl et Harpo, j'étais des leurs.

Le lendemain ma .n, en bavardant avec le capitaine, je lui racontai l'incident de la veille, comme pour m'en

1. Dans l'armée américaine, seuls les officiers ont droit à l'appellation « monsieur », les sous-officiers doivent être appelés par leur grade (N. d.T.).

décharger. Pourtant, dans ma façon de raconter, il
sembla au capitaine que je ne cherchais pas tant
à expliquer la position de Grossbart qu'à la dé-
fendre.

— Marx, je me battrais aux côtés d'un nègre si le
gars me prouvait qu'il est un homme. Je me targue, dit
le capitaine en regardant par la fenêtre, d'avoir l'esprit
large. Par conséquent, sergent, personne ne reçoit de
traitement spécial ici, en bien *ou* en mal. Tout ce que
j'attends d'un homme, c'est qu'il fasse ses preuves. Si
un gars tire bien, je lui donne son week-end de
permission. S'il marche bien aux exercices physiques,
il a son week-end de permission. Il le *gagne*.

Il se détourna de la fenêtre et pointa un doigt vers
moi :

— Vous êtes juif, n'est-ce pas, Marx ?

— Oui, monsieur.

— Et je vous admire. Je vous admire à cause des
galons sur votre poitrine, et non pas parce qu'on vous
a cousu un ourlet sur la queue avant même que vous
soyez assez grand pour savoir que vous en aviez une.
Je juge un homme sur ce qu'il montre sur le champ de
bataille, sergent. Ce qui compte, c'est ce qu'il a *ici*, dit-
il, puis, alors que je m'attendais à ce qu'il pointe un
doigt sur son cœur, il dirigea son pouce vers les
boutons qui s'efforçaient de faire tenir son blouson sur
son ventre. Du cœur au ventre, dit-il.

— D'accord, mon capitaine, je voulais seulement
vous faire connaître le sentiment des hommes.

— Monsieur Marx, vous aurez des cheveux blancs
avant l'âge si vous vous occupez des sentiments des
hommes. Laissez ça à l'aumônier — les gonzesses, la

chaude-pisse, les pique-niques religieux avec les petites filles de Joplin, tout ça c'est son affaire, pas la
nôtre. Nous, apprenons-leur à tirer juste. Si les soldats
juifs trouvent que les autres gars les accusent de
tricherie... eh bien, je n'en sais rien. Ça semble
terriblement drôle de voir comment le Seigneur
appelle soudain si fort à l'oreille du soldat Grossman
que celui-ci éprouve le besoin de courir à l'église.

— A la synagogue, dis-je.

— Synagogue est le mot juste, sergent. Je vais le
noter pour référence. Merci de m'avoir repris.

Ce soir-là, quelques minutes avant que la compagnie se rassemble devant la salle de rapport pour
l'ordinaire, je fis appeler le caporal Robert LaHill.
LaHill était un gaillard bien bâti, à la peau brune,
dont les poils frisés sortaient des vêtements partout où
ils pouvaient. Il avait un regard vitreux qui faisait
penser aux cavernes et aux dinosaures.

— LaHill, dis-je, quand vous prendrez la forma-
tion, rappelez aux hommes qu'ils sont libres d'assister
aux offices religieux, *quelle que soit* l'heure à laquelle ils
ont lieu, attendu qu'ils se présentent à la salle de
rapport avant de quitter le camp.

LaHill ne broncha pas ; il se gratta le poignet mais
ne fit rien qui eût indiqué qu'il avait entendu ou
compris.

— LaHill, dis-je, *offices religieux*. Vous comprenez ?
église, prêtre, messe, confession...

Il retroussa une lèvre en un sourire hideux ; je pris
ça pour le signe qu'il avait un instant repris contact
avec la race humaine.

— Les soldats juifs qui désirent assister à l'office de ce soir devront se rassembler devant la salle de rapport à 19 heures. Puis j'ajoutai : Par ordre du capitaine Barrett.

Quelques instants plus tard, au moment où le crépuscule le plus doux qu'il m'ait été donné de voir cette année-là tombait sur Camp Crowder, j'entendis la voix épaisse, monocorde de LaHill devant ma fenêtre :

— Prêtez-moi l'oreille, soldats. Le chef m'a dit de vous dire que tous les Juifs qui veulent devront se rassembler ici à 19 heures pour assister à la messe juive.

A 19 heures, je jetai un coup d'œil par la fenêtre de la salle de rapport et vis trois soldats en uniforme empesé se tenant tout seuls dans le carré poussiéreux. Ils tripotaient leurs montres en se parlant à voix basse. Le jour tombait et seuls sur le terrain désert, ils avaient l'air minuscules. En me dirigeant vers la porte, j'entendis le bruit de la GI party provenant des quartiers environnants — couchettes poussées contre le mur, robinets déversant de l'eau dans les seaux, balais fouettant les planchers. Aux fenêtres, de gros chiffons frottaient et frottaient, chassant la poussière en vue de l'inspection du samedi. Je sortis et au moment où mon pied heurtait le sol, il me sembla entendre Grossbart, qui se trouvait au centre du terrain, dire aux deux autres : « *Gard'vous !* ». Ou peut-être qu'en les voyant tous les trois se mettre au garde-à-vous, imaginai-je avoir entendu le commandement.

A mon approche, Grossbart fit un pas en avant.

— Merci, monsieur, dit-il.

— Sergent, Grossbart, lui rappelai-je. Ce sont les officiers qu'on appelle « monsieur ». Je ne suis pas un officier. Cela fait trois semaines que vous êtes dans l'armée — vous devez le savoir.

Il tourna la paume de ses mains vers l'extérieur pour indiquer qu'en fait, lui et moi, vivions au-delà des conventions.

— Merci quand même, dit-il.

— Oui, dit le grand garçon derrière lui. Merci beaucoup.

Et le troisième murmura : « merci », mais sa bouche s'ouvrit à peine de sorte qu'il n'altéra sa posture que d'un mouvement de lèvres.

— Pour quoi? dis-je.

Grossbart s'ébroua, heureux.

— Pour l'annonce de tout à l'heure. L'annonce du caporal. Ça a aidé. Ça l'a rendu...

— Plus pratique.

C'était le grand garçon qui terminait la phrase de Grossbart.

Grossbart sourit.

— Il veut dire officiel, monsieur. Public, me dit-il. Maintenant, on n'aura pas l'air de se défiler, de tricher, parce que le travail a commencé.

— C'était par ordre du capitaine Barrett, dis-je.

— Ah, mais vous y avez donné un coup de pouce... dit Grossbart. Alors nous vous remercions.

Puis il se tourna vers ses camarades.

— Sergent Marx, je veux vous présenter Larry Fishbein.

Le grand garçon s'avança et tendit la main. Je la serrai.

— Vous êtes de New York ? demanda-t-il.

— Oui.

— Moi aussi.

Il avait un visage cadavérique qui s'enfonçait de la pommette à la mâchoire, et lorsqu'il souriait — comme il le fit à la nouvelle de notre origine commune — il révélait une bouche remplie de mauvaises dents. Il clignait beaucoup des yeux, comme pour rentrer des larmes.

— Quel quartier ? demanda-t-il.

Je me tournai vers Grossbart.

— Il est 7 heures moins 5. A quelle heure est l'office ?

— La *schule,* dit-il en souriant, est dans dix minutes. Je veux vous présenter Mickey Halpern. Nathan Marx, notre sergent.

Le troisième garçon sautilla en avant.

— Soldat Michael Halpern.

Il salua.

— On salue les officiers, Halpern.

Le garçon laissa retomber son bras, et dans sa nervosité, vérifia si les poches de sa chemise étaient bien boutonnées.

— Dois-je les conduire, monsieur ? demanda Grossbart, ou venez-vous avec nous ?

De derrière Grossbart, Fishbein éleva une petite voix.

— Après, on servira des boissons. Une auxiliaire féminine de Saint Louis, nous a dit le rabbin la semaine dernière.

— L'aumônier, chuchota Halpern.

— Vous serez le bienvenu, dit Grossbart.

Pour éluder son invitation, je détournai la tête et vis, aux fenêtres des chambrées, une foule de visages nous regardant tous les quatre.

— Allez, Grossbart, dépêchez-vous de sortir.

— Très bien, dit-il.

Il se tourna vers les autres.

— Une, deux, en avant marche !

Et ils s'éloignèrent, mais dix pas plus loin, Grossbart fit un brusque demi-tour et revenant en courant, me cria :

— Bon *shabes,* monsieur.

Puis les trois hommes s'engouffrèrent dans le crépuscule du Missouri.

Même lorsqu'ils eurent disparu dans les terrains de manœuvres, dont le vert était maintenant un bleu profond, je percevais encore la voix de Grossbart scandant la mesure, et tandis qu'elle s'assourdissait, elle éveilla soudain en moi un souvenir lointain — comme un rayon de lumière — et je me souvins des cris aigus sur un terrain de jeux dans le Bronx, où, bien des années auparavant, j'avais joué pendant de longues soirées printanières telles que celle-ci. Ces sons légers s'amenuisant... C'était un souvenir agréable pour un jeune homme si loin de la paix et du foyer, et cela suscitait tant d'autres souvenirs que je commençai à devenir excessivement tendre envers moi-même. En fait, je me laissai aller à une rêverie si puissante que j'eus l'impression qu'une main avait ouvert mon être et l'avait pénétré jusqu'au fond. Il lui fallait descendre si profondément pour me trouver. Il lui fallait passer

par ces jours dans les forêts de Belgique et ces morts
que j'avais refusé de pleurer; par les nuits dans ces
fermes allemandes dont nous avions brûlé les livres
pour nous chauffer, et que je ne pouvais pas regretter;
par ces étendues sans fin où j'avais banni toute
tendresse que j'eusse pu ressentir pour mes sembla-
bles, et où j'avais même réussi à me dénier l'attitude
du conquérant — l'orgueil que moi, un Juif, j'aurais
pu volontiers afficher tandis que mes bottes claquaient
sur le pavé de Münster, Braunschweig, et finalement
Berlin.

Mais à présent, un seul bruit nocturne, une rumeur
de foyer et de temps passé, et la mémoire plongeait à
travers tout ce que j'avais anesthésié et atteignait ce
que je reconnaissais être moi-même. Ce ne fut donc
pas tout à fait étrange qu'à la recherche de moi-même,
je me retrouvai en train de suivre les pas de Grossbart
vers la chapelle numéro 3 où avaient lieu les offices
religieux israélites.

Je pris place au dernier rang, qui était vide. A deux
bancs devant moi étaient assis Grossbart, Fishbein et
Halpern, tenant chacun à la main un petit gobelet
blanc. Fishbein versait le contenu du sien dans celui de
Grossbart, et Grossbart eut l'air réjoui en voyant le
liquide tracer un arc entre sa main et celle de Fishbein.
Dans l'éblouissante lumière jaune, je vis l'aumônier
dans sa chaire, chantant la première ligne du texte
liturgique. Le livre de prières de Grossbart resta fermé
sur ses genoux; il faisait tourner le vin dans son
gobelet. Seul, Halpern répondait à la prière. Les doigts
de sa main droite étaient largement écartés sur la
couverture de son livre, et son calot était si profondé-

ment enfoncé sur sa tête, qu'il avait pris la forme d'une *yamalkah*. De temps en temps, Grossbart mouillait ses lèvres au bord de la coupe ; le long visage jaune de Fishbein, telle une ampoule électrique en voie d'extinction, regardait autour de lui, se penchant en avant pour apercevoir les visages au bout du rang, devant — puis derrière. Il me vit et ses paupières battirent la retraite. Son coude s'enfonça dans les côtes de Grossbart, son cou s'inclina vers son ami, puis lorsque la congrégation répondit, la voix de Grossbart s'y était jointe. Fishbein avait lui aussi les yeux sur son livre à présent ; ses lèvres, cependant, ne bougèrent point.

Enfin ce fut le moment de boire le vin. L'aumônier leur sourit tandis que Grossbart avalait tout d'une longue gorgée, qu'Halpern sirotait, méditatif, et que Fishbein feignait la dévotion avec une coupe vide.

Finalement, l'aumônier dit :

— En regardant l'assemblée des fidèles... le mot le fit sourire, ce soir, je vois beaucoup de visages nouveaux, et je veux vous souhaiter la bienvenue aux offices du vendredi soir, ici, à Camp Crowder. Je suis le major Leo Ben Ezra, votre aumônier...

Bien qu'Américain, l'aumônier parlait un anglais châtié, détachant presque ses syllabes, comme pour communiquer surtout avec ceux qui ne feraient que lire sur ses lèvres.

— Je n'ai que quelques mots à vous dire avant que nous nous retirions dans la salle des rafraîchissements où les aimables dames du Temple Sinaï de Saint Louis, Missouri, vous ont préparé un joli buffet.

Des applaudissements et des sifflets éclatèrent. Effaçant l'ombre d'un sourire, l'aumônier leva les mains devant la congrégation, ses yeux glissant un instant vers le haut, comme pour rappeler aux troupes où elles se trouvaient et Qui d'autre pourrait être présent. Dans le brusque silence qui suivit, il me sembla entendre la voix de Grossbart : « Que les goyim frottent les planchers ! » Etaient-ce ses paroles ? Je n'en étais pas sûr, mais Fishbein se fendit d'un large sourire et donna un coup de coude à Halpern. Halpern lui jeta un regard muet puis retourna à son livre de prières, qui l'avait occupé pendant tout le discours du rabbin. Une de ses mains tiraillait les noirs cheveux frisés qui dépassaient sous le calot. Ses lèvres remuaient.

Le rabbin poursuivit :

— C'est de la nourriture que je voudrais vous entretenir quelques instants. Je sais, je sais, je sais, entonna-t-il d'un ton las, combien dans la bouche de la plupart d'entre vous la nourriture *traïfe* a un goût de cendres. Je sais combien certains d'entre vous s'étouffent, combien vos parents souffrent de penser que leurs enfants mangent des aliments impurs, offensants pour le palais. Que puis-je vous dire ? Seulement ceci : fermez les yeux et avalez le mieux possible. Mangez ce dont vous avez besoin pour vivre et jetez le reste. Je voudrais pouvoir donner meilleur conseil. A ceux qui trouvent cela impossible, je demande d'essayer et d'essayer encore, mais si leur répugnance est trop forte, qu'ils viennent me voir en privé et nous devrons chercher aide plus haut.

Un murmure s'éleva puis disparut ; puis tout le monde chanta « Ain Kelohanoh » ; après tant d'années, je m'aperçus que je savais encore les paroles.

Brusquement, une fois l'office terminé, Grossbart fut sur moi.

— Plus haut? Il veut dire le général?

— Eh Shelly, interrompit Fishbein, il veut dire Dieu. Il se donna une claque et regarda Halpern. Jusqu'où peut-on monter?

— Chut, dit Grossbart. Qu'en pensez-vous, sergent?

— Je ne sais pas. Vous feriez mieux de demander à l'aumônier.

— Je vais le faire. Je vais prendre un rendez-vous pour le voir en privé. Mickey aussi.

Halpern secoua la tête.

— Non, non, Sheldon...

— Tu as des droits, Mickey. Ils ne peuvent pas nous marcher sur les pieds.

— Ça ne fait rien. C'est ma mère qui s'inquiète, pas moi...

Grossbart me regarda.

— Hier il a vomi. Du hachis. C'était tout du jambon et Dieu sait quoi d'autre.

— Je suis enrhumé... c'était pour ça, dit Halpern.

Il retransforma sa *yamalkah* en calot.

— Et vous, Fishbein, demandai-je. Vous êtes *kasher* aussi?

Il rougit, ce qui rendit le jaune plus gris que rose.

— Un peu. Mais je laisserai couler. J'ai un estomac solide. Et je ne mange pas beaucoup de toute façon...

Je continuai à le regarder, et il leva la main pour renforcer ce qu'il venait de dire. Son bracelet-montre était serré jusqu'au dernier trou et il me le montra.

— Alors ça m'est égal.

— Mais les offices sont importants pour vous ? lui demandai-je.

Il regarda Grossbart.

— Bien sûr, monsieur.

— Sergent.

— Pas tant à la maison, dit Grossbart en s'interposant, mais loin de chez soi, ça donne le sens du judaïsme.

— Nous devons faire bloc, dit Fishbein.

Je me dirigeai vers la porte ; Halpern recula pour me laisser passer.

— C'est ce qui est arrivé en Allemagne, dit Grossbart, assez fort pour que je puisse l'entendre. Ils n'ont pas fait bloc. Ils se sont laissé marcher sur les pieds.

Je me retournai.

— Ecoutez, Grossbart, c'est l'armée ici, pas un camp de vacances.

Il sourit.

— Et alors ? Halpern tenta de filer, mais Grossbart le retint par le bras. Et alors ? répéta-t-il.

— Grossbart, demandai-je, quel âge avez-vous ?

— Dix-neuf ans.

— Et vous ? dis-je à Fishbein.

— Pareil. Même du même mois.

— Et lui ?

Je désignai Halpern, qui avait fini par gagner prudemment la sortie.

— Dix-huit, murmura Grossbart. Mais on dirait qu'il ne sait pas lacer ses chaussures ni se laver les dents tout seul. Je suis désolé pour lui.

— Je suis désolé pour vous aussi, Grossbart, mais

conduisez-vous simplement en homme. N'en faites pas trop.

— Trop de quoi, monsieur?

— Du monsieur. N'en faites pas trop, dis-je, et je le plantai là.

Je passai devant Halpern mais il ne leva pas les yeux. Puis je fus dehors, dans l'obscurité... mais derrière moi j'entendis Grossbart appeler:

— Eh, Mickey, *liebesche*, reviens. Les rafraîchissements!

Liebesche! C'est ainsi que ma grand-mère m'appelait!

Un matin, une semaine plus tard, tandis que je travaillais à mon bureau, le capitaine Barrett me cria de venir dans le sien. Lorsque j'entrai, il avait son casque léger enfoncé si bas que je ne pouvais même pas voir ses yeux. Il était au téléphone, et pour me parler, il boucha l'appareil d'une main.

— Qui, nom d'une merde, est Grossbart?

— Troisième section, mon capitaine, dis-je. Une recrue.

— Qu'est-ce que c'est que cette fichue histoire à propos de nourriture? Sa mère a interpellé un député... Il retira sa main de l'appareil et remonta son casque de sorte que j'aperçus la courbe de ses cils inférieurs. Oui, monsieur, dit-il. Oui, monsieur. Je suis là, monsieur. Je demande à Marx...

Il reboucha l'appareil et me regarda.

— Le voltigeur Harry au bout du fil, dit-il entre ses dents. Ce député appelle le général Lyman qui appelle le colonel Sousa qui appelle le Major qui m'appelle. Ils crèvent d'envie de me coller cette histoire sur le dos. Qu'est-ce qu'il y a, il secoua l'appareil vers moi, je ne nourris pas la troupe ? Qu'est-ce que c'est que cette salade ?

— Monsieur, Grossbart est bizarre...

Barrett accueillit ces paroles avec un sourire indulgent et moqueur. Je changeai de tactique.

— Mon capitaine, c'est un Juif orthodoxe et il ne lui est donc permis que de manger certains aliments.

— Le député dit qu'il vomit. A chaque fois qu'il mange quelque chose, dit sa mère, il vomit !

— Il a l'habitude d'observer les lois sur la nourriture, mon capitaine.

— C'est pour ça que sa vieille fait appel à la Maison-Blanche ?

— Les parents juifs, monsieur, ont tendance à être plus protecteurs que vous ne le croyez. Je veux dire que les Juifs ont le sens de la famille très développé. Quand un garçon quitte la maison, la mère est susceptible d'être très bouleversée. Le garçon a probablement *parlé* de quelque chose dans une lettre et sa mère l'a mal interprété.

— Je lui ficherais bien mon poing dans la gueule. On a une salope de guerre sur le dos et monsieur voudrait de la vaisselle d'argent !

— Je ne crois pas que le garçon soit à blâmer, monsieur. Je suis persuadé qu'on peut arranger ça en lui parlant. Les parents juifs se font du souci...

— *Tous* les parents se font du souci, bon Dieu. Mais ils ne montent pas sur leurs grands chevaux en commençant à faire jouer les pistons...

Je lui coupai la parole, la voix plus haute, plus dure
qu'auparavant.

— La vie de famille, mon capitaine, est si impor-
tante... mais vous avez raison, cela devient parfois
encombrant. C'est une chose merveilleuse, mon capitaine, mais parce qu'elle est si vivace, ce genre...

Il n'écoutait plus les justifications que j'essayais de
présenter tant pour moi-même que pour le voltigeur
Harry. Il reprit l'appareil.

— Allô, dit-il. Marx me dit que les Juifs ont
tendance à faire des manières. Il dit qu'il pense
pouvoir régler l'affaire ici même dans la compagnie...
Oui, monsieur... Je rappellerai, dès que possible... Il
raccrocha. Où sont les hommes, sergent ?

— Sur le champ de tir.

D'un coup sur la tête, il écrasa le casque sur ses yeux
et se leva.

— Nous allons faire un tour.

Le capitaine prit le volant et je m'assis à côté de lui.
C'était une chaude journée de printemps et sous mon
treillis fraîchement amidonné, j'avais l'impression que
mes aisselles fondaient le long de mes flancs. Les
routes étaient sèches et le temps d'arriver au champ de
tir, j'avais les dents crissantes de poussière, bien que
j'eusse tenu la bouche fermée tout le long du parcours.
Le capitaine écrasa les freins et me dit de me grouiller
d'aller chercher Grossbart.

Je le trouvai couché sur le ventre, en train de cribler
de balles une cible à cent cinquante mètres. Derrière
lui, Halpern et Fishbein attendaient leur tour. Fishbein, une paire de lunettes militaires sans monture sur

le nez, avait l'air d'un vieux colporteur qui vous aurait volontiers vendu le fusil et les cartouches qui lui pendaient de partout. Je me tins à l'écart, près des caisses de munitions, attendant que Grossbart eût terminé de parsemer les lointaines cibles. Fishbein recula pour s'approcher de moi.

— Bonjour, sergent Marx.

— Ça va ? grommelai-je.

— Ça va, merci. Sheldon est vraiment un bon tireur.

— Je n'ai pas remarqué.

— Moi pas, mais je crois que je commence à m'y mettre... Sergent, vous savez, je ne voudrais pas demander ce qu'il ne faut pas...

Il s'interrompit. Il essayait de parler d'un ton intime, mais le bruit du tir le forçait à crier.

— Qu'y a-t-il ? demandai-je.

Au bout du champ, j'aperçus le capitaine Barrett debout dans la jeep, scrutant la ligne à ma recherche.

— Mes parents n'arrêtent pas de demander où nous allons partir. Tout le monde dit le Pacifique. Ça m'est égal, mais mes parents... Si je pouvais les rassurer, je crois que je pourrais mieux me concentrer sur le tir.

— Je ne sais pas, Fishbein. Essayez de vous concentrer quand même.

— Sheldon dit que vous pourriez peut-être le savoir...

— Je ne sais rien, Fishbein. Ne vous énervez pas et ne laissez pas Sheldon...

— Moi, je ne m'énerve pas, sergent. C'est chez moi...

Grossbart venait de terminer et brossait son treillis de la main Je plantai Fishbein au milieu de sa phrase.

— Grossbart, le capitaine veut vous voir.

Il avança vers nous. Ses yeux brillaient et clignotaient.

— Bonjour !

— Ne pointez donc pas ce fusil, nom de Dieu !

— Pas de danger que je vous tire dessus, sergent.

Il me gratifia d'un sourire de la largeur d'une citrouille, tout en écartant son canon.

— Sapristi, Grossbart, ce n'est pas une blague ! Suivez-moi.

Je marchai devant lui et j'eus l'horrible impression que derrière moi Grossbart suivait au pas, le fusil sur l'épaule, comme s'il était une patrouille composée d'un seul homme.

Devant la jeep, il fit un salut de fusil au capitaine.

— Soldat Sheldon Grossbart, mon capitaine.

— Repos, Grossman.

Le capitaine se glissa sur le siège avant inoccupé, et, repliant un doigt, invita Grossbart à venir plus près.

— Bart, monsieur. Sheldon Gross*bart*. C'est une erreur courante.

Grossbart me fit un signe de tête —*moi*, je comprenais, voulait-il dire. Je détournai mon regard, juste au moment où le camion d'ordinaire s'arrêtait devant la ligne de tir, dégorgeant une demi-douzaine de corvées de pluches, les manches retroussées. Le sergent d'ordinaire leur hurla quelque chose tandis qu'ils installaient les marmites et les gamelles.

— Grossbart, votre maman a écrit à un député

qu'on ne vous nourrissait pas bien, vous êtes au courant ? dit le capitaine.

— C'est mon père, monsieur. Il a écrit au député Franconi que ma religion m'interdit de manger certains aliments.

— Quelle est cette religion, Grossbart ?

— Juive.

— Juive, *mon capitaine,* dis-je à Grossbart.

— Je vous demande pardon, mon capitaine. Juive, mon capitaine.

— De quoi avez-vous vécu ? demanda le capitaine. Ça fait déjà un mois que vous êtes dans l'armée. Vous ne m'avez pas l'air de tomber en morceaux.

— Je mange parce qu'il le faut, mon capitaine. Mais le sergent Marx pourra témoigner du fait que je ne mange pas une bouchée de plus que je n'en ai besoin pour survivre.

— Marx, demanda Barrett, est-ce vrai ?

— Je n'ai jamais vu Grossbart manger, mon capitaine, dis-je.

— Mais vous avez entendu le rabbin, dit Grossbart. Il nous a dit ce qu'il fallait faire, et j'ai obéi.

Le capitaine me regarda.

— Eh bien, Marx ?

— Je ne sais pourtant pas ce qu'il mange et ce qu'il ne mange pas, monsieur.

Grossbart leva son fusil, comme pour me l'offrir.

— Mais, sergent...

— Ecoutez, Grossbart, contentez-vous de répondre aux questions du capitaine ! dis-je d'un ton coupant.

Barrett me sourit et je lui en voulus.

— Très bien, Grossbart, dit-il, qu'est-ce que vous voulez? La petite feuille de papier? Voulez sortir?

— Non, monsieur. Seulement avoir la possibilité de vivre comme un Juif. Et pour les autres aussi.

— Quels autres?

— Fishbein, monsieur, et Halpern.

— Eux non plus n'aiment pas notre cuisine?

— Halpern vomit, monsieur, Je l'ai vu.

— Je croyais que c'était *vous* qui vomissiez.

— Juste une fois, monsieur. Je ne savais pas que les saucisses étaient des saucisses.

— Nous distribuerons des menus, Grossbart. Nous présenterons des films d'éducation alimentaire, afin que vous puissiez détecter quand nous essaierons de vous empoisonner.

Grossbart ne répondit pas. Non loin de nous, les hommes s'étaient rassemblés en deux longues files. En queue de l'une d'elles, je reconnus Fishbein — ou plutôt, ses lunettes me reconnurent. Elles me lancèrent des rayons de soleil, tels des clins d'œil amicaux. Halpern était à côté de lui, s'essuyant le cou avec un mouchoir kaki. Ils s'ébranlèrent avec la file en direction des gamelles. Le sergent d'ordinaire hurlait toujours après les corvées de pluches, qui se tenaient prêtes à servir, l'air ahuri. Je fus un instant terrorisé à l'idée que d'une façon ou d'une autre, le sergent d'ordinaire allait être mêlé au problème de Grossbart.

— Venez ici, Marx, me dit le capitaine. Marx, vous êtes Juif, n'est-ce pas?

Je jouai franc jeu.

— Oui, monsieur.

— Il y a combien de temps que vous êtes dans l'armée ? Dites-le à ce garçon.

— Trois ans et deux mois.

— Dont un an de combats, Grossbart. Douze fichus mois de combats à travers toute l'Europe. J'admire cet homme, dit le capitaine, en me donnant un coup de poignet sur la poitrine. Est-ce que vous l'entendez dire un mot sur la nourriture ? Dites ? Je veux une réponse, Grossbart. Oui ou non.

— Non, monsieur.

— Et pourquoi ? Il est Juif.

— Il y a des choses qui sont plus importantes pour certains Juifs que pour d'autres.

Barrett explosa.

— Ecoutez, Grossbart, Marx est un type bien, un héros ! Nom de Dieu, pendant que vous étiez confortablement assis sur vos fesses à l'école, le sergent Marx tuait des Allemands. Qui fait plus pour les Juifs, vous en vomissant une malheureuse saucisse — un morceau de viande premier choix — ou Marx en tuant ces salauds de Nazis ? Si j'étais un Juif, Grossbart, j'embrasserais les pieds de cet homme. C'est un héros, vous le savez ? Et *lui* mange ce qu'on lui donne. Pourquoi vous avez besoin de faire des histoires, c'est ce que je voudrais bien savoir ! Qu'est-ce que vous visez, une réforme ?

— Non, monsieur.

— Je parle à un *mur* ! Sergent, faites-le disparaître de ma vue.

Barrett reprit d'un bond sa place au volant.

— Je vais voir l'aumônier !

Le moteur gronda, la jeep fit demi-tour, puis dans

un tourbillon de poussière, le capitaine reprit le chemin du camp.

Grossbart et moi restâmes quelques instants à suivre la jeep des yeux. Puis il me regarda et dit :

— Je ne veux pas faire d'histoires. C'est la première chose qu'ils nous reprochent.

Lorsqu'il parla, je vis que ses dents étaient blanches et bien plantées, et leur aspect me fit soudain comprendre que Grossbart avait effectivement des parents : qu'un jour quelqu'un avait emmené le petit Sheldon chez le dentiste. Il était le fils de quelqu'un. Malgré tout son bavardage à propos de ses parents, il était difficile d'imaginer Grossbart en enfant, en héritier — affilié à quelqu'un par le sang, père ou mère, ni surtout à moi. Cette pensée en entraîna une autre.

— Que fait votre père, Grossbart ? demandai-je, tandis que nous nous dirigions vers la file.

— Il est tailleur.

— Américain ?

— Maintenant oui. Un fils dans l'armée, dit-il, moqueur.

— Et votre mère ? demandai-je.

Il fit un clin d'œil.

— Une *ballebusta* [1] — elle dort presque avec un chiffon à la main.

— C'est aussi une immigrante ?

— Elle ne parle toujours que le yiddish.

— Et votre père aussi ?

— Un peu d'anglais : « propre », « presse », « ren-

---

1. En yiddish : une bonne femme d'intérieur, une maîtresse de maison (N. d. T.).

trez les pantalons »... C'est tout son vocabulaire. Mais
ils sont gentils avec moi...

— Alors, Grossbart...

Je tendis le bras et l'arrêtai. Il se tourna vers moi et
lorsque nos yeux se croisèrent les siens semblèrent faire
un bond en arrière, frémir dans leurs orbites. Il parut
effrayé.

— Grossbart, c'est donc vous qui avez écrit cette
lettre, n'est-ce pas ?

Il ne fallut qu'une seconde ou deux pour que ses
yeux redeviennent gais.

— Oui. Il continua à marcher et je le suivis. C'est
ce que mon père *aurait* écrit s'il avait su le faire. C'était
son nom quand même. C'est lui qui l'a signée. Il l'a
même postée. Je l'ai envoyée chez moi. Pour le cachet
de New York.

J'étais surpris et il s'en rendit compte. Avec un
sérieux total, il avança son bras droit devant moi.

— Le sang est le sang, sergent, dit-il, en pinçant la
veine bleue de son poignet.

— Que diable essayez-vous de faire, Grossbart ? Je
vous ai vu manger. Vous le savez ? J'ai dit au capitaine
que je ne savais pas ce que vous mangiez, mais je vous
ai vu avaler comme un ogre à l'ordinaire.

— On travaille dur, sergent. On est en instruction.
Pour qu'un four marche, il faut l'alimenter.

— Si vous avez écrit la lettre, Grossbart, pourquoi
avez-vous déclaré que vous vomissiez tout le temps ?

— En fait, je parlais de Mickey. Il ne voulait pas
écrire, sergent, bien que j'aie essayé de le persuader. Il
va dépérir, si je ne l'aide pas. Sergent, j'ai utilisé mon

nom, celui de mon père, mais c'est de Mickey et de Fishbein que je me préoccupe aussi.

— Vous êtes un vrai Messie, n'est-ce pas ?

Nous avions rejoint la file à présent.

— Elle est bonne, sergent. Il sourit. Mais qui sait ? C'est peut-être vous le Messie... un petit peu. Mickey dit que le Messie est une idée collective. Il est allé à la Yeshivah [1], Mickey, un certain temps. Il dit que tous *ensemble* nous sommes le Messie. Moi un peu, vous un peu... Vous devriez entendre parler ce gosse, sergent, quand il s'y met.

— Moi un peu, vous un peu. Vous aimeriez croire ça, n'est-ce pas Grossbart ? Ça vous arrange.

— Ça ne semble pas une si mauvaise chose à croire, sergent. Ça veut tout simplement dire que nous devrions tous donner un peu, c'est tout...

Je m'éloignai pour aller manger ma ration avec les autres sous-officiers.

Deux jours plus tard, une lettre adressée au capitaine Barrett atterrit sur mon bureau. Elle était passée par la hiérarchie — du bureau du député Franconi où elle était arrivée, au général Lyman, au colonel Sousa, au major Lamont, au capitaine Barrett. Je la relus deux fois pendant que le capitaine était au mess des officiers. Elle était datée du 14 mai, le jour où Barrett avait parlé à Grossbart sur le champ de tir.

---

1. Ecole hébraïque (N. d. T.).

Monsieur le Député,

Permettez-moi d'abord de vous remercier pour l'attention que vous avez portée à mon fils, le soldat Sheldon Grossbart. J'ai eu la chance de pouvoir parler au téléphone avec Sheldon l'autre soir et je crois que j'ai pu résoudre notre problème. Il est, comme je le mentionnais dans ma dernière lettre, un garçon très pieux, et j'ai eu les plus grandes difficultés à le persuader que la chose pieuse à faire — ce que Dieu lui-même voudrait que Sheldon fasse — serait de souffrir les affres du remords religieux pour le bien de sa patrie et de toute l'humanité. Ce fut difficile, monsieur le Député, mais il a fini par voir la lumière. En fait, ce qu'il a dit (et j'ai noté ses paroles sur un bloc afin de ne jamais les oublier), il a dit : « Je crois que tu as raison, papa. Tant de millions de nos compatriotes juifs ont donné leur vie à l'ennemi, le moins que je puisse faire est de vivre un temps privé d'une partie de mon héritage afin de contribuer à mettre fin à cette lutte et à rendre à tous les enfants de Dieu la dignité humaine. » Ceci, monsieur le Député, rendrait fier n'importe quel père.

A propos, Sheldon voulait que je connaisse — et vous transmette — le nom d'un soldat qui l'a aidé à prendre cette décision : le sergent Marx Nathan. Le sergent Marx, qui est un vétéran de la guerre, est le supérieur de Sheldon. Cet homme a aidé Sheldon à vaincre les premiers obstacles qu'il a rencontrés dans l'armée, et est en partie responsable de son changement d'attitude envers les lois sur la nourriture. Je sais que Sheldon apprécierait toute distinction qui serait attribuée à Marx.

Merci et bonne chance. J'espère voir votre nom sur les prochaines listes électorales.

Je vous prie d'agréer, Monsieur le député, etc...

SAMUEL E. GROSSBART.

Joint au communiqué Grossbart, il y avait un communiqué adressé au général Marshall Lyman et signé par le député Charles E. Franconi de la Chambre des Représentants. Le communiqué informait le général Lyman que le sergent Nathan Marx était l'honneur de l'Armée américaine et du peuple juif.

Quelle avait été la raison de la rétractation de Grossbart ? Avait-il senti qu'il était allé trop loin ? La lettre était-elle une retraite stratégique — une tentative astucieuse pour renforcer ce qu'il considérait comme notre alliance ? Ou bien avait-il réellement changé d'avis, au travers d'un dialogue imaginaire entre Grossbart *père* et Grossbart *fils* ? J'étais intrigué mais cela ne dura que quelques jours — c'est-à-dire jusqu'à ce que je me rende compte que, quelles qu'aient été ses raisons, il avait en fait décidé de disparaître de ma vie : il allait se permettre de n'être qu'une recrue parmi d'autres. Je le vis aux inspections mais il ne me lança jamais de clin d'œil ; aux rassemblements, mais il ne me fit jamais un signe ; le dimanche, avec les autres recrues, il venait regarder jouer l'équipe de base-ball des sous-officiers dans laquelle j'étais lanceur, mais il ne m'adressa jamais une parole inutile ou inopportune. Fishbein et Halpern se retirèrent également, sur ordre de Grossbart, j'en suis certain. Il s'était apparemment rendu compte que la sagesse était de me tourner le dos avant de nous avoir tous plongés dans la laideur d'un privilège non mérité. Notre séparation me permit de lui pardonner nos rencontres passées et, finalement, de l'admirer pour son bon sens.

Entre-temps, libéré de Grossbart, je m'habituais à mon travail et aux tâches administratives. Je montai sur une balance un jour et m'aperçus que j'étais réellement devenu un non-combattant : j'avais pris trois kilos et demi. Je trouvai la patience de lire les trois premières pages d'un livre. Je pensais de plus en plus à l'avenir et écrivis à des filles que j'avais connues avant la guerre — je reçus même quelques réponses. J'écrivis à Columbia pour demander un programme de la Faculté de Droit. Je continuais à suivre la guerre dans le Pacifique, mais ce n'était pas ma guerre et je lisais le compte rendu des bombardements et des batailles comme un civil. Il me semblait entrevoir la fin et quelquefois, la nuit, je rêvais que je marchais dans les rues de Manhattan-Broadway, la Troisième Avenue, et la 116e Rue, où j'avais vécu pendant mes trois années d'études à Columbia. Je m'envolais autour de ces rêves et commençais à être heureux.

Puis, un samedi, alors que tout le monde était parti et que j'étais seul dans la salle de rapport, en train de lire l'avant-dernier numéro du *Sporting News*, Grossbart parut.

— Vous êtes amateur de base-ball, sergent ?

Je levai la tête.

— Comment allez-vous ?

— Bien, dit Grossbart. Ils font de moi un soldat.

— Comment vont Fishbein et Halpern ?

— Ça va, dit-il. Il n'y avait pas d'instruction cet après-midi. Ils sont au cinéma.

— Comment se fait-il que vous ne soyez pas avec eux ?

— Je voulais venir vous dire bonjour.

Il sourit — un sourire timide, honnête, comme si lui et moi savions bien que notre amitié tirait sa substance de visites imprévues, de souvenirs d'anniversaires et d'une tondeuse à gazon mutuellement empruntée. Tout d'abord, cela m'offensa, puis ce sentiment se perdit dans le malaise général que je ressentais à l'idée que tout le reste du poste était enfermé dans l'obscurité du cinéma et que j'étais seul avec Grossbart. Je pliai mon journal.

— Sergent, dit-il, je voudrais vous demander un service. C'est un service, je ne m'en cache pas.

Il se tut, me permettant de refuser de l'écouter — ce qui, naturellement, me força à une politesse que je n'avais aucune intention d'offrir.

— Allez-y.

— Eh bien, en fait, il s'agit de deux services.

Je ne dis rien.

— Le premier concerne ces bruits qui courent. Tout le monde dit que nous allons être envoyés dans le Pacifique.

— Comme je l'ai dit à votre ami Fishbein, je ne sais rien. Il vous faudra attendre pour savoir. Comme tout le monde.

— Vous croyez qu'il y a une chance pour que certains d'entre nous soient envoyés à l'est?

— En Allemagne? dis-je. Peut-être.

— Je veux dire New York.

— Je ne crois pas, Grossbart. A priori.

— Merci pour le renseignement, sergent, dit-il.

— Ce n'est pas un renseignement, Grossbart. C'est une supposition.

— Ce serait rudement bien d'être près de chez soi. Mes parents... vous savez...

Il fit un pas vers la porte, puis se retourna.

— Oh, l'autre chose. Puis-je demander l'autre?

— Qu'est-ce que c'est?

— L'autre, c'est que... j'ai de la famille à Saint Louis et ils me disent qu'ils m'offriront un vrai dîner de pâque[1] si je peux y aller. Mon Dieu, sergent, ce serait formidable pour moi.

Je me levai.

— Pas de permissions pendant la période d'instruction, Grossbart.

— Mais on est libres jusqu'à lundi matin, sergent. Je pourrais quitter le poste sans que personne le sache.

— Moi, je le saurais, et vous aussi.

— Mais c'est tout. Juste nous deux. Hier soir, j'ai téléphoné à ma tante et vous auriez dû l'entendre : « Viens, viens, disait-elle. J'ai du *gefilte fish*[2], du *haïn*[3], le grand jeu! » Un seul jour, sergent, je prendrais la responsabilité sur moi s'il arrivait quelque chose.

— Le capitaine n'est pas là pour signer la permission.

— Vous pourriez la signer.

— Ecoutez, Grossbart...

— Sergent, ça fait pratiquement deux mois que je mange du *traïf* jusqu'à en mourir.

— Je croyais que vous en aviez pris votre parti. D'être privé d'une partie de votre héritage.

---

1. La pâque juive (N.d.T.).
2. Poisson farci (N. d. T.).
3. Raifort (N. d. T.).

Il pointa un doigt vers moi.

— Vous! dit-il. Ce n'était pas à vous de la lire!

— Je l'ai lue. Et alors?

— Cette lettre était adressée à un député.

— Grossbart, ne me racontez pas de bobards. Vous *vouliez* que je la lise.

— Pourquoi me persécutez-vous, sergent?

— Vous vous moquez de moi!

— J'en ai déjà fait l'expérience, dit-il, mais jamais de la part des miens!

— Sortez d'ici, Grossbart! Fichez le camp de ma vue!

Il ne bougea pas.

— Vous avez honte, c'est ça. Alors vous vous vengez sur nous. On dit qu'Hitler lui-même était demi-juif. A voir ça, ça ne m'étonnerait pas!

— Qu'est-ce que vous essayez de faire de moi, Grossbart? Qu'est-ce que vous cherchez? Vous voulez que je vous favorise, que je change la nourriture, que je me renseigne sur votre destination, que je vous donne des permissions.

— Vous parlez même comme un goy! — Grossbart brandit son poing. — Est-ce que je vous demande une permission? Un seider n'est-il pas une chose sacrée?

Un seider! Je réalisai soudain que la pâque avait été célébrée des semaines auparavant. Je confrontai Grossbart avec le fait.

— C'est vrai, dit-il. Qui dit le contraire? Il y a un mois, et moi j'étais sur le terrain en train de manger du hachis! Et maintenant, tout ce que je demande c'est un petit service — je croyais qu'un garçon juif

comprendrait. Ma tante veut bien faire une exception
— faire un seider un mois plus tard...

Il tourna les talons comme pour s'en aller, grommelant.

— Revenez ici ! m'écriai-je. — Il s'arrêta et me
regarda. — Grossbart, pourquoi ne pouvez-vous pas
être comme les autres ? Pourquoi faut-il que vous soyez
planté comme une épine dans le pied ? Pourquoi
demandez-vous un traitement spécial ?

— Parce que je suis juif, sergent. Je *suis* différent.
Meilleur ou non. Mais différent.

— Nous sommes en guerre, Grossbart. Tant qu'elle
dure, soyez semblable.

— Je refuse.

— Quoi ?

— Je refuse. Je ne peux m'empêcher d'être moi, il
n'y a rien à faire. — Des larmes montèrent dans ses
yeux. — C'est difficile d'être juif. Mais maintenant je
comprends ce que dit Mickey : c'est encore plus
difficile de le rester. — Il leva tristement une main vers
moi. — Regardez-vous.

— Cessez de pleurer !

— Cessez ceci, cessez cela ! C'est à vous de cesser,
sergent. Cessez de fermer votre cœur à vos compatriotes !

Et s'essuyant le visage avec sa manche, il sortit en
courant.

— La moindre des choses que nous puissions faire
les uns pour les autres... la moindre...

Une heure plus tard, je vis Grossbart traverser le
camp. Il portait un uniforme empesé et un petit sac en
cuir. Je m'approchai de la porte et sentis venir du

dehors la chaleur du jour. Tout était calme — pas une
âme en vue sauf, à l'entrée du réfectoire, quatre
corvées de pluches assis autour d'une marmite, le
buste penché en avant, bavardant tout en épluchant
des pommes de terre au soleil.

— Grossbart ! appelai-je.

Il regarda dans ma direction et continua son
chemin.

— Grossbart, venez ici !

Il se retourna, empiétant sur son ombre. Enfin il
vint jusqu'à moi.

— Où allez-vous ? dis-je.

— A Saint Louis, ça m'est égal.

— Vous allez vous faire pincer sans permission.

— Eh bien je me ferai pincer.

— Vous irez en taule.

— Je suis déjà en taule.

Il fit demi-tour et s'éloigna. Je ne lui accordai qu'un
pas.

— Revenez ici, dis-je, et il me suivit dans le bureau,
où je tapai une permission, signai le nom du capitaine
et apposai mes initiales ensuite.

Il prit le papier que je lui tendais puis, un instant
plus tard, il avança la main et saisit la mienne.

— Sergent, vous ne savez pas ce que ça représente
pour moi.

— Okay. Ne vous attirez pas d'ennuis.

— Je voudrais vous prouver ce que ça représente
pour moi.

— Ne me rendez pas de services. N'écrivez plus à
des députés pour demander des citations.

A ma grande surprise, il sourit.

— Vous avez raison. Je n'écrirai plus. Mais laissez-moi faire quelque chose pour vous.

— Rapportez-moi un morceau de *gefilte fish*. Fichez-moi le camp d'ici.

— Entendu ! Avec une rondelle de carotte et un peu de raifort. Je n'oublierai pas.

— D'accord. Montrez simplement votre permission à la grille. Et ne dites rien à *personne*.

— Entendu. Ça vient avec un mois de retard, mais je vous souhaite un bon *Yom Tov*[1].

— Bon *Yom Tov*, Grossbart, dis-je.

— Vous êtes un bon Juif, sergent. Vous aimez penser que vous avez le cœur dur, mais au fond vous êtes un brave type. Je le pense vraiment.

Ces quatre derniers mots me touchèrent davantage que toute parole sortie de la bouche de Grossbart n'en avait le droit.

— Très bien, Grossbart. Maintenant appelez-moi « monsieur » et fichez-moi le camp d'ici.

Il courut vers la porte et disparut. Je me sentais très content de moi — c'était un grand soulagement de cesser de lutter contre Grossbart. Et cela ne m'avait rien coûté. Barrett ne s'en apercevrait jamais, et, dans le cas contraire, je m'arrangerais pour inventer une excuse. Je restai un moment assis à ma table, à l'aise avec ma décision. Puis la porte s'ouvrit brusquement et Grossbart refit son entrée en coup de vent.

— Sergent ! dit-il.

Derrière lui, je vis Fishbein et Halpern, tous deux en

---

1. Bonnes fêtes (N. d. T.).

uniforme empesé et portant à la main une mallette comme celle de Grossbart.

— Sergent, je suis tombé sur Mickey et Larry à la sortie du cinéma. J'ai failli les rater.

— Grossbart, ne vous ai-je pas dit de n'en parler à personne ?

— Mais ma tante a dit que je pouvais amener des amis. Que je devais même.

— Je suis sergent, Grossbart — pas votre tante !

Grossbart me regarda d'un air ébahi ; il tira Halpern par la manche.

— Mickey, dis au sergent ce que ça représenterait pour toi.

— Grossbart, pour l'amour du ciel, épargnez-nous...

— Dis-lui ce que tu m'as dit, Mickey. Ce que ça représenterait pour toi.

Halpern me regarda et, d'un haussement d'épaules, avoua :

— Beaucoup.

Fishbein avança sans être poussé.

— Ce serait très important pour moi et mes parents, sergent Marx.

— Non ! hurlai-je.

Grossbart secouait la tête.

— Sergent, je pouvais vous imaginer me refusant à moi, mais comment vous pouvez refuser à Mickey, un garçon de la Yeshivah, ça me dépasse.

— Je ne refuse rien à Mickey. Vous êtes simplement allé un peu trop loin, Grossbart. C'est *vous* qui m'avez refusé.

— Je vais lui donner ma permission alors, dit

Grossbart. Je vais lui donner l'adresse de ma tante et un petit mot. Au moins laissez-le y aller, lui.

En une seconde, il avait enfoncé le papier dans la poche du pantalon d'Halpern. Halpern me regarda, Fishbein aussi. Grossbart était à la porte, poussant le battant.

— Mickey, rapporte-moi au moins un morceau de *gefilte fish*, — puis il sortit.

Nous nous regardâmes tous les trois, puis je dis :

— Halpern, donnez-moi ce papier.

Il le tira de sa poche et me le tendit. Fishbein s'était maintenant rapproché de la porte où il attendait, hésitant. Il resta là, la bouche entrouverte, puis, se désignant du doigt :

— Et moi ? demanda-t-il.

Son attitude d'un ridicule extrême m'acheva. Je m'écroulai sur ma chaise et sentis un pouls cogner derrière mes yeux.

— Fishbein, dis-je, vous comprenez que je ne vous refuse rien, n'est-ce pas ? Si c'était mon armée, je servirais du *gefilte fish* au réfectoire. Je vendrais du *kigel*[1] au PX, parole d'honneur.

Halpern sourit.

— Vous comprenez, Halpern, n'est-ce pas ?

— Oui, sergent.

— Et vous, Fishbein ? Je ne veux pas d'ennemis. Je suis comme vous : je veux faire mon temps et rentrer chez moi. Je ressens les mêmes manques que vous.

— Eh bien, sergent, interrompit Fishbein, pourquoi ne venez-vous pas avec nous ?

1. Gâteau de riz (N. d. T.).

— Où ?

— A Saint Louis. Chez la tante de Shelly. Nous aurons un vrai seider. Nous jouerons à *cache-matzah* [1].

Il ouvrit un large sourire de dents noires.

J'aperçus Grossbart dans l'embrasure de la porte, de l'autre côté des battants.

— Psst ! — Il brandit une feuille de papier. — Mickey, voici l'adresse. Dis-lui que je n'ai pas pu sortir.

Halpern ne bougea pas. Il me regarda et je vis le haussement remonter le long de ses bras jusqu'aux épaules. J'enlevai le couvercle de ma machine à écrire et tapai des permissions pour lui et Fishbein.

— Allez-y, dis-je, tous les trois.

Je crus qu'Halpern allait m'embrasser la main.

Cet après-midi, dans un bar de Joplin, je bus de la bière et écoutai d'une oreille la retransmission du match de base-ball de Saint Louis. J'essayai d'examiner en face la situation dans laquelle je venais de m'engager, et commençai à me demander si peut-être la lutte avec Grossbart n'était pas autant ma faute que la sienne. Qui étais-je pour me permettre de couver des sentiments généreux ? Qui étais-je pour m'être montré si mesquin, si dur ? Après tout, on ne me demandait pas de changer le monde. Avais-je le droit, par conséquent, ou une raison, de m'acharner sur Grossbart quand cela signifiait s'acharner sur Halpern également ? Et Fishbein, cette figure laide et agréable, n'en souffrirait-il pas aussi ? Parmi les nom-

---

1. *Cache-matzah* : au cours du repas de Seider, il est de tradition de cacher une tranche de pain azyme. Celui qui la trouve a droit à un cadeau (N. d. T.).

breux souvenirs qui m'avaient assailli ces derniers jours, j'entendis monter de mon enfance la voix de ma grand-mère : « Pourquoi fais-tu un *tsimes* ? » C'était ce qu'elle disait à ma mère quand, par exemple, je m'étais coupé avec un couteau et que sa fille se mettait à hurler contre moi. J'avais besoin d'une caresse et d'un baiser, et ma mère faisait de la morale ! Mais ma grand-mère savait : la pitié dépasse la justice. J'aurais dû le savoir aussi. Qui était Nathan Marx pour être si avare de générosité ? Certainement, pensai-je, le Messie lui-même — à supposer qu'il vienne jamais — ne sera pas aussi regardant. S'il plaît à Dieu, il distribuera caresses et baisers.

Le lendemain matin, tandis que nous jouions au base-ball sur le terrain de manœuvres, je décidai de demander à Bob Wright, un sous-officier affecté à la section Classification et Affectations, où il pensait que nos recrues seraient envoyées une fois leurs classes terminées, dans deux semaines. Je lui demandai innocemment, entre deux tours de batte, et il dit : « On les envoie tous dans le Pacifique. Shulman a reçu les ordres concernant tes gars l'autre jour. »

La nouvelle me fit un choc, comme si j'avais été le père d'Halpern, de Fishbein et de Grossbart.

Cette nuit-là, j'allais juste sombrer dans le sommeil quand on frappa à ma porte.

— Qu'est-ce que c'est ?

— Sheldon.

Il ouvrit la porte et entra. Je perçus un moment sa présence sans pouvoir le distinguer.

— Comment était-ce ? demandai-je, comme si je
parlais à l'obscurité.

Il apparut à la lumière, devant moi.

— Formidable, sergent.

Je sentis mon sommier s'enfoncer ; Grossbart était
assis sur le bord du lit. Je me soulevai.

— Et vous ? demanda-t-il. Bon week-end ?

— Oui.

Il respira profondément, puis d'un ton paternel :

— Les autres sont allés se coucher...

Nous restâmes un moment silencieux, tandis qu'une
sensation douillette envahissait mon affreux petit
réduit : la porte était fermée, le chat dehors, les enfants
au lit, en sécurité.

— Sergent, puis-je vous dire quelque chose ? de
personnel ?

Je ne répondis pas et il sembla savoir pourquoi.

— Pas à mon sujet. Celui de Mickey. Sergent, je
n'ai jamais eu autant de sentiment pour quelqu'un
comme j'en ai pour lui. La nuit dernière, j'ai entendu
Mickey à côté de moi. Il pleurait tellement que c'était
à fendre le cœur. De vrais sanglots.

— Je suis désolé.

— J'ai dû lui parler pour le calmer. Il a pris ma
main, sergent... il ne voulait plus la lâcher. Il était
presque hystérique. Il n'arrêtait pas de dire si seulement il savait où on nous envoie. Même s'il savait que
c'est le Pacifique, ça serait mieux que rien. Seulement
savoir.

Il y a bien longtemps, quelqu'un avait appris à
Grossbart la triste loi qui consiste à prêcher le faux
pour savoir le vrai. Non pas que je ne pusse croire aux

pleurs d'Halpern — ses yeux avaient toujours l'air rouges. Mais vrai ou faux, cela devint un mensonge au moment où Grossbart en parla. Ce garçon n'était que stratégie. Mais — et cette idée prit force d'une accusation — je l'étais aussi ! Il y a des stratégies d'agression et des stratégies de retraite. Ainsi, reconnaissant que je n'avais pas été moi-même dépourvu d'adresse ni de ruse, je lui dis ce que je savais :

— C'est le Pacifique.

Il émit un petit halètement, qui n'était pas un mensonge.

— Je lui dirai. J'aurais aimé qu'il en soit autrement.

— Moi aussi.

Il sauta sur mes mots.

— Vous voulez dire que vous pensez pouvoir faire quelque chose ? Une mutation peut-être ?

— Non, je ne peux rien faire.

— Vous ne connaissez personne à la section Classification et Affectations ?

— Grossbart, je ne peux rien faire. Si votre affectation est pour le Pacifique, alors c'est le Pacifique.

— Mais Mickey...

— Mickey, vous, moi... tout le monde, Grossbart. Il n'y a rien à faire. La guerre sera peut-être terminée avant que vous partiez. Priez pour un miracle.

— Mais...

— Bonne nuit, Grossbart.

Je me recouchai, et fus soulagé de sentir les ressorts se détendre tandis que Grossbart se levait pour s'en aller. Je le voyais distinctement à présent ; sa mâchoire s'était affaissée et il avait l'air d'un champion hébété.

Je remarquai qu'il tenait un petit sac en papier à la main.

— Grossbart. — Je souris. — Mon cadeau ?

— Ah oui, sergent. Tenez, de nous tous. — Il me tendit le paquet. — C'est un pâté aux œufs.

— Un pâté aux œufs ?

J'acceptai le paquet et sentis une tache humide de graisse par en dessous. Je l'ouvris, persuadé que Grossbart plaisantait.

— On a pensé que vous aimeriez ça. Vous savez, de l'œuf à la chinoise. On a pensé que ça vous plairait...

— Votre tante a servi des œufs à la chinoise ?

— Elle n'était pas là.

— Grossbart, elle vous avait invité. Vous m'avez dit qu'elle vous avait invités, vous et vos amis.

— Je sais. Je viens de relire la lettre. Pour la semaine prochaine.

Je sortis du lit et m'approchai de la fenêtre. Il faisait noir à perte de vue.

— Grossbart, dis-je. Mais je ne l'appelais pas.

— Quoi ?

— Qu'est-ce que vous êtes, Grossbart ? Dites-moi la vérité.

Je crois que c'était la première fois que je lui posais une question pour laquelle il n'avait pas de réponse toute prête.

— Comment pouvez-vous faire ça aux gens ? demandai-je.

— Sergent, le jour de permission nous a fait à tous le plus grand bien. Fishbein, vous auriez dû le voir, il *adore* la cuisine chinoise.

— Mais le seider, dis-je.

— Nous avons fait pour le mieux, sergent.

La rage me prit soudain d'assaut. Je ne tentai pas de l'éviter — je la saisis, la tirai à moi, la tins serrée contre ma poitrine.

— Grossbart, vous êtes un menteur ! Vous êtes un hypocrite et un escroc ! Vous n'avez aucun respect pour quoi que ce soit ! Pas le moindre ! Ni pour moi, ni pour la vérité, ni même pour le pauvre Halpern ! Vous nous utilisez tous...

— Sergent, sergent, j'ai du sentiment pour Mickey, parole d'honneur. *J'aime* Mickey. J'essaie...

— Vous essayez ! Vous avez du sentiment ! — Je me glissai vers lui et l'agrippai par le devant de sa chemise. Je le secouai furieusement. — Grossbart, fichez le camp. Fichez le camp et ne m'approchez plus ! Car si je vous vois, je vous rendrai la vie impossible. *Vous avez compris ?*

— Oui.

Je le lâchai, et lorsqu'il eut quitté la pièce, j'eus envie de cracher par terre à l'endroit où il s'était tenu. Je ne pouvais empêcher la fureur de monter en moi. Elle m'avala, me posséda, jusqu'à ce qu'il semblât que je ne pourrais m'en débarrasser que par des larmes ou un acte de violence. J'arrachai du lit le paquet que Grossbart m'avait donné et, de toutes mes forces, je le jetai par la fenêtre. Et le lendemain matin, alors que les hommes nettoyaient le terrain autour des quartiers, j'entendis l'un d'eux pousser un grand cri : « Du pâté aux œufs ! hurla-t-il. Dieu du ciel, des œufs à la chinoise ! » Il n'avait prévu que les habituels mégots et papiers de bonbons.

Une semaine plus tard, en lisant la liste des affectations qui venaient d'arriver de la section C et A, je ne pus en croire mes yeux. Toutes les recrues devaient être acheminées sur Camp Stoneham, Californie, et de là vers le Pacifique. Toutes les recrues, sauf une : le soldat Sheldon Grossbart, qui devait être envoyé à Fort Monmouth, New Jersey. Je relus plusieurs fois la feuille ronéotypée. Dee, Farrell, Fishbein, Fuselli, Fylypowycz, Glinicki, Gromke, Gucwa, Halpern, Hardy, Helebrandt... jusqu'à Anton Zygadlo, tous devaient être dirigés vers l'ouest avant un mois. Tous sauf Grossbart. Il avait fait jouer un piston et ce n'était pas moi.

Je décrochai le téléphone et appelai la section C et A.

A l'autre bout du fil, une voix coupante dit :

— Caporal Shulman.

— Passez-moi le sergent Wright.

— Qui est à l'appareil, s'il vous plaît ?

— Sergent Marx.

Et à mon étonnement, la voix dit : « Oh. » Puis : « Une minute, sergent. »

Le *oh* de Shulman me resta tandis que j'attendais que Wright vînt au téléphone. Pourquoi *oh* ? Qui était Shulman ? Puis, tout simplement, je sus que j'avais découvert le piston de Grossbart. Je pouvais même entendre Grossbart le jour où il avait fait la connaissance de Shulman, au PX, ou dans l'allée du bowling, ou même peut-être à un office du vendredi soir. « Enchanté de vous connaître. D'où êtes-vous ? Bronx ? Moi aussi. Vous connaissez un tel ? Et un tel ? Moi aussi ! Vous travaillez aux C et A ? Vraiment !

Dites-moi, quelles chances y a-t-il d'être envoyé à l'est? Pourriez-vous faire quelque chose, changer quelque chose? Escroquer, tricher, mentir? Il nous faut nous entraider, vous savez... si les Juifs en Allemagne... »

A l'autre bout, Bob Wright répondit.

— Ça va Nat? Comment va le bras?

— Bien. Bob, pourrais-tu me rendre un service?

J'entendis clairement mes paroles et elles me rappelèrent si fort Grossbart que je me laissai aller plus facilement à ce que j'avais projeté de faire que je ne l'avais prévu.

— Ça peut paraître idiot, Bob, mais j'ai un gosse ici qui a été affecté à Monmouth et qui voudrait changer son affectation. Il a eu un frère tué en Europe et il veut absolument aller dans le Pacifique. Il dit qu'il se sentirait poltron s'il se tenait à l'écart. Je ne sais pas, Bob, est-ce qu'on peut faire quelque chose? Mettre quelqu'un d'autre dans le casier Monmouth?

— Qui? demanda-t-il astucieusement.

— N'importe qui. Le premier type par ordre alphabétique. Ça m'est égal. Le gosse a simplement demandé si on pouvait faire quelque chose.

— Quel est son nom?

— Grossbart, Sheldon.

Wright ne répondit pas.

— Oui, dis-je. C'est un Juif, alors il a pensé que je pourrais l'aider. Tu sais.

— Je crois que je peux faire quelque chose, dit-il finalement. Le Major n'est pas venu ici depuis des semaines — affectation provisoire au terrain de golf. Je vais essayer, Nat, c'est tout ce que je peux dire.

— Je t'en serais reconnaissant, Bob. A dimanche. Et je raccrochai, en transpiration.

Et le lendemain, la liste d'affectations arriva, corrigée : Fishbein, Fuselli, Fylypowicz, Glinicki, Grossbart, Gucwa, Halpern, Hardy... Le fortuné soldat Harley Alton devait aller à Fort Monmouth, New Jersey, où, pour une raison ou pour une autre, ils avaient besoin d'un conscrit doué d'une instruction d'infanterie.

Après le dîner, ce soir-là, je m'arrêtai à la salle de rapport pour mettre à jour le tableau de garde. Grossbart m'y attendait. Il parla le premier.

— Espèce de salaud !

Je m'assis à mon bureau et, tandis qu'il me jetait un regard furieux, je me mis en devoir de porter les modifications nécessaires sur le tableau de service.

— Qu'est-ce que vous avez contre moi ? cria-t-il. Contre ma famille ? Ça vous tuerait que je sois près de mon père, Dieu sait combien de mois il lui reste à vivre !

— Pourquoi ?

— Le cœur, dit Grossbart. Il n'a pas eu assez d'ennuis dans sa vie, il faut que vous lui en ajoutiez. Je maudis le jour où je vous ai rencontré, Marx ! Shulman m'a raconté ce qui s'est passé là-bas. Il n'y a pas de limite à votre antisémitisme ! Le tort que vous avez causé ici ne vous suffit pas. Il faut que vous passiez un coup de téléphone spécial ! Vous voulez vraiment ma mort !

Je portai les dernières annotations sur le tableau et me levai pour partir.

— Bonsoir, Grossbart.

— Vous me devez une explication ! — Il me barra le chemin.

— Sheldon, c'est vous qui me devez une explication.

Il prit un air menaçant.

— *A vous ?*

— A moi, il me semble, oui. Surtout à Fishbein et Halpern.

— C'est ça, déformez tout. Je ne dois rien à personne. J'ai fait tout ce que j'ai pu pour eux. Je crois que j'ai le droit de m'occuper de moi maintenant.

— Nous devons apprendre à nous occuper les uns des autres, Sheldon. C'est vous qui l'avez dit.

— Vous appelez ça vous occuper de moi, ce que vous avez fait ?

— Non. De nous tous.

Je le repoussai et me dirigeai vers la porte. J'entendis sa respiration furieuse derrière moi ; on aurait dit de la vapeur qui s'échappait de la terrible machine que représentait sa force.

— Vous ne craignez rien, dis-je de la porte. Et, pensai-je, Fishbein et Halpern non plus, même dans le Pacifique, si seulement Grossbart pouvait continuer à tirer profit de l'obséquiosité de l'un et de la douce spiritualité de l'autre.

Je restai devant la salle de rapport et j'entendis Grossbart pleurer derrière mon dos. Plus loin, dans les chambrées, par les fenêtres éclairées, j'apercevais les garçons en T-shirt assis sur leurs couchettes, parlant de leur affectation comme ils le faisaient depuis deux jours. Avec une espèce de nervosité tranquille, ils ciraient leurs chaussures, faisaient briller leurs boucles de ceinture, rangeaient leurs sous-vêtements, essayant de leur mieux d'accepter leur sort. Derrière moi, Grossbart reniflait, acceptant le sien. Et, résistant de toutes mes forces au désir de me retourner et de demander pardon pour ma rancœur, j'acceptai le mien.

Epstein

I

Michael, l'invité, devait passer la nuit dans l'un des lits jumeaux de l'ancienne chambre d'Herbie, où les photos de base-ball étaient encore accrochées au mur. Lou Epstein couchait avec sa femme dans la chambre où le lit était poussé en diagonale dans le coin. La chambre de sa fille Sheila était vide, celle-ci étant à une réunion avec son fiancé, le chanteur populaire. Dans un coin de sa chambre, un ours en peluche se balançait sur son derrière, un bouton VOTEZ SOCIA-LISTE épinglé à son oreille gauche ; sur les rayons de sa bibliothèque, où des volumes de Louisa Day Alcott accumulaient jadis la poussière, il y avait maintenant les œuvres complètes de Howard Fast. La maison était calme. La seule lumière était celle du bas, dans la salle à manger, où les bougies du *Shabes* tremblotaient dans leurs grands chandeliers d'or et celle du *jahrzeit*[1] d'Herbie vacillait dans son verre.

Epstein regarda le plafond noir de sa chambre et laissa sa tête, qui avait cogné toute la journée, se vider un moment. Sa femme Goldie respirait péniblement à

1. *Jahrzeit* : jour anniversaire de la mort de quelqu'un (N. d.T.).

côté de lui, comme si elle eût souffert d'une bronchite chronique. Dix minutes auparavant, elle s'était déshabillée et il l'avait regardée tandis qu'elle faisait glisser sa chemise de nuit blanche sur sa tête, sur ses seins qui s'étaient allongés jusqu'à la taille, sur son derrière pareil à un soufflet, sur les cuisses et les mollets veinés de bleu comme une carte routière. Ce qui pouvait autrefois être pincé, ce qui avait été petit et ferme, pouvait maintenant être tiré et enfoncé. Tout pendait. Il avait fermé les yeux pendant qu'elle s'habillait pour la nuit et avait essayé de se souvenir de la Goldie de 1927, du Lou Epstein de 1927. Se souvenant, il se retourna et glissa sa main pour toucher ses seins. Les mamelons étaient étirés comme ceux d'une vache, de la longueur de son petit doigt. Il retourna à sa place.

Une clé tourna dans la porte d'entrée — il y eut des chuchotements, puis la porte se referma doucement. Il tendit l'oreille et attendit les bruits — ces socialistes ne mettaient pas longtemps. La nuit, le bruit des fermetures éclair suffisait à garder un homme éveillé. « Qu'est-ce qu'ils font en bas ? » avait-il hurlé à sa femme un vendredi soir, « ils essaient des vêtements ? » A présent, une fois de plus, il attendait. Ce n'était pas qu'il fût contre leurs amusements. Il n'était pas puritain, il pensait que les jeunes devaient s'amuser. N'avait-il pas été un jeune homme lui-même ? Mais en 1927 lui et sa femme étaient beaux. Lou Epstein n'avait jamais ressemblé à ce type sans menton, pédant et paresseux, qui gagnait sa vie en chantant des chansons populaires dans un bar, et qui avait demandé un jour à Epstein si cela n'avait pas été

« passionnant » de vivre « une époque de grande agitation sociale » comme les années trente.

Et sa fille, pourquoi n'avait-elle pas grandi comme... comme la fille d'en face avec qui Michael avait un rendez-vous, celle dont le père était mort. Ça c'était une jolie fille. Mais pas sa Sheila. Qu'était-il arrivé, se demandait-il, qu'était-il arrivé à ce bébé rose ? En quelle année, quel mois, les chevilles maigres étaient-elles devenues épaisses comme des poteaux, la peau de pêche était-elle devenue boutons ? L'enfant adorable était maintenant une femme de vingt-trois ans affublée d'une « conscience sociale » ! Et quelle conscience, pensa-t-il. Elle court toute la journée après un piquet de grève, ce qui fait que le soir elle rentre et mange comme un cheval... Qu'elle et son pinceur de guitare se touchent leurs parties innommables semblait pire que coupable — dégoûtant. Lorsque Epstein remuait dans son lit et entendait leurs déshabillages et leurs halètements, cela résonnait à ses oreilles comme un tonnerre.

Zip !

Ils y étaient. Il ferait abstraction d'eux, penserait à ses autres problèmes. Les affaires... il était à un an de la retraite qu'il avait projeté de prendre, mais sans héritier pour les Sacs en Papier Epstein. Il avait monté l'affaire à partir de zéro, souffert et saigné pendant la crise et sous Roosevelt, pour ne voir sa réussite qu'avec la guerre et Eisenhower. La pensée qu'un étranger pourrait la reprendre le rendait malade. Mais que pouvait-il faire ? Herbie, qui aurait maintenant vingt-huit ans, était mort de la polio à l'âge de onze ans. Et Sheila, son dernier espoir, avait choisi comme futur un

paresseux. Que pouvait-il faire ? Un homme de cinquante-neuf ans se met-il tout à coup à produire des
héritiers ?

Zip ! Halètement. Ahh !

Il se boucha plus hermétiquement les oreilles et
l'esprit. Il essaya de rassembler des souvenirs et de s'y
noyer. Par exemple, le dîner...

Il avait été surpris, en rentrant du magasin, de
trouver le soldat assis à sa table. Etonné, parce que le
garçon, qu'il n'avait pas vu depuis dix ou douze ans,
avait grandi avec le visage des Epstein, comme l'aurait
fait son fils, la petite bosse sur le nez, le menton
volontaire, la peau mate et la masse de cheveux noirs
brillants qui, un jour, deviendrait aussi grise que les
nuages.

— Regarde qui est là, lui cria sa femme au moment
où il passait la porte, la saleté de la journée encore
collée sous ses ongles. Le fils de Sol.

Le soldat se leva d'un bond et tendit la main.

— Bonjour, oncle Louis.

— Un Gregory Peck, dit la femme d'Epstein, un
Monty Clift qu'il a ton frère. Ça ne fait que trois
heures qu'il est ici et il a déjà un rendez-vous. Et un
vrai gentleman...

Epstein ne répondit pas.

Le soldat était au garde-à-vous, droit, comme s'il
avait appris la politesse bien avant d'entrer dans
l'armée.

— J'espère que vous ne m'en voulez pas de venir à
l'improviste, oncle Louis. J'ai débarqué à Monmouth
la semaine dernière et papa m'a dit de venir vous voir.

J'ai une permission de quarante-huit heures et tante
Goldie m'a dit de rester...

Il attendit.

— Regarde-le, disait Goldie, un prince !

— Naturellement, finit par dire Epstein, tu peux
rester. Comment va ton père ?

Epstein n'avait pas parlé à son frère Sol depuis 1945,
depuis qu'il avait racheté la part de Sol dans l'affaire et
que son frère était parti pour Detroit, après une
dispute.

— Papa va bien, dit Michael. Il envoie ses amitiés.

— Merci, je lui envoie les miennes aussi. Tu lui
diras.

Michael se rassit et Epstein sut que le garçon devait
penser exactement comme son père : que Lou Epstein
était un homme rude dont le cœur ne se mettait à
battre que lorsqu'il pensait aux Sacs en Papier
Epstein.

Quand Sheila rentra, ils se mirent à table, quatre,
comme autrefois. Goldie Epstein ne cessait de se lever
et de se rasseoir, glissant chaque plat sous leurs nez à
l'instant même où ils avaient terminé le précédent.

— Michael, dit-elle d'un ton historique, Michael,
enfant tu étais un petit mangeur. Ta sœur Ruthie,
Dieu la bénisse, était une jolie mangeuse. Pas une
bonne mangeuse, mais une jolie mangeuse.

Pour la première fois, Epstein se souvint de sa petite
nièce Ruthie, une petite beauté brune, une Ruth
biblique. Il regarda sa fille et entendit sa femme
continuer, continuer.

— Non, Ruthie n'était pas une si bonne mangeuse.

Mais elle ne picorait pas. Notre Herbie, qu'il repose en paix, était un picoreur...

Goldie regarda son mari comme s'il se rappelait exactement à quelle catégorie de mangeurs avait appartenu son fils bien-aimé. Il piqua le nez dans son rôti.

— Mais, reprit Goldie Epstein, Dieu t'accorde la santé, Michael, tu es devenu un bon mangeur...

Ahhh ! Ahhh !

Les bruits coupèrent les souvenirs d'Epstein en deux.

Aaahhh !

C'en était plus qu'assez. Il sortit du lit, vérifia que son pyjama était bien attaché, et descendit au salon. Il leur dirait ce qu'il en pense. Il leur dirait que... que 1927 n'était pas 1957 ! Non, ça, c'est ce qu'eux lui diraient.

Mais, dans le salon, ce n'était pas Sheila et le chanteur. Epstein sentit le froid du sol lui monter le long des jambes et lui transir le sexe, faisant naître la chair de poule sur ses cuisses. Ils ne le virent pas. Il recula d'un pas, sous l'arche, vers la salle à manger. Ses yeux cependant restèrent fixés sur le plancher du salon, sur le fils de Sol et la fille d'en face.

La fille portait un short et un chandail. Ils étaient à présent jetés sur le bras du divan. La clarté des bougies était suffisante pour qu'Epstein puisse voir qu'elle était nue. Michael était allongé près d'elle, en mouvement, puissant, vêtu seulement de ses chaussures militaires et de ses chaussettes kaki. Les seins de la fille ressemblaient à deux petites coupes blanches. Michael les embrassait, et plus. Epstein vibra ; il n'osait pas bouger, il ne voulait pas bouger, jusqu'au moment où les deux, tels des wagons dans une gare de triage, se heurtèrent violemment, s'accouplèrent, tremblèrent. Au milieu de leur bruit, Epstein, frissonnant, remonta l'escalier sur la pointe des pieds et regagna le lit de sa femme.

Pendant des heures, lui sembla-t-il, il ne put s'endormir, pas avant que la porte se fût ouverte en bas et que les deux jeunes gens fussent sortis. Quand, une minute ou deux plus tard, il entendit une autre clé tourner dans la serrure, il se demanda si c'était Michael revenant se coucher ou...

Zip !

Maintenant c'était Sheila et le chanteur ! Le monde entier, pensa-t-il, tous les jeunes du monde, laids et beaux, gros et maigres, montaient et descendaient des fermetures éclair ! Il agrippa sa masse de cheveux gris et la tira jusqu'à en avoir mal au crâne. Sa femme bougea, émit un son : « Brrr... brrr... » Elle saisit les couvertures et les tira sur elle. « Brrr... »

Du beurre ! Elle rêve de beurre. Elle rêve de recettes de cuisine pendant que le monde se déboutonne. Il ferma les yeux et s'enfonça, s'enfonça dans un sommeil de vieil homme.

II

Jusqu'où faut-il remonter pour découvrir l'origine des ennuis ? Plus tard, quand Epstein aurait le temps, il se poserait cette question. Quand cela avait-il commencé ? La nuit où il avait vu le couple par terre ? Ou cette nuit d'été, dix-sept ans auparavant, où il avait repoussé le docteur et posé ses lèvres sur celles d'Herbie ? Ou bien, se demandait Epstein, était-ce cette nuit, il y avait quinze ans, où au lieu de sentir une femme entre ses draps, il avait senti de l'Ajax ? Ou la première fois que sa fille l'avait traité de « capitaliste », comme si c'était une injure, comme si c'était un crime d'avoir réussi ? Ou n'était-ce rien de tout ça ? Peut-être qu'en cherchant une origine veut-on trouver une justification. L'ennui, le gros ennui, ne remontait-il pas simplement au jour où il semblait remonter — le matin où il avait vu Ida Kaufman attendre l'autobus ?

Et à propos d'Ida Kaufman, pourquoi bon Dieu était-ce une étrangère, quelqu'un qu'il n'aimait pas ni ne pourrait aimer, qui avait finalement changé sa vie ? — elle, qui habitait la maison d'en face depuis moins d'un an et qui (ce fut révélé par Mme Katz, la commère du quartier) allait probablement vendre sa maison maintenant que M. Kaufman était mort et se retirer dans leur villa d'été à Barnegat ? Jusqu'à ce matin-là, Epstein l'avait à peine remarquée : brune, jolie, forte poitrine. Elle ne parlait guère aux autres femmes et passait tout son temps jusqu'à il y a un mois à s'occuper de son mari cancéreux. Une fois ou deux, Epstein avait levé son chapeau pour la saluer, mais, même alors, il était plus absorbé par le destin des Sacs en Papier Epstein que par son geste de courtoisie. A vrai dire, ce lundi matin, il n'aurait pas été anormal qu'il passât devant l'arrêt d'autobus sans s'arrêter. C'était une chaude matinée d'avril, certainement pas un mauvais temps pour attendre un autobus. Les oiseaux voletaient et chantaient dans les ormes, et le soleil brillait dans le ciel comme le trophée d'un jeune athlète. Mais la femme à l'arrêt d'autobus portait une robe légère et pas de manteau, et Epstein la vit attendre, et sous la robe, les bas, les dessous imaginés, il vit le corps de la fille sur la carpette du salon, car Ida Kaufman était la mère de Linda Kaufman, la fille que Michael avait fréquentée. Epstein s'approcha donc lentement du trottoir et, s'arrêtant pour la fille, prit la mère.

— Merci, monsieur Epstein, dit-elle. C'est aimable à vous.

— Ce n'est rien, dit Epstein. Je vais à Market Street.

— Market Street me convient très bien.

Il appuya trop fort sur l'accélérateur et la grosse Chrysler fit un bond en avant, aussi bruyante qu'une Ford de blouson noir. Ida Kaufman baissa sa vitre et laissa entrer la brise ; elle alluma une cigarette. Au bout d'un moment, elle demanda :

— C'était votre neveu, n'est-ce pas, qui a sorti Linda samedi soir ?

— Michael ? Oui.

Epstein rougit, pour des raisons qu'Ida Kaufman ne connaissait pas. Il sentit le rouge sur son cou et toussa pour faire croire que quelque défaut respiratoire avait fait affluer son sang vers le haut.

— C'est un charmant garçon, extrêmement poli, dit-elle.

— Le fils de mon frère Sol, dit Epstein, de Detroit. Et il glissa ses pensées vers Sol de façon à faire disparaître la rougeur : s'il n'y avait pas eu de dispute avec Sol, c'est Michael qui serait l'héritier des Sacs en Papier Epstein. L'aurait-il souhaité ? Etait-ce mieux qu'un étranger... ?

Tandis qu'Epstein pensait, Ida Kaufman fumait, et ils continuèrent à rouler sans parler, sous les ormes, le chœur des oiseaux et le nouveau ciel de printemps déployé comme une bannière.

— Il vous ressemble, dit-elle.

— Quoi ? Qui ?

— Michael.

— Non, dit Epstein, lui, c'est le portrait de Sol.

— Non, non, ne le niez pas... — et elle éclata de rire, la fumée s'échappant en jet de sa bouche ; elle rejeta violemment la tête en arrière : — Non, non, non, il a votre visage !

Epstein la regarda, étonné : les lèvres, charnues et rouges, s'ouvraient en large sourire sur ses dents. Pourquoi ? Bien sûr — votre garçon ressemble au facteur, elle avait fait la plaisanterie. Il sourit, surtout à l'idée de coucher avec sa belle-sœur, dont tout était tombé encore plus bas que chez sa femme.

Le sourire d'Epstein déchaîna plus fort encore le rire d'Ida Kaufman. Nom de Dieu, décida-t-il, il allait essayer une plaisanterie lui aussi.

— Et votre Linda, à qui ressemble-t-elle ?

La bouche d'Ida Kaufman se resserra ; ses paupières se rapprochèrent, tuant la lumière dans ses yeux. Avait-il fait une gaffe ? Etait-il allé trop loin ? Souillé la mémoire d'un mort, un homme qui aurait encore le cancer ? Mais non, car elle leva soudain les bras devant elle et haussa les épaules, comme pour dire : « Qui sait, Epstein, qui sait ? »

Epstein éclata. Il y avait si longtemps qu'il ne s'était trouvé en compagnie d'une femme ayant le sens de l'humour ; sa femme prenait tout ce qu'il disait au sérieux. Mais pas Ida Kaufman — elle riait si fort que ses seins gonflaient au-dessus du décolleté de sa robe marron. Ce n'était pas des coupes mais des cruches. Puis Epstein lui lança une autre plaisanterie, puis une autre, au milieu de laquelle un flic hurla à côté de lui et lui infligea une contravention pour un feu rouge que, dans sa joie, il n'avait pas vu. Ce fut la première des trois contraventions qu'il reçut ce jour-là ; il s'en attira une seconde en descendant sur Barnegat à toute allure le matin, et une troisième en fonçant dans l'allée du Parc au crépuscule, essayant de ne pas être trop en retard pour le dîner. Les contraventions lui coûtèrent trente-deux dollars en tout, mais comme il le dit à Ida, quand on rit si fort qu'on en a les larmes aux yeux, comment peut-on distinguer les feux rouges des feux verts, la vitesse de la lenteur ?

A sept heures ce soir-là, il reconduisit Ida à l'arrêt d'autobus au coin de la rue et fourra un billet dans sa main.

— Tenez, dit-il. Tenez... achetez-vous quelque chose, — ce qui porta le montant total de la journée à cinquante-deux dollars.

Puis il contourna la rue, déjà prêt à raconter une histoire à sa femme : un homme intéressé dans l'achat de Sacs en Papier Epstein l'avait retenu toute la journée, une bonne affaire en perspective. En pénétrant dans son jardin, il vit la silhouette carrée de sa

femme derrière un store. Elle passait la main sur une
lame, vérifiant la poussière, en attendant que son mari
rentre.

III

Le lichen plan?
Il coinça sa culotte de pyjama entre ses genoux et se
regarda dans la glace de la chambre à coucher. En bas,
une clef tourna dans la serrure, mais il était trop
préoccupé pour l'entendre. Le lichen plan est ce dont
Herbie souffrait toujours — une maladie infantile.
Etait-il possible pour un adulte de l'avoir? Il s'approcha plus près du miroir, piétinant son pyjama à demi
remonté. C'était peut-être une irritation due au sable.
Certainement, pensa-t-il, car pendant ces trois semaines chaudes et ensoleillées, lui et Ida Kaufman, une
fois la chose terminée, se reposaient sur la plage devant
la villa. Du sable avait dû pénétrer dans son pantalon
et l'irriter pendant qu'il conduisait la voiture. Il recula
pour mieux se lorgner dans la glace et c'est dans cette
position que Goldie le trouva en entrant dans la
chambre. Elle sortait d'un bain chaud — ses os lui
faisaient mal, avait-elle dit — et sa chair était cuite au
rouge. Son entrée fit sursauter Epstein qui contemplait
sa tache avec la concentration d'un philosophe. Lorsqu'il se détourna brusquement de son image, ses pieds
se prirent dans les jambes du pantalon, il trébucha et
le pyjama tomba par terre. Ils étaient donc là, tels

Adam et Eve, à la différence que Goldie était rouge partout et qu'Epstein avait le lichen plan, ou une irritation par le sable, ou... et cela vint à lui comme un principe premier vient à un métaphysicien. Naturellement! Ses mains s'abattirent pour cacher son sexe.

Goldie le regarda, étonnée, tandis qu'Epstein cherchait des mots appropriés à sa posture.

Enfin :

— Tu t'es bien baignée?

— Bien, shbien, c'était un bain, grommela sa femme.

— Tu vas attraper froid, dit Epstein. Mets quelque chose.

— Je vais attraper froid? Toi, tu vas attraper froid! — Elle regarda les mains croisées sur le sexe. — Tu as mal quelque part?

— J'ai un peu froid, dit-il.

— Où? — Elle avança vers lui comme pour le protéger. — Là?

— Partout.

— Alors, couvre tout.

Il se pencha pour ramasser son pantalon; au moment où il enlevait sa feuille de vigne, Goldie laissa échapper un petit cri étouffé.

— Qu'est-ce que c'est?

— Quoi?

— Ça!

Il ne put regarder les yeux de son visage; il se concentra donc sur les yeux pourpres de ses seins tombants.

— Une irritation par le sable, je crois.

— *Vus far* sable?

— Une irritation alors, dit-il.

Elle s'approcha et tendit la main, non pour toucher mais pour montrer. Elle traça un petit cercle limitant la surface en question.

— Une irritation, là ?

— Pourquoi pas là ? dit Epstein. C'est comme une irritation sur la main ou sur la poitrine. Une irritation est une irritation.

— Mais comment tout d'un coup ? dit sa femme.

— Ecoute, je ne suis pas médecin, dit Epstein. C'est là aujourd'hui, il n'y en aura peut-être plus demain. Comment veux-tu que je sache ? Je l'ai probablement attrapée sur le siège des waters au magasin. Les *shvartze* sont des cochons...

Goldie fit claquer sa langue.

— Tu me traites de menteur ?

Elle leva la tête.

— Qui a parlé de menteur ? — Et elle procéda à une rapide inspection de son propre corps, membres, estomac, seins, pour voir si son mari ne lui avait pas transmis son irritation. Elle reposa son regard sur lui et brusquement ses yeux s'élargirent :

— Toi ! hurla-t-elle.

— Shah, dit Epstein, tu vas réveiller Michael.

— Cochon ! Qui était-ce ?

— Je te l'ai dit, les *shvartze*...

— Menteur ! Cochon !

Puis elle fit demi-tour vers le lit et s'y écroula avec une telle violence que les ressorts grincèrent.

— Menteur !

Puis elle se leva et se mit en devoir d'arracher les draps du lit.

— Je vais les brûler, je vais les brûler !

Epstein se dégagea du pyjama qui lui encerclait les chevilles et se précipita vers le lit.

— Qu'est-ce que tu fais... c'est pas contagieux. Seulement sur le siège des waters. T'achèteras un peu d'ammoniaque...

— De l'ammoniaque ! hurla-t-elle, tu devrais en *boire*, de l'ammoniaque !

— Non, cria Epstein, non, — il lui arracha les draps, les rejeta sur le lit, les remettant en place à grands gestes désordonnés. — Laisse ça tranquille...

Il se précipita de l'autre côté du lit, mais tandis qu'il bordait un côté, Goldie se précipitait pour défaire l'autre.

— Ne me touche pas, hurla-t-elle, ne m'approche pas, espèce de cochon ! Va voir tes sales putains !

Puis elle arracha à nouveau les draps d'une seule brassée, les roula en boule et cracha dessus. Epstein les agrippa et la guerre des tiraillements commença, en avant en arrière, en avant en arrière, jusqu'à ce qu'ils les eussent réduits en lambeaux. Alors, pour la première fois Goldie pleura. Des bandes blanches sur les bras, elle se mit à sangloter.

— Mes draps, mes beaux draps propres... — et elle se jeta sur le lit.

Deux visages parurent à la porte de la chambre. Sheila Epstein gémit : « Jésus Marie ! » ; le chanteur jeta un coup d'œil, une fois, deux fois, puis il déguerpit, dévalant l'escalier. Epstein enroula quelques bandes autour de lui afin de cacher ses parties intimes. Il ne dit pas un mot à l'entrée de sa fille.

— Maman, qu'est-ce qu'il y a ?

— Ton père, gémit la voix sur le lit, il a... une irritation !

Et elle se mit à sangloter si violemment que la chair de ses fesses ondula et sauta.

— C'est ça, dit Epstein, une irritation. C'est un crime ? Sors d'ici ! Laisse dormir tes parents.

— Pourquoi pleure-t-elle ? demanda Sheila. Je veux une réponse !

— Est-ce que je sais ! Je lis les pensées ? Toute cette famille est cinglée, est-ce qu'on sait ce qu'ils ont dans la tête !

— Ne traite pas ma mère de cinglée !

— N'élève pas la voix contre moi ! Respecte ton père ! — Il serra les bandes autour de lui. — Maintenant, sors d'ici !

— Non !

— Alors je vais te jeter dehors.

Il se dirigea vers la porte ; sa fille ne bougea pas et il ne put se résoudre à tendre la main pour la repousser. En désespoir de cause, il rejeta la tête en arrière et s'adressa au plafond.

— Elle fait le piquet dans ma chambre à coucher ! Fiche le camp, brute !

Il fit un pas vers elle et grogna comme pour chasser un chat ou un chien. De toute la force de ses quatre-vingts kilos, elle repoussa son père ; dans sa surprise et sa douleur, il laissa tomber le drap. Et la fille regarda le père. Sous son rouge à lèvres, elle pâlit.

Epstein leva les yeux vers elle. Il plaida :

— Je l'ai attrapée sur le siège des waters. Les *shvartze*...

Avant qu'il ait pu terminer sa phrase, une nouvelle

tête avait paru à la porte, cheveux en bataille, lèvres gonflées et rouges; c'était Michael, rentrant de chez Linda Kaufman, son habituelle compagne du week-end.

— J'ai entendu du bruit, qu'est-ce qui... — et il vit sa tante nue sur le lit. Lorsqu'il détourna les yeux, il rencontra l'oncle Lou.

— Tous, cria Epstein. Fichez le camp!

Mais personne n'obéit. Sheila bloqua la porte, en déléguée politique; les jambes de Michael étaient enracinées, l'une par honte, l'autre par curiosité.

— Fichez le camp!

Des pieds martelèrent l'escalier.

— Sheila, tu veux que j'appelle...

Puis le pinceur de guitare parut à la porte, curieux, le nez épaté. Il jeta un coup d'œil circulaire dans la pièce et son regard se posa finalement sur le sexe d'Epstein; le bec s'ouvrit.

— Qu'est-ce qu'il a? La syphilis?

Les mots restèrent un moment suspendus, apportant le calme. Goldie Epstein cessa de pleurer et se leva du lit. Les jeunes gens à la porte baissèrent les yeux. Goldie arqua le dos, bomba ses seins pendants et remua les lèvres.

— Je veux... dit-elle. Je veux...

— Quoi, maman? demanda Sheila. Quoi?

— Je veux... divorcer!

Elle eut l'air étonnée en le disant, mais pas autant que son mari; il se frappa la tête du plat de la main.

— Divorcer! Tu es folle?

Epstein regarda autour de lui; à Michael il dit:

— Elle est folle!

— Je veux divorcer! dit-elle, puis ses yeux se
révulsèrent et elle s'évanouit sur le matelas sans drap.

Après les sels, on ordonna à Epstein d'aller coucher
dans la chambre d'Herbie. Il se tourna et se retourna
dans le lit étroit auquel il n'était pas habitué; dans le
lit jumeau à côté de lui, il entendait Michael respirer.
Lundi, pensa-t-il, lundi il chercherait de l'aide. Un
avocat. Non, d'abord un médecin. Certainement, un
médecin verrait tout de suite et lui dirait ce qu'il savait
déjà — qu'Ida Kaufman était une femme propre.
Epstein le jurerait — il avait senti sa peau! Le docteur
le rassurerait : ses taches résultaient simplement de
leur frottement l'un dans l'autre. C'était une chose
passagère, produite par deux personnes et non trans-
mise par une. Il était innocent! A moins que ce qui le
rendait coupable n'eût rien à voir avec un quelconque
insecte. Mais de toute façon, le médecin lui prescrirait
un traitement approprié. Puis l'avocat prescrirait à son
tour. Et d'ici là, tout le monde serait au courant, y
compris, réalisa-t-il soudain, son frère Sol qui prendrait un malin plaisir à imaginer le pire. Epstein se
retourna et regarda Michael. Des pointes de lumière
scintillaient dans les yeux du garçon; il s'était éveillé et
portait le nez, le menton et le front des Epstein.

— Michael?

— Oui.

— Tu ne dors pas?

— Non.

— Moi non plus, dit Epstein, puis d'un ton d'excuse : Tout l'énervement...

Ses yeux se fixèrent au plafond.

— Michael ?

— Oui ?

— Rien... — Mais il était curieux autant qu'inquiet. — Michael, tu n'as pas d'irritation, n'est-ce pas ?

Michael s'assit dans son lit ; il dit d'une voix ferme :

— Non.

— Je pensais seulement... dit Epstein précipitamment. Tu sais, cette irritation...

Sa voix s'éteignit et il détourna les yeux du garçon qui, il y pensa à nouveau, aurait pu être l'héritier de l'affaire si ce stupide Sol n'avait pas... Mais en quoi l'affaire pouvait-elle importer en ce moment ? L'affaire n'avait jamais été pour lui, mais pour eux. Il n'y avait plus d'eux.

Il mit ses mains sur ses yeux.

— Le changement, le changement, dit-il. Je ne sais même pas quand ça a commencé. Moi, Lou Epstein, avec une irritation. Je n'ai même plus l'impression d'être Lou Epstein. Tout à coup, pfft ! et les choses changent.

Il regarda à nouveau Michael, parlant lentement à présent, accentuant chaque mot, comme si le garçon était plus qu'un neveu, plus, en fait, qu'une seule personne.

— Toute ma vie, j'ai essayé. Je le jure, que je meure à l'instant si toute ma vie je n'ai pas essayé de faire ce qu'il fallait, de donner à ma famille ce que je n'avais pas...

Il s'interrompit ; ce n'était pas exactement ce qu'il voulait dire. Il donna une chiquenaude à la lampe de chevet et reprit, différemment :

— J'avais sept ans, Michael. Quand je suis venu ici, j'avais sept ans, et ce jour-là, je m'en souviens comme si c'était hier. Tes grands-parents et moi — ton père n'était pas encore né, cette histoire, crois-moi, il ne la connaît pas. Avec tes grands-parents, je me tenais sur le quai ; nous attendions que Charlie Goldstein vienne nous chercher. C'était l'associé de ton grand-père au pays, le voleur. Quoi qu'il en soit, nous attendions et puis il finit par venir nous chercher pour nous amener là où nous devions habiter. Et lorsqu'il arriva, il tenait un gros bidon à la main. Et tu sais ce qu'il y avait dedans ? Du pétrole. Charlie Goldstein nous le versa sur la tête. Il nous la frotta, pour nous épouiller. C'était affreux. Pour un petit garçon, c'était affreux...

Michael haussa les épaules.

— Eh ! Comment peux-tu comprendre ? grommela Epstein. Qu'est-ce que tu sais ? Vingt ans...

Michael haussa à nouveau les épaules.

— Vingt-deux, dit-il doucement.

Il y avait d'autres histoires qu'Epstein aurait pu raconter, mais il se demandait si aucune d'elles le rapprocherait de ce qu'il avait sur le cœur et ne pouvait exprimer. Il sortit du lit et se dirigea vers la porte. Il l'ouvrit et resta sur le seuil, à l'écoute. Il perçut le ronflement du chanteur dormant sur le canapé du salon. Sacrée nuit pour des invités ! Il ferma la porte et revint dans la pièce, se grattant la cuisse.

— Crois-moi, elle ne perd pas le sommeil... Elle ne me mérite pas. Quoi, elle fait la cuisine ? Et alors ? Elle fait le ménage ? Ça mérite une médaille ? Un jour, je voudrais rentrer et trouver la maison en désordre. Que je puisse tracer mes initiales dans la poussière quelque part, ne serait-ce que dans la cave. Michael, après tant d'années, ce serait un plaisir !

Il agrippa ses cheveux gris.

— Comment cela a-t-il pu arriver ? Que ma Goldie soit devenue une machine à faire le ménage. Impossible.

Il marcha jusqu'au mur du fond et se mit à contempler les photos de base-ball d'Herbie, les longs visages aux mâchoires musclées, d'un technicolor terni à présent, avec les signatures en bas : Charlie Keller, Lou Gehrig, Red Ruffing... Il y a longtemps. Comme Herbie avait aimé ses Yankees !

— Une nuit, reprit Epstein, c'était même avant la crise... tu sais ce qu'on a fait, Goldie et moi ? — Il regardait Red Ruffing maintenant, à travers lui. — Tu n'as pas connu ma Goldie, quelle femme splendide, splendide c'était. Et cette nuit-là, nous avons pris des photos. J'ai posé l'appareil — c'était dans la vieille maison — et nous avons pris des photos, dans la chambre. — Il s'interrompit, rassembla ses souvenirs. — Je voulais une photo de ma femme, nue, pour l'avoir sur moi. Je l'avoue. Le lendemain matin, je me réveillai et Goldie était en train de déchirer les négatifs. Elle dit que si jamais j'avais un accident un jour et que la police sorte mon portefeuille pour m'identifier, alors oy-oy-oy ! — Il sourit. — Tu sais, une femme, ça s'inquiète... Nous ne les avons pas développées, mais au moins nous les avions prises. Combien de gens font même ça ?

Il se le demanda, puis se détourna de Red Ruffing pour regarder Michael qui, légèrement, du coin des lèvres, souriait.

— Quoi, les photos?

Michael se mit à glousser.

— Hein? — Epstein sourit. — Eh bien, tu n'as jamais eu ce genre d'idée? D'accord. Il se peut que pour quelqu'un d'autre ce soit mal, un péché ou quelque chose comme ça, mais qui peut dire...

Michael se raidit, enfin le fils de son père.

— Il faut dire. Il y a des choses qu'on ne doit pas faire.

Epstein était prêt à reconnaître une erreur de jeunesse.

— Peut-être, dit-il, peut-être avait-elle même raison de déchirer...

Michael secoua violemment la tête.

— Non! Il y a des choses qu'il n'est pas bien de faire. C'est comme ça!

Et Epstein vit le doigt pointé non pas vers oncle Lou le Photographe, mais vers oncle Lou l'Adultère. Soudain, il criait :

— Bien! mal! Toi et ton père, c'est tout ce que vous savez dire. Qui es-tu, roi Salomon! — Il agrippa les montants du lit. — Tu veux que je te dise ce qu'il est arrivé d'autre la nuit où nous avons pris les photos? Que mon Herbie a déclenché sa maladie cette nuit-là, j'en suis certain. Pendant plus d'un an nous avons essayé et réessayé jusqu'à ce que je sois *oysgamitched*[1], et ce fut cette nuit-là. Après les photos, à cause des photos. Qui sait?

— Mais...

— Mais quoi? Mais ça? — Il désignait son sexe. —

1. Epuisé, fourbu (N. d. T.).

Tu es un enfant, tu ne comprends pas. Quand on commence à t'enlever des choses, tu tends la main, tu saisis... peut-être même comme un porc, mais tu saisis. Et que ce soit bien ou mal, qui sait ! Avec des larmes dans les yeux, comment voir la différence !

Sa voix baissa, mais dans une gamme mineure, les reproches se firent plus violents.

— Ne me juge pas. Je ne t'ai pas vu avec la fille d'Ida ? Il n'y a pas de nom pour ça ? Pour toi, c'est bien ?

Michael était maintenant à genoux dans son lit.

— Vous... avez vu ?

— J'ai vu !

— Mais c'est différent...

— Différent ? cria Epstein.

— Etre marié, c'est différent !

— Ce qu'il y a de différent, tu ne le sais pas. Avoir une femme, être père, deux fois père... et puis on commence à t'enlever des choses... — et il tomba faiblement sur le lit de Michael.

Michael se pencha en arrière et regarda son oncle, mais il ne savait que faire ni comment punir, car il n'avait jamais vu pleurer quelqu'un ayant dépassé l'âge de quinze ans.

IV

D'habitude, le dimanche matin se déroulait de la manière suivante : à neuf heures et demie, Goldie

mettait le café en route et Epstein allait au coin de la
rue chercher du saumon fumé et le *Sunday News*.
Quand le saumon était sur la table, les *baigels*[1] dans le
four, la page des bandes dessinées du *News* à deux
centimètres du nez de Goldie, Sheila descendait l'escalier en bâillant, dans sa robe de chambre qui lui
tombait jusqu'aux pieds. Ils s'asseyaient pour déjeuner et Sheila insultait son père pour avoir acheté le
News, « mettant ainsi de l'argent dans une poche
fasciste ». Dehors, les chrétiens allaient à l'église. Il en
avait toujours été ainsi, sauf que bien entendu, au
cours des années, le *News* s'était rapproché du nez de
Goldie et éloigné du cœur de Sheila ; celle-ci se faisait
livrer le *Post*.

Ce dimanche matin, en se réveillant, Epstein sentit
monter l'odeur du café. Lorsqu'il se glissa au bas de
l'escalier, passant devant la cuisine — on lui avait
donné l'ordre d'utiliser la salle de bains du sous-sol
jusqu'à ce qu'il ait vu un médecin — il sentit l'odeur
du saumon fumé. Et enfin, lorsqu'il pénétra dans la
cuisine, rasé et habillé, il entendit un froissement de
journal. C'était comme si un autre Epstein, son
fantôme, s'était levé une heure plus tôt et avait
accompli ses devoirs du dimanche. Sous la pendule,
autour de la table, étaient assis Sheila, le chanteur et
Goldie. Les *baigels* rôtissaient dans le four, tandis que
le chanteur, adossé sur sa chaise, grattait sa guitare en
chantant :

> *Je suis descendu si bas*
> *Que je croyais monter...*

1. Petits pains au cumin (N. d. T.).

Epstein fit claquer ses mains et les frotta l'une contre l'autre, geste préliminaire aux repas.

— Sheila, c'est toi qui es sortie chercher ça? — Il montra le journal et le saumon. — Merci.

Le chanteur leva les yeux et, sur le même air, il improvisa...

J'ai acheté le saumon...

et sourit, un vrai clown.

— Ferme-la! lui dit Sheila.

Il fit écho à ses paroles, pan! pan!

— Merci à vous, alors, jeune homme, dit Epstein.

— Il s'appelle Marvin, dit Sheila, pour ta gouverne.

— Merci Martin.

— Mar*v*in, dit le jeune homme.

— Je n'entends pas très bien.

Goldie Epstein leva le nez du journal.

— La syphilis ramollit le cerveau.

— Quoi!

— La syphilis ramollit le cerveau...

Epstein se leva, furieux.

— C'est toi qui lui as dit ça? cria-t-il à sa fille. Qui lui a dit ça?

Le chanteur cessa de gratter sa guitare. Personne ne répondit; une conspiration. Il agrippa sa fille par les épaules.

— Toi, respecte ton père, compris!

Elle dégagea son épaule d'un mouvement brusque.

— Tu n'es pas mon père !

Et les mots le ramenèrent... à la plaisanterie qu'Ida Kaufman avait lancée dans la voiture, à sa robe marron, un ciel de printemps... Il se pencha sur la table, vers sa femme.

— Goldie, Goldie, regarde-moi ! Regarde-moi, Lou !

Elle se replongea dans son journal, mais Epstein se rendit compte qu'elle le tenait trop éloigné pour en distinguer les caractères ; l'opticien avait dit que les muscles de ses yeux s'étaient relâchés, comme tout le reste.

— Goldie, dit-il, Goldie, j'ai fait la pire chose au monde ? Goldie, regarde-moi dans les yeux. Dis-moi, depuis quand les Juifs divorcent-ils ? Depuis quand ?

Elle leva les yeux vers lui, puis vers Sheila.

— La syphilis ramollit le cerveau. Je ne veux pas vivre avec un porc !

— Nous allons arranger ça. Nous irons voir le rabbin...

— Il ne te reconnaîtrait pas...

— Mais les enfants... ?

— Quels enfants ?

Herbie était mort et Sheila une étrangère ; elle avait raison.

— Une enfant adulte peut se débrouiller toute seule, dit Goldie. Si elle veut, elle peut venir en Floride avec moi. Je crois que je vais aller à Miami.

— Goldie !

— Cesse de crier, dit Sheila, désireuse de rentrer dans la bataille. Tu vas réveiller Michael.

Douloureusement polie, Goldie s'adressa à sa fille :

— Michael est parti tôt ce matin. Il a emmené sa

Linda à la mer pour la journée, dans leur maison à Belmar.

— Barnegat, marmonna Epstein en quittant la table.

— Qu'est-ce que tu dis ? demanda Sheila.

— Barnegat.

Et il décida de sortir de la maison avant qu'on lui pose d'autres questions.

Au bar du coin, il acheta son propre journal et s'assit tout seul ; il but son café et regarda passer les gens qui allaient à l'église. Une jolie *shiksa*[1] passa, portant son chapeau blanc à la main ; elle se baissa pour enlever sa chaussure et en retirer un caillou. Epstein la regarda se baisser et renversa un peu de café sur sa chemise. Sous la robe collante, les petites fesses de la fille étaient rondes comme des pommes. Il regarda, puis, comme s'il était en prière, il se frappa la poitrine du poing, à plusieurs reprises.

— Qu'est-ce que j'ai fait ! Oh, mon Dieu !

Lorsqu'il eut terminé son café, il prit son journal et sortit dans la rue. A la maison ? Quelle maison ? En face, il vit Ida Kaufman dans son jardin, en short et une corde autour du cou, en train de suspendre le linge de sa fille. Epstein jeta un regard alentour et ne vit que des chrétiens se rendant à l'église. Ida l'aperçut et lui sourit. Sentant monter la colère, il descendit du trottoir et, avec rage, partit dans les rues.

A midi, chez les Epstein, ceux qui étaient là entendirent siffler une sirène. Sheila leva les yeux du *Post* et tendit l'oreille ; elle regarda sa montre.

1. Non-juive (N. d. T.).

— Midi ? Je retarde d'un quart d'heure. Cette fichue montre, un cadeau de mon père.

Goldie Epstein parcourait la publicité des pages « voyages » du *New York Times,* que Marvin était allé lui acheter. Elle regarda sa montre.

— Je retarde de quatorze minutes. Aussi, dit-elle à sa fille, un cadeau de lui...

Le gémissement se fit plus fort.

— Dieu, dit Sheila, on dirait la fin du monde.

Et Marvin, qui astiquait sa guitare avec son mouchoir rouge, entonna aussitôt une chanson, un chant noir, sur la fin du monde, qu'il lança d'une voix haute, les yeux fermés.

— Silence ! dit Sheila. — Elle dressa l'oreille. — Mais on est dimanche. Les sirènes c'est le samedi...

Goldie se leva d'un bond.

— C'est une véritable attaque aérienne ? Oy, c'est tout ce qu'il nous fallait !

— C'est la police, dit Sheila, et les yeux en feu, elle courut vers la porte d'entrée, car elle était politiquement opposée à la police. Elle remonte la rue... une ambulance !

Elle sortit en courant, suivie de Marvin, sa guitare toujours suspendue autour du cou. Goldie se traîna derrière, les pieds claquant dans ses pantoufles. Une fois dans la rue, elle rebroussa chemin pour s'assurer que la porte était bien fermée, protégée des cambrioleurs, des punaises et de la poussière. Lorsqu'elle ressortit dans la rue, elle n'eut pas à courir très loin. L'ambulance s'était arrêtée en face, dans l'allée des Kaufman.

Une foule s'était déjà rassemblée, des voisins en

peignoir de bain, en robe de chambre, des pages de
bandes dessinées à la main ; et aussi des chrétiens se
rendant à l'église, des *shiksas* en chapeau blanc. Goldie
ne put se frayer un chemin jusque devant la maison où
se tenaient sa fille et Marvin, mais même de derrière la
foule, elle put voir un jeune médecin sauter de
l'ambulance et monter quatre à quatre les marches du
perron, son stéthoscope s'agitant dans sa poche.

Mme Katz arriva. Une petite femme trapue au visage
rouge dont le ventre semblait partir des genoux ; elle
tira Goldie par le bras.

— Goldie, encore des ennuis ici ?

— Je ne sais pas, Pearl. Tout ce bruit. On aurait dit
une bombe atomique.

— Quand ce sera ça, tu le sauras, dit Pearl Katz.

Elle promena son regard sur la foule, puis le posa
sur la maison.

— Pauvre femme, dit-elle, se remémorant qu'il y
avait à peine trois mois, par une froide matinée de
mars, une ambulance était venue chercher le mari de
Mme Kaufman pour l'emporter dans une maison de
repos d'où il n'était jamais revenu.

— Des ennuis, des ennuis... — Mme Katz secouait
la tête, débordante de compassion. — Chacun a son
lot, crois-moi. Je parie qu'elle a fait une dépression
nerveuse. C'est mauvais. Des calculs, on les enlève et
on n'en parle plus. Mais une dépression nerveuse, c'est
très mauvais... Tu crois peut-être que c'est la fille qui
est malade ?

— La fille n'est pas là, dit Goldie. Elle est partie
avec mon neveu, Michael.

Mme Katz vit que personne n'était encore sorti de la

maison; elle avait le temps de rassembler quelques renseignements.

— Qui est-ce, Goldie? Le fils de ton beau-frère avec qui Lou est brouillé? C'est son père?

— Oui, Sol, de Detroit...

Mais elle s'interrompit car la porte d'entrée s'était ouverte, bien qu'on ne vît encore personne. Une voix, devant la foule, commandait.

— Faites place. S'il vous plaît! Faites place, bon Dieu! — C'était Sheila. — Place! Marvin, aide-moi!

— Je ne peux pas poser ma guitare — je ne sais pas où...

— Fais-les reculer! dit Sheila.

— Mais mon instrument...

Le médecin et son aide passaient à présent la civière par la porte, dans un mouvement de va-et-vient. Derrière eux se tenait Mme Kaufman, une chemise d'homme blanche passée dans son short. Ses yeux perçaient à travers deux trous rouges; elle n'était pas maquillée, remarqua Mme Katz.

— Ça doit être la fille, dit Pearl Katz, sur la pointe des pieds. Goldie, est-ce que tu peux voir, qui est-ce... c'est la fille?

— La fille n'est pas là...

— Reculez! commanda Sheila. Marvin, aide-moi à crier!

Le jeune médecin et son assistant maintinrent la civière droite tout en descendant les marches de côté.

Mme Katz sautait sur place.

— Qui est-ce?

— Je ne vois pas, dit Goldie. Je ne... — Elle s'éleva sur les orteils, hors des pantoufles. — Je... oh, mon

Dieu ! Mon Dieu ! — Et elle s'élança, hurlante. — Lou ! Lou !

— Maman, n'approche pas.

Sheila se retrouva en train de se battre avec sa mère. La civière glissait dans l'ambulance maintenant.

— Sheila, laisse-moi passer, c'est ton père !

Elle tendit une main vers l'ambulance, dont l'œil rouge tournait lentement sur le toit. Puis Goldie s'élança vers l'ambulance, sa fille lui frayant un chemin à coups de coude.

— Qui êtes-vous ? dit le docteur.

Il fit un pas vers elles pour les empêcher d'avancer, car elles semblaient avoir l'intention de plonger directement dans l'ambulance par-dessus son malade.

— La femme... cria Sheila.

Le médecin tendit un bras vers le porche.

— Ecoutez, madame...

— C'est moi sa femme, cria Goldie. Moi !

Le médecin la regarda.

— Montez !

Goldie émit une respiration sifflante lorsque Sheila et le docteur l'aidèrent à grimper dans l'ambulance, et elle laissa échapper un gigantesque soupir en voyant le visage blanc qui émergeait de la couverture grise ; les yeux étaient fermés, la peau plus grise que les cheveux. Le docteur repoussa Sheila, grimpa à l'intérieur et l'ambulance démarra, dans un hurlement de sirène. Sheila courut un moment après la voiture, martelant la portière, puis elle fit demi-tour, traversa la foule et monta les marches de la maison d'Ida Kaufman.

Goldie se tourna vers le médecin.

— Il est mort ?

— Non, il a eu une crise cardiaque.

Elle se frappa la figure.

— Il va aller très bien, dit le médecin.

— Mais une crise cardiaque. Jamais dans sa vie.

— Un homme de soixante, soixante-cinq ans, ça arrive.

Le médecin jetait les réponses tout en tenant le poignet d'Epstein.

— Il n'a que cinquante-neuf ans.

— Quelques-uns à cet âge, dit le docteur.

L'ambulance brûla un feu rouge et prit un brusque tournant à droite qui jeta Goldie par terre. Elle y resta et parla.

— Mais comment un homme en bonne santé...

— Madame, ne posez pas de questions. Un adulte ne peut se comporter comme un enfant.

Elle mit ses mains sur ses yeux au moment où Epstein ouvrait les siens.

— Il est réveillé à présent, dit le médecin. Il veut peut-être vous prendre la main ou vous parler.

Goldie rampa vers lui et le regarda.

— Lou, ça va bien ? Tu as mal ?

Il ne répondit pas.

— Il sait que c'est moi ?

Le médecin haussa les épaules.

— Dites-le-lui.

— Lou, c'est moi.

— Lou, c'est votre femme, dit le médecin.

Epstein cligna des yeux.

— Il sait, dit le docteur. Ça ira très bien. Tout ce qu'il doit faire, c'est mener une vie normale, normale pour soixante ans.

— Tu entends le docteur, Lou. Tout ce que tu dois faire, c'est mener une vie normale.

Epstein ouvrit la bouche. Sa langue pendait sur ses dents comme un serpent mort.

— Ne parle pas, dit sa femme. Ne t'inquiète de rien. Pas même pour l'affaire. Ça s'arrangera. Sheila épousera Marvin et ce sera bien ainsi. Tu n'auras pas à la vendre, Lou, elle restera dans la famille. Tu peux prendre ta retraite, te reposer et Marvin peut reprendre l'affaire. C'est un garçon intelligent, Marvin, un *mench*[1].

Les yeux de Lou roulèrent dans leurs orbites.

— N'essaie pas de parler. Je m'en occuperai. Tu iras bientôt mieux et nous pourrons partir quelque part. Nous pouvons aller à Saratoga, dans une station thermale, si tu veux. Nous partirons, juste toi et moi... — Elle saisit brusquement sa main. — Lou, tu vivras normalement, n'est-ce pas ? N'est-ce pas ? — Elle pleurait. — Sinon, Lou, tu te tueras ! Si tu continues comme ça, ce sera ta fin...

— Allons, dit le jeune médecin, calmez-vous maintenant. Nous ne voulons pas de deux malades sur les bras.

L'ambulance descendit et contourna l'entrée de l'hôpital ; le médecin s'agenouilla près de la portière arrière.

— Je ne sais pas pourquoi je pleure. — Goldie s'essuya les yeux. — Il ira bien ? Vous le dites, je vous crois, vous êtes le docteur.

Et tandis que le jeune homme ouvrait la portière

1. Un homme.

peinte de la grosse croix rouge, elle demanda, doucement :

— Docteur, vous avez quelque chose pour guérir ce
qu'il a d'autre... cette irritation ? — Elle montra du
doigt.

Le médecin la regarda. Puis il souleva la couverture
qui cachait la nudité d'Epstein.

— C'est grave, docteur ?

Les yeux et le nez de Goldie coulaient.

— Une irritation, dit le docteur.

Elle saisit son poignet.

— Vous pouvez la faire disparaître ?

— Pour qu'elle ne revienne jamais, dit le médecin et
il sauta de l'ambulance.

*L'habit
ne fait pas le moine*

C'est en première année de high-school[1], il y a de cela quinze ans, qu'à un cours dit d' « Orientation Professionnelle », je fis la connaissance de l'ex-forçat Alberto Pelagutti. La première semaine, mes camarades et moi reçûmes un « jeu de tests » destiné à dévoiler nos dons, nos faiblesses, nos tendances et notre personnalité. A la fin de la semaine, M. Russo, notre professeur, additionna les dons, retrancha les faiblesses et nous révéla quel était le métier qui convenait le mieux à nos talents respectifs ; c'était mystérieux mais scientifique. Je me rappelle que nous avons commencé par un « Test de préférence » : « Que préféreriez-vous faire, ceci, cela ou autre chose... » Albie Pelagutti était assis derrière moi, à gauche, et tandis qu'au cours de cette première journée de high-school, je traversais paisiblement cette épreuve, de l'étude des fossiles à la défense des criminels, Albie, tel l'intérieur du Vésuve, montait, descendait, sautait, s'agitait et se gonflait sur sa chaise.

1. Cycle de préparation à l'enseignement supérieur (N. d. T.).

Lorsqu'il faisait enfin un choix, il le faisait. On pouvait entendre son crayon tracer le ✕ dans la colonne face à l'activité dans laquelle il pensait qu'il était le plus sage de s'engager. Sa souffrance renforçait la légende qui l'avait précédé : il avait dix-sept ans, sortait de la maison de redressement de Jamesburg ; c'était sa troisième high-school, sa troisième première année ; mais maintenant — j'entendis un autre ✕ rejoindre sa case — il avait décidé de « suivre le droit chemin ».

Au milieu du cours, M. Russo quitta la salle.

— Je vais boire un verre, dit-il.

Russo s'évertuait à nous faire savoir qu'il était un franc-joueur et que, contrairement à certains professeurs que nous avions pu avoir, il n'allait pas sortir par la porte principale et se glisser jusqu'à la porte du fond pour vérifier si nous avions bien le sens des responsabilités. Et en effet, lorsqu'il revenait, ses lèvres étaient humides et lorsqu'il disait aller aux toilettes, on pouvait sentir le savon sur ses mains.

— Prenez votre temps, les gars, disait-il, et la porte se refermait sur lui.

Ses chaussures noires en bec d'aigle battirent le marbre du couloir et cinq doigts épais s'enfoncèrent dans mon épaule. Je me retournai ; c'était Pelagutti.

— Quoi ? dis-je.

— Numéro vingt-six, dit Pelagutti, que faut-il répondre ?

Je lui offris la vérité :

— N'importe quoi.

Pelagutti se pencha sur sa table et me foudroya du regard. C'était un hippopotame, gros, noir et sentant fort ; ses manches courtes enserraient ses bras mons-

trueux comme pour en prendre la tension artérielle,
qui, à cet instant, était d'une hauteur démesurée.

— Que faut-il répondre !

Sous la menace, je revins trois pages en arrière dans
mon questionnaire et relus le numéro vingt-six : « Que
préféreriez-vous faire : 1) Assister à un Congrès Inter-
national du Commerce ; 2) Cueillir des cerises ;
3) Tenir compagnie et faire la lecture à un ami
malade ; 4) Bricoler avec des moteurs de voitures. »
Je jetai à Albie un regard vide et haussai les
épaules.

— Ça n'a pas d'importance : il n'y a pas de réponse
juste. N'importe quoi.

Il se projeta presque hors de son siège.

— Ne me raconte pas de salades ! Quelle est la
réponse ?

Des têtes étranges se levèrent dans toute la classe :
des yeux au regard étroit, des lèvres sifflantes, des
sourires désapprobateurs — et je réalisai que Russo
pouvait revenir d'un moment à l'autre, les lèvres
humides, et que dès le premier jour de classe je me
ferais prendre à tricher. Je jetai un autre regard au
numéro vingt-six, puis à Albie ; puis, attiré vers lui —
comme toujours — par un sentiment de colère, de
pitié, de crainte, d'amitié, de vengeance et une tendance à l'ironie qui était à l'époque aussi délicate
qu'un marteau-pilon, je chuchotai :

— Tenir compagnie et faire la lecture à un ami
malade.

Le volcan s'apaisa et Albie et moi avions fait
connaissance.

Nous devînmes amis. Il resta à côté de moi pendant toute la durée des tests, puis à l'heure du déjeuner, puis après les cours. J'appris que, tout jeune, Albie avait fait toutes les choses que moi, bien dirigé, je n'avais pas faites : il avait mangé des hamburgers dans des restaurants louches, il était sorti dans la rue après une douche froide, en hiver, les cheveux mouillés ; il avait été cruel envers les animaux ; il avait fréquenté des prostituées ; il avait volé, il avait été pris, et il avait payé. Mais maintenant, me dit-il tandis que je déballais mon déjeuner dans la pâtisserie en face de l'école :

— Maintenant, j'ai fini de faire la bringue. Je vais m'instruire, je vais... — et je crois qu'il tira l'expression d'une comédie musicale qu'il avait vue la veille alors que nous étions tous en cours d'anglais — je vais repartir du bon pied.

Lorsque Russo communiqua les résultats des tests, la semaine suivante, il apparut qu'Albie était non seulement parti du bon pied, mais qu'il rencontrait des chemins étranges et merveilleux. Russo était assis à son bureau ; des piles de tests amoncelées devant lui comme des munitions, des graphiques et des diagrammes en énormes tas de chaque côté, il nous dévoila nos destins. Albie et moi allions faire du droit.

De tout ce qu'Albie m'avoua cette première semaine, un fait en particulier se grava dans ma mémoire : j'oubliai vite dans quelle ville de Sicile il était né ; la profession de son père (il fabriquait de la glace ou la livrait) ; l'année et le modèle des voitures qu'il avait volées. Mais je n'oubliai pas qu'Albie avait apparemment été la vedette de l'équipe de base-ball de la maison de redressement de Jamesburg. Lorsque le

professeur de gymnastique, M. Hopper, me sélec-
tionna comme capitaine de l'équipe de base-ball de ma
classe (nous jouions au base-ball presque jusqu'à la fin
des championnats du monde, puis nous passions au
football), je savais qu'il me fallait prendre Pelagutti
avec moi. Avec ses bras, il pourrait envoyer la balle à
un kilomètre.

Le jour où l'on devait former les équipes, Albie ne
me quitta pas d'une semelle, pendant qu'au vestiaire je
passais mes vêtements de gymnastique : cache-sexe,
short kaki, T-shirt, grosses chaussettes et chaussures
de tennis. Albie s'était déjà changé : sous son short
kaki, il ne portait pas de cache-sexe mais avait gardé
son caleçon mauve, lequel dépassait de dix centimètres
sous son short comme un grand ourlet de fantaisie. Au
lieu d'un T-shirt, il portait un maillot de corps sans
manches et, dans ses chaussures de basket noires, il
avait de fines chaussettes de soie noire brodées d'une
flèche de chaque côté. Nu, il aurait pu, tels d'illustres
ancêtres, terrasser des lions au Colisée ; son accoutrement, bien que je ne lui en soufflasse mot, lui enlevait
de la dignité.

Durant le trajet qui nous mena du vestiaire au
terrain illuminé par le soleil de septembre, en passant
par l'obscur couloir du sous-sol, il ne cessa de parler :

— Je n'ai pas fait de sport quand j'étais gosse, mais
j'ai joué à Jamesburg et le base-ball m'est venu tout seul.

Je hochai la tête.

— Qu'est-ce que tu penses de Pete Reiser ?
demanda-t-il.

— Il est assez bon, dis-je.

— Qu'est-ce que tu penses de Tommy Henrich ?

· Je ne sais pas, répondis-je, il est variable, je crois.

Comme supporter de Dodger, je préférais Reiser à l'Henrich des Yankees; en outre, mes goûts ont toujours été un peu baroques et Reiser, qui sautait souvent par-dessus les murs du terrain pour sauver le match de Brooklyn, avait gagné un trophée spécial dans la coupe de mon cœur.

— Oui, dit Albie, je les aime bien, tous les Yankees.

Je n'eus pas le temps de demander à Albie ce qu'il entendait par là, car M. Hopper, le teint hâlé, souriant, droit, faisait déjà sauter une pièce de monnaie; je levai les yeux, vis le scintillement au soleil et lançai « face ». Elle tomba pile et l'autre capitaine eut l'avantage de choisir en premier. Mon cœur se contracta lorsque ses yeux se posèrent sur les bras d'Albie, puis se calma quand il choisit le type classique du baseman, grand et mince. Immédiatement, je dis : « Je prends Pelagutti. » On ne voit pas souvent des sourires comme celui qui traversa le visage d'Albie à ce moment-là : on aurait dit que je l'avais sauvé de la peine de mort.

La partie commença. Je jouais shortstop[1] — de la main gauche — et je battais second; Albie était au centre et, sur sa demande, battait quatrième. Leur premier baseman lança la balle, j'envoyai au premier baseman. Le batteur suivant renvoya une balle très haute vers le centre du terrain. Au moment où je vis Albie se mouvoir en direction de la balle, je sus que Tommy Henrich et Pete Reiser n'étaient que des noms

---

1. Joueur placé entre le second et le troisième baseman (N. d. T.).

pour lui ; tout ce qu'il savait sur le base-ball, il l'avait potassé la veille ; ses poignets étaient collés l'un à l'autre, ses deux mains s'ouvraient et se refermaient comme les ailes d'un papillon, dans un geste de supplication envers la balle.

— Allons viens, hurla-t-il au ciel, viens, salope...

Et ses jambes montaient et descendaient comme une pompe de bicyclette. J'espère que je ne mettrai pas autant de temps à mourir que n'en mit cette balle à retomber. Elle restait suspendue, suspendue, et Albie gambadait au-dessous comme un Holy Roller [1]. Enfin elle atterrit, pan ! sur la poitrine d'Albie. Le batteur avait rejoint le second baseman et courait déjà vers le troisième tandis qu'Albie tournoyait encore, les bras tendus, comme s'il jouait à la ronde avec des enfants imaginaires.

— Derrière toi, Pelagutti ! hurlai-je.

Il s'arrêta net.

— Quoi ? me cria-t-il.

Je parcourus un quart de terrain en direction du centre.

— Derrière toi ; relaie !

Et tandis que le coureur arrivait au troisième baseman, il me fallut rester là, à lui expliquer ce qu'était un « relais ».

A la fin de la première moitié du premier tour de batte, nous étions perdants — 8-0, huit courses, toutes relayées trop tard par Pelagutti.

Par pur plaisir masochiste, il faut que je décrive

1. Secte religieuse dont les membres, lors des cérémonies, entrent en transe et se roulent par terre (N. d. T.).

Albie à la base : d'abord, il faisait *face* au lanceur ;
puis, quand il sautait sur la balle — ce qu'il faisait sur
toutes — ce n'était pas de côté mais vers le bas, comme
pour enfoncer une patère dans le sol. Ne me demandez
pas s'il était gaucher ou droitier, je n'en sais rien.

Pendant que nous nous changions dans le vestiaire,
je restai silencieux. Je bouillais, tout en observant
Pelagutti du coin de l'œil. Il balança ses ridicules
baskets noirs et enfila sa chemise rose de gaucho sur
son maillot de corps — il y avait encore une marque
rouge au-dessus du U du maillot de corps, à l'endroit
où la première balle volante l'avait frappé. Sans retirer
son short, il hissa son pantalon sur les taches rouges
laissées par des balles à terre qui avaient rebondi sur
ses tibias, sur les taches rouges où des balles lancées
avaient frappé ses genoux et ses cuisses.

Je finis par parler.

— Sacré nom de Dieu, Pelagutti, tu ne reconnaî-
trais pas Pete Reiser si tu marchais dessus !

Il fourrait ses chaussures dans son casier ; il ne
répondit pas. Je m'adressai à la montagne de rose qui
lui servait de dos :

— Pourquoi m'as-tu raconté que tu avais joué pour
cette équipe de prison ?

Il marmonna quelque chose.

— Quoi ? dis-je.

— C'est vrai, grommela-t-il.

— A d'autres ! dis-je.

Il se retourna et me lança un regard noir :

— C'est vrai !

— Ça devait en être une équipe ! dis-je.

Nous quittâmes le vestiaire sans échanger une

parole de plus. En remontant au cours d'Orientation Professionnelle, nous passâmes devant le bureau du professeur de gymnastique. M. Hopper leva les yeux de son bureau et me fit un clin d'œil. Puis il désigna Pelagutti d'un signe de tête pour montrer qu'il savait que j'étais tombé sur un os, mais comment avais-je pu croire qu'un vaurien comme Pelagutti pouvait être un Américain cent pour cent ? Puis M. Hopper rabaissa son visage coloré aux ultra-violets sur son bureau.

— Maintenant, dis-je à Pelagutti sur le palier du second étage, je vais t'avoir sur les bras jusqu'à la fin du trimestre.

Il continua à avancer sans répondre ; son derrière de bœuf aurait dû être muni d'une queue pour chasser les mouches ; il me rendait furieux.

— Salaud de menteur ! dis-je.

Il fit volte-face aussi vite qu'un bœuf en est capable.

— T'as personne sur les bras.

Nous étions au bout du palier qui donnait sur le couloir bordé de casiers ; les gars massés dans l'escalier derrière nous s'arrêtèrent pour écouter.

— Non, t'as personne sur les bras, espèce d'âne morveux !

Et je vis cinq articulations poilues arriver droit sur ma bouche. J'esquissai un geste mais trop tard, et j'entendis un craquement dans l'arête de mon nez. Je sentis mes hanches partir en arrière, mes jambes et ma tête tomber en avant et, courbé en C, je fis cinq mètres à reculons avant de sentir le marbre froid sous mes mains. Albie me contourna et entra dans la salle d'Orientation Professionnelle. Au même moment, je levai la tête et aperçus les chaussures noires en bec d'aigle de M. Russo pénétrer dans la salle également. J'étais presque sûr qu'il avait vu Albie me frapper mais je n'en aurais jamais la certitude absolue. Personne, y compris Albie et moi-même, n'en reparla jamais. Cela avait peut-être été une erreur de ma part de traiter Albie de menteur, mais s'il avait été une vedette du base-ball, c'était dans une équipe que je ne connaissais pas.

Par contraste, je veux vous présenter Duke Scarpa, un autre ancien forçat, qui était avec nous cette année-là. Incidemment, ni Albie ni Duke n'étaient des membres typiquement représentatifs de ma communauté scolaire. Ils habitaient tous deux à l'autre bout de Newark, « en bas », et ils ne nous étaient parvenus qu'après que l'Office scolaire [1] eut placé Albie dans deux autres écoles et Duke dans quatre. L'Office espérait, comme Marx, que la haute culture finirait par absorber la basse.

Albie et Duke n'étaient pas très liés ; alors qu'Albie avait décidé de suivre le droit chemin, on avait toujours l'impression que dans son calme huileux, sa grâce invertébrée, le Duc préparait un coup. Cependant, bien qu'il n'y eût jamais d'affection entre eux, Duke nous recherchait, Albie et moi, conscient, je suppose, que si Albie le méprisait c'était parce qu'il pouvait lire dans son âme — et qu'un tel associé était plus facile à supporter qu'un autre qui vous méprise

1. Aux Etats-Unis, chaque Etat possède son propre Office scolaire, rattaché au Ministère de l'Education Nationale. Cet office est doué d'une très grande autonomie (N. d. T.).

parce qu'il ne connaît pas votre âme du tout. Là où Albie était un hippopotame, un bœuf, Duke était un reptile. Moi ? Je ne sais pas ; il est facile de reconnaître l'animal chez autrui.

A l'heure du déjeuner, Duke et moi avions l'habitude de boxer dans le hall devant la cafétéria. Il était incapable de distinguer un crochet d'un jab et n'aimait pas voir maltraiter sa peau brune ou ébouriffer ses cheveux ; mais il prenait un tel plaisir à bouger, se baisser, se rouler, se dérouler, que je crois qu'il aurait payé pour avoir le privilège de jouer au serpent avec moi. Il m'hypnotisait, le Duc ; il touchait quelque recoin visqueux en moi — alors qu'Albie cherchait à faire vibrer une corde plus profonde et, je crois, plus noble.

Mais je présente Albie comme un enfant de chœur. Laissez-moi vous raconter ce que lui et moi fîmes à M. Russo.

Russo croyait en son jeu de tests comme ses parents immigrants (et ceux d'Albie, et peut-être Albie lui-même) croyaient en l'infaillibilité du pape. Si les tests disaient qu'Albie devait faire du droit, alors il devait faire du droit. Quant au passé d'Albie, il semblait qu'il ne fît qu'accroître la dévotion de Russo pour la prophétie : il s'approchait d'Albie, le salut dans les yeux. En septembre, il donna à Albie une biographie à lire, la vie de Oliver Wendell Holmes ; en octobre, une fois par semaine, il fit parler le pauvre garçon à l'impromptu devant la classe ; en novembre, il lui imposa un compte rendu de la Constitution, que je fis ; puis en décembre, dernière indignité, il nous envoya,

Albie et moi (ainsi que deux autres élèves ayant révélé un penchant juridique) au Palais de Justice de l'Essex, où nous pourrions voir de « vrais juristes en action ».

C'était une matinée froide et venteuse ; dans la cour du Palais de Justice, nous balançâmes nos mégots au nez de la statue de Lincoln, et nous commencions à monter le grand escalier de ciment blanc, lorsque Albie fit brusquement demi-tour, retraversa la cour et sortit dans Market Street. Je l'appelai, mais il cria qu'il avait déjà vu tout ça, puis il se mit à courir vers les rues bondées de la basse ville, poursuivi, non par la police, mais par son passé. Ce n'était pas qu'il considérât Russo comme un imbécile de l'avoir envoyé visiter le Palais de Justice. Albie avait bien trop de respect envers les professeurs pour le penser ; je crois qu'il avait plutôt l'impression que Russo avait essayé de lui fourrer le nez dedans.

Pas de surprise donc lorsque le lendemain, après la gymnastique, Albie annonça son attaque contre le professeur d'Orientation Professionnelle. C'était le premier crime qu'il projetait depuis qu'il avait pris la décision de suivre le droit chemin, en septembre. Il me traça les grandes lignes de l'action et m'enjoignit de communiquer les détails aux autres élèves de la classe. En tant qu'agent de liaison entre Albie et les garçons sains et bien élevés comme moi-même, qui formaient le reste de la classe, j'étais stationné à la porte et tandis que chaque élève entrait, je glissai le plan dans son oreille : « A dix heures et quart, aussitôt que Russo se tournera vers le tableau, tu te pencheras pour relacer ta chaussure. » Si un camarade me regardait d'un air perplexe, je lui désignais Pelagutti, massif à son

pupitre ; l'expression de perplexité s'évanouissait alors
et un complice supplémentaire pénétrait dans la
classe. Le seul qui me donna du mal fut Duke. Il
écouta le plan, puis me regarda de l'air de quelqu'un
qui appartient à un autre syndicat et qui, en fait, n'a
jamais entendu parler du vôtre.

Enfin la cloche sonna ; je fermai la porte et gagnai
silencieusement ma place. J'attendis que la pendule en
arrivât au quart ; ce qu'elle fit ; puis Russo se tourna
vers le tableau pour y inscrire l'échelle des salaires des
ouvriers de l'aluminium. Je me penchai pour lacer mes
souliers — sous toutes les tables, je vis des visages à
l'envers, souriants. A ma gauche, derrière moi, j'entendis Albie siffler ; ses mains tripotaient ses chaussettes
de soie noire, et le sifflement gonfla, gonfla jusqu'à
devenir un tonnerre sicilien crachant sa rancune.
C'était strictement une affaire entre lui et Russo. Je
jetai un coup d'œil vers l'avant de la classe, mes doigts
nouant et dénouant mes lacets, le sang affluant
maintenant à mon visage. Je vis les jambes de Russo
faire demi-tour. Quelle vision il dut avoir : à la place
des vingt-six visages, il n'y avait plus rien. Que des
tables.

— Ça va, dit Russo, ça va comme ça.

Puis il tapa légèrement des mains.

— Ça suffit maintenant, les gars. La plaisanterie est
terminée. Redressez-vous.

Puis le sifflement d'Albie s'adressa à toutes les
oreilles rouges sous les tables ; il se précipita sur nous
comme un courant souterrain :

— Restez baissés.

Tandis que Russo nous enjoignait de nous redresser,

nous restâmes baissés. Et nous ne nous redressâmes pas avant qu'Albie ne nous l'eût ordonné ; puis sous sa direction, nous chantâmes...

> *Ne t'assois pas sous le pommier*
> *Avec un autre que moi,*
> *Avec un autre que moi,*
> *Avec un autre que moi,*
> *Oh non, non, ne t'assois pas sous le pommier...*

Puis nous battîmes des mains en mesure. Quel boucan !

M. Russo resta immobile devant la classe, écoutant, étonné. Il portait un costume bleu foncé à rayures, soigneusement repassé, une cravate beige avec une tête de chien au milieu, et une épingle de cravate sur laquelle étaient gravées les initiales RR ; il avait ses chaussures noires en bec d'aigle ; elles brillaient. Russo, qui avait foi en la propreté, l'honnêteté, la ponctualité, les destins prévus — qui croyait à l'avenir, à l'Orientation Professionnelle ! Et à côté de moi, derrière moi, sur moi, en moi... Albie ! Nous nous regardions, Albie et moi, et mes poumons éclataient de joie : « Ne t'assois pas sous le pommier... » La voix monocorde d'Albie tonnait ; puis une épaisse voix fluide de chanteur de charme s'éleva derrière Albie, m'envahissant de sa sonorité : c'était celle du Duc ; ses mains tapaient sur un rythme de tango.

Russo s'appuya un moment contre un graphique d'aide visuelle : « Ouvriers spécialisés : salaires et qualifications. » Puis il tira sa chaise et s'y plongea, si profondément qu'elle sembla être sans fond. Il pencha

sa grosse tête sur son bureau et ses épaules se roulèrent
en avant comme les extrémités d'un papier humide ;
c'est alors qu'Albie lança son coup. Il cessa de
chanter : « Ne t'assois pas sous le pommier » ; nous
cessâmes tous de chanter. Devant le silence, Russo
leva la tête ; les yeux noirs et cernés, il regarda notre
chef, Alberto Pelagutti. Lentement, Russo se mit à
secouer la tête de droite à gauche : ce n'était pas un
Capone, c'était un Garibaldi ! Russo attendait, j'attendais, nous attendions tous. Albie se leva lentement, et
se mit à chanter : « Oh, peux-tu voir, à la lumière
matinale de l'aube, ce que nous avons su fièrement
appeler... » Nous nous levâmes tous et nous joignîmes
à lui. Des larmes scintillant sur ses longs cils noirs,
M. Robert Russo se souleva péniblement de son
bureau, vaincu, et tandis que la basse de Pelagutti
tonnait désastreusement derrière moi, je vis les lèvres
de Russo se mettre à bouger, « les bombes éclatant
dans l'air, donnèrent la preuve... » Dieu, comme nous
chantions !

Albie quitta l'école en juin de cette année — il
n'avait réussi qu'en Orientation Professionnelle —
mais notre camaraderie, cet étrange vaisseau, avait été
réduite en miettes quelques mois plus tôt. C'était en
mars, à l'heure du déjeuner, le Duc et moi boxions
dans le hall devant la cafétéria, et Albie, qui se
montrait plus aimable envers le Duc depuis le jour où
sa chaude voix fluide s'était jointe aux autres, Albie
avait décidé de faire l'arbitre. Il sautait entre nous,
brisait nos corps à corps, nous prévenait contre les
coups bas, tirait sur le sexe tombant de Duke, bref,

s'amusait bien. Je me souviens que Duke et moi étions
dans un corps à corps ; tandis que je martelais ses reins
de petits coups de poing, il se tordait sous mon
étreinte. Le soleil brillait à travers la vitre derrière lui,
illuminant ses cheveux comme un nid de serpents. Je
lui bourrais les côtes et il se tortillait, je respirais
fortement par le nez, les yeux rivés sur ses cheveux de
serpent et, soudain, Albie se glissa entre nous, et nous
sépara d'une secousse brutale : le Duc plongea de côté,
moi en avant et mon poing traversa la vitre. Des pieds
battirent ; en une seconde, une foule mâchonnante,
forte de son innocence et de ses plaisanteries, se
rassembla autour de moi, rien que moi. Albie et Duke
étaient partis. Je les maudis tous les deux, les infâmes
gredins ! La foule ne se dispersa pas avant que la
directrice, une énorme matrone sillonnée de varices, en
uniforme blanc empesé, eût noté mon nom et m'eût
emmené à l'infirmerie pour m'y faire enlever les débris
de verre incrustés dans mes phalanges. Plus tard dans
l'après-midi, je fus appelé pour la première et dernière
fois au bureau de M. Wendell, le Principal.

Quinze ans ont passé depuis ce jour, et je ne sais pas
ce qu'il est advenu d'Albie Pelagutti. S'il est gangster,
sa notoriété et sa fortune n'étaient pas suffisantes, il y a
quelques années, pour attirer l'attention de la Commission Kefauver. Lorsque la Commission criminelle
arriva dans le New Jersey, je suivis attentivement ses
enquêtes, mais je ne lus jamais dans les journaux le
nom d'Alberto Pelagutti ni même celui de Duke
Scarpa — encore que Dieu sait sous quel nom le Duc
est connu à présent. Je sais toutefois ce qui est arrivé
au professeur d'Orientation Professionnelle, car lors-

qu'une autre commission sénatoriale s'abattit sur
l'Etat il y a quelque temps, on découvrit que Robert
Russo, parmi d'autres, avait été marxiste à l'époque où
il faisait ses études à l'Ecole Normale de Montclair
vers 1935. Russo refusa de répondre à certaines
questions de la Commission et l'Office scolaire de
Newark se réunit, condamna et le congédia. Je lis
parfois dans le *Newark News* que des avocats de
l'Union pour les Libertés civiques essaient encore de
faire changer la décision à son sujet, et j'ai moi-même
envoyé une lettre à l'Office scolaire en jurant que si
quoi que ce soit de subversif avait jamais été introduit
dans mon esprit, cela n'était pas du fait de mon ancien
professeur, M. Russo ; s'il était communiste, je ne m'en
étais jamais aperçu. Je ne pus me résoudre à relater
l'incident de la « bannière étoilée », ne sachant si cela
était préférable ou non : sait-on ce qui est susceptible
de faire preuve aux yeux des vieilles maniaques et des
patrons de grands magasins qui siègent et meurent
dans les Offices scolaires ?

Et si (pour modifier le texte d'un Ancien) l'histoire
d'un homme est son destin, qui sait si l'Office scolaire
de Newark tiendra jamais compte d'une lettre écrite
par moi. Je veux dire, quinze années ont-elles enterré
cet après-midi où je fus appelé chez le Principal ?

... C'était un grand monsieur distingué et lorsque
j'entrai dans son bureau, il se leva et me tendit la
main. Le même soleil qui avait allumé des serpents
dans les cheveux de Duke une heure plus tôt, perçait à
présent à travers les stores de M. Wendell et chauffait
son tapis d'un vert profond.

— Enchanté, dit-il.

— Oui, répondis-je hors de propos, en enfouissant ma main bandée sous sa main valide.

Gracieusement, il dit :

— Asseyez-vous, je vous prie.

Craintif, inexpérimenté, j'esquissai une révérence ratée et m'assis. Je vis M. Wendell s'approcher d'une armoire en métal, ouvrir un tiroir et en sortir une grande fiche blanche. Il posa la fiche sur son bureau et me fit pencher de telle façon que je visse ce qui était imprimé dessus. En haut, en majuscules, il y avait mon nom en entier : les deux prénoms et le nom de famille ; au-dessous, un I en chiffre romain, et à côté, « s'est battu dans un couloir ; fenêtre brisée (19/3/42). » Déjà fiché. Et sur une grande carte avec plein de place.

Je repris mon siège et m'y adossai tandis que M. Wendell me disait que la fiche me suivrait toute ma vie. Je commençai par écouter, mais pendant qu'il continuait à parler et à parler, le côté dramatique s'évanouit de ses paroles et mon attention fut attirée par son armoire en métal. Je me mis à imaginer les fiches à l'intérieur. Celle d'Albie et celle du Duc, alors je compris — à défaut de pardonner — pourquoi les deux avaient filé, me laissant seul payer pour la vitre brisée. Albie, voyez-vous, avait toujours connu l'existence de cette armoire et de ces fiches ; moi non ; et Russo, le pauvre Russo, ne l'a apprise que récemment.

Eli le fanatique

Léo Tzuref surgit de derrière une colonne blanche pour accueillir Eli Peck. Eli, surpris, fit un bond en arrière ; puis ils se serrèrent la main et Tzuref lui fit signe d'entrer dans le vieux manoir croulant. Près de la porte, Eli se retourna, et au bas de la pente de gazon, après la jungle des haies, au-delà de l'intacte allée cavalière plongée dans l'obscurité, il aperçut le scintillement des réverbères de Woodenton. Le long de Coach House Road, les magasins lançaient des éclats de lumière jaune. Eli crut y lire un secret signal de la part de ses concitoyens : « Dis à ce Tzuref ce que nous en pensons, Eli. Ceci est une communauté moderne, Eli, nous avons nos familles, nous payons des impôts... » Eli, sous le poids du message, lança à Tzuref un regard lourd empreint de lassitude.

— Vous devez avoir des journées bien chargées, dit Tzuref en faisant entrer l'avocat et sa serviette dans le couloir froid.

Les talons d'Eli résonnèrent sur le sol de marbre et il parla plus fort que le bruit.

— Ce sont les voyages qui sont tuants, dit-il, et il pénétra dans la pièce obscure dont Tzuref venait de lui ouvrir la porte. Trois heures par jour... je suis venu directement de la gare.

Il se laissa tomber dans un fauteuil au dossier en forme de harpe. Il s'attendait à ce qu'il fût plus profond et se meurtrit les chairs au contact pointu de ses ressorts. Cette secousse dans son postérieur le réveilla, le rappelant à son affaire. Tzuref, crâne chauve et sourcils en broussaille, avait à moitié disparu derrière un bureau vide, comme s'il s'était assis par terre. Tout, autour de lui, était vide. Il n'y avait pas de livres sur les rayons, pas de tapis sur le sol, pas de rideaux aux grandes fenêtres. Quand Eli commença à parler, Tzuref se leva et repoussa un battant de fenêtre qui grinça sur ses gonds.

— Mai et on se croirait en août, dit-il, et le dos tourné vers Eli, il dévoila un cercle noir sur le derrière de la tête. Il lui manquait le sommet de la tête ! Il revint dans l'obscurité — les lampes étaient dépourvues d'ampoules — et Eli se rendit compte que ce qu'il avait vu était une calotte. Tzuref frotta une allumette et alluma une bougie, au moment même où des cris d'enfants en train de jouer déferlaient par la fenêtre ouverte. On aurait dit que Tzuref l'avait ouverte pour qu'Eli pût les entendre.

— Eh bien, dit-il. J'ai reçu votre lettre.

Eli marqua un silence, attendant que Tzuref ouvrît un tiroir pour en sortir la lettre. Mais contrairement à son attente, le vieil homme se pencha en avant, fouilla dans une poche de son pantalon et en sortit ce qui parut être un mouchoir sale. Il le défroissa, le repassa sur le bureau avec le plat de la main.

— Eh bien, dit-il.

Eli pointa un doigt vers le bout de papier dont il avait pesé chaque mot avec ses associés, Lewis et McDonnell.

— J'attendais une réponse, dit Eli. Cela fait une semaine.

— C'était si important, monsieur Peck, je savais que vous viendriez.

Des enfants passèrent en courant sous la fenêtre ouverte et leur mystérieux bavardage — non mystérieux pour Tzuref, qui sourit — pénétra dans la pièce comme un troisième personnage. Leur bruit frappa Eli dans sa chair et il ne put réprimer un frisson. Il regrettait de n'être pas rentré chez lui, pris une douche et dîné avant de rendre visite à Tzuref. Il ne se sentait pas aussi professionnel que d'habitude — l'endroit était trop sombre, il était trop tard. Mais là-bas, à Woodenton, ils l'attendaient, ses clients et voisins. Il parlait au nom des Juifs de Woodenton, pas seulement pour lui et sa femme.

— Vous avez compris ? dit Eli.

— Ce n'est pas difficile.

— C'est une question de zone... — et voyant que Tzuref ne répondait pas mais tambourinait simplement sur sa bouche avec ses doigts, Eli ajouta :

— Nous n'avons pas fait les lois...

— Vous les respectez.

— Elles nous protègent... la communauté.

— La loi est la loi, dit Tzuref.

— Justement !

Eli eut très envie de se lever et de marcher de long en large.

— Et naturellement, — Tzuref tendit les bras en

plateaux de balance — la loi n'est pas la loi. Quand, la
loi qui est la loi, n'est-elle pas la loi ? — Il agita les
plateaux — Et vice versa.

— C'est très simple, dit Eli d'une voix coupante.
Vous ne pouvez pas installer un pensionnat dans un
quartier résidentiel. — Il ne permettrait pas à Tzuref
d'embrumer le problème par des problèmes. — Nous
avons pensé qu'il valait mieux vous prévenir avant de
faire appel à la justice.

— Mais une maison dans un quartier résidentiel ?

— Oui. C'est bien le sens du mot résidentiel.

L'anglais du réfugié n'était peut-être pas aussi bon
qu'il y paraissait au premier abord. Tzuref parlait
lentement, mais, jusqu'alors, Eli avait attribué cette
lenteur à de l'adresse — ou même de la sagesse.

— Résidence signifie maison particulière, ajouta-
t-il.

— Eh bien, ceci est ma résidence.

— Et les enfants ?

— C'est leur résidence.

— *Dix-sept* enfants ?

— Dix-huit, dit Tzuref.

— Mais vous leur donnez des cours ici.

— Sur le Talmud. Est-ce illégal ?

— Cela en fait une école.

Tzuref souleva de nouveau ses plateaux, les rabais-
sant progressivement.

— Ecoutez, monsieur Tzuref, en Amérique, on
appelle ça un pensionnat.

— Là où on enseigne le Talmud ?

— Où l'on enseigne, un point c'est tout. Vous êtes
le directeur et eux les élèves.

Tzuref déposa ses plateaux sur la table.

— Monsieur Peck, dit-il, je n'en crois rien... — mais il ne semblait pas se référer à ce qu'avait dit Eli.

— Monsieur Tzuref, c'est la loi. Je suis venu vous demander ce que vous aviez l'intention de faire.

— Ce que je *dois* faire ?

— J'espère que cela revient au même.

— En effet. — Tzuref enfonça son ventre sous la table. — Nous restons. — Il sourit. — Nous sommes fatigués. Le directeur est fatigué. Les élèves sont fatigués.

Eli se leva et prit sa serviette. Elle semblait si lourde, chargée de toutes les doléances, les vengeances et les projets de ses clients. Il y avait des jours où il la portait comme une plume — dans le bureau de Tzuref, elle pesait une tonne.

— Au revoir, monsieur Tzuref.

— Shalom, dit Tzuref.

Eli ouvrit la porte du bureau et avança prudemment dans les sinistres ténèbres du couloir jusqu'à la porte d'entrée. Il sortit sur la véranda et, s'adossant à un pilier, jeta un regard aux enfants qui jouaient sur la pelouse. Leurs voix bondissaient, s'élevaient et retombaient tandis qu'ils se pourchassaient autour de la vieille maison. Le crépuscule donnait au jeu des enfants l'allure d'une danse tribale. Eli se redressa, descendit de la véranda et soudain la danse cessa. Un long cri perçant lui succéda. C'était la première fois de sa vie que quelqu'un fuyait à sa vue. Gardant les yeux fixés sur les lumières de Woodenton, il s'engagea dans l'allée.

Puis Eli l'aperçut, assis sur un banc sous un arbre. Il

ne distingua d'abord qu'un fossé de ténèbres, puis la silhouette émergea. Eli le reconnut grâce à la description qu'il en avait entendue. Il était là, portant le chapeau qui était le but même de la mission d'Eli, la source de l'émotion générale. Les lumières de la ville lancèrent une fois de plus leur message : « Attrape celui au chapeau. Quel culot, quel culot... »

Eli avança vers lui. Il était peut-être moins têtu que Tzuref, plus raisonnable. Après tout, c'était la loi. Mais lorsqu'il fut assez près pour l'interpeller, il n'en fit rien. Il fut arrêté par la vue du manteau noir descendant au-dessous des genoux et des mains jointes sur les cuisses. Par le chapeau talmudique, rond, aux larges bords, poussé sur le derrière de la tête. Et par la barbe qui lui cachait le cou, si douce, si fine qu'elle se mouvait au rythme de sa respiration. Il était endormi, ses papillotes formant boucles sur ses joues. Son visage pas plus vieux que celui d'Eli.

Eli s'éloigna rapidement en direction des lumières.

La note sur la table de la cuisine le contraria. Les griffonnages sur bouts de papier étaient à l'honneur depuis une semaine. Celui-ci pourtant n'était pas signé. « Chéri, disait-il, je suis allée me coucher. J'ai eu une sorte d'aventure œdipienne avec le bébé aujourd'hui. Appelle Ted Heller. »

Elle lui avait laissé un repas froid et lourd dans le réfrigérateur. Il détestait les repas froids et lourds, mais en prendrait un avec joie à la place de la présence de Myriam. Il était troublé et elle ne l'aidait jamais dans ces cas-là, pas avec ses infernales facultés analytiques. Il l'aimait quand la vie s'écoulait paisiblement

— et c'était également dans ces conditions qu'elle l'aimait. Mais Eli sentait parfois que le métier d'avocat l'engloutissait comme du sable mouvant — il ne pouvait reprendre haleine. Il aurait trop souvent voulu plaider pour la partie adverse ; quoique s'il avait été de l'autre côté, il eût voulu être de celui-ci. L'ennui était que, parfois, la loi ne semblait pas être la réponse, la loi semblait être totalement étrangère à ce qui tourmentait tout le monde. Et ceci, bien entendu, lui donnait l'impression d'être idiot et inutile... Bien qu'en l'occurrence ce ne fût pas le cas — les citoyens avaient de quoi intenter un procès. Mais pas *tout à fait*, et si Myriam était là pour voir le trouble d'Eli, elle se mettrait à lui expliquer sa détresse, le comprenant, lui pardonnant, jusqu'à ce qu'elle eût ramené les choses à la normale, car la normale était là où ils s'aimaient. L'inconvénient des efforts de Myriam, était qu'ils ne réussissaient qu'à le troubler davantage ; non seulement ils lui apportaient peu d'éclaircissements sur lui-même ou sur sa situation, mais ils le convainquaient de sa faiblesse, à elle. En fin de compte, ni Eli ni Myriam n'étaient très solides. Il avait par deux fois pris conscience de ce fait, et les deux fois il avait trouvé refuge dans ce que ses voisins appelaient obligeamment « une dépression nerveuse ».

Eli mangea son dîner avec sa serviette auprès de lui. Au milieu du repas, il céda, sortit le dossier de Tzuref et le posa sur la table, près de la note de Myriam. De temps à autre, il feuilletait les papiers qui avaient été apportés en ville par l'homme au chapeau noir. La première note, celle qui avait allumé l'incendie :

A qui cela concerne :

Prière de remettre au porteur les articles suivants : chaussures garçonnets à semelle et talon de caoutchouc.

> *5 paires, pointure 39c*
>
> *3 paires, pointure 38c*
>
> *3 paires, pointure 38b*
>
> *2 paires, pointure 37a*
>
> *3 paires, pointure 37c*
>
> *1 paire, pointure 40b*
>
> *1 paire, pointure 40c*

Total : 18 paires de chaussures garçonnets. Le porteur de la présente est muni d'un chèque déjà signé. Veuillez y faire figurer la somme requise.

L. Tzuref
Directeur de la Yeshivah
de Woodenton, N. Y.
(5/8/48).

— Eli, une vraie bécasse, avait dit Ted Heller. Il n'a pas dit un mot. Il m'a juste tendu le papier et il est resté planté là, comme les vieux types qui allaient dans le Bronx, vendre des bibelots hébreux.

— Une Yeshivah ! avait dit Artie Berg. Eli, une Yeshivah, à Woodenton ! Si je veux vivre à Brownsville [1], Eli, j'irai vivre à Brownsville.

— Eli (c'était Harry Shaw à présent), l'ancienne maison de Puddington ! Le vieux Puddington va s'en

---

1. Quartier de Brooklyn habité par un grand nombre de Juifs traditionalistes (N. d. T.).

retourner dans sa tombe. Eli, quand j'ai quitté la ville, Eli, je ne pensais pas que la ville allait venir à moi.

Note numéro deux :

Monsieur l'Epicier,

Veuillez remettre cinq kilos de sucre au porteur de la présente. Portez la somme due sur notre compte, Yeshivah de Woodenton, N. Y., que nous allons maintenant ouvrir chez vous et dont vous nous enverrez la facture chaque mois. Le porteur viendra vous voir une ou deux fois par semaine.

> L. Tzuref, *Directeur.*
> (5/10/48).

P.S. — Vendez-vous de la viande kasher ?

— Il est passé juste sous ma fenêtre, le *griner*[1], avait dit Ted, et il m'a fait un signe de tête, Eli. C'est mon *ami* maintenant.

— Eli, avait dit Artie Berg, il a tendu le fichu papier à un *employé* du Monoprix — et avec ce chapeau encore !

— Eli (c'était Harry Shaw de nouveau), c'est pas drôle. Un jour, Eli, ce sera une centaine de gosses en *yamalkah* en train de psalmodier leurs leçons d'hébreu dans Coach House Road, et alors ça vous paraîtra pas drôle.

— Eli, qu'est-ce qui se passe là-bas ? Mes enfants entendent des bruits bizarres.

— Eli, ceci est une communauté moderne.

— Eli, nous payons des impôts.

1. Emigré récent (N. d. T.).

— Eli.

— Eli !

— *Eli !*

D'abord ce ne fut qu'un congénère de plus criant à son oreille ; mais en se retournant, il vit Myriam, sur le seuil de la porte, ventre en poupe.

— Eli, mon chéri, comment ça s'est passé ?

— Il a dit non.

— Tu as vu l'autre ? demanda-t-elle.

— Il dormait, sous un arbre.

— Tu lui as dit ce que les gens en pensaient ?

— Il dormait.

— Pourquoi ne l'as-tu pas réveillé ? Eli, ceci n'est pas une affaire courante.

— Il était fatigué !

— Ne crie pas, s'il te plaît, dit Myriam.

« Ne crie pas. Je suis enceinte. Le bébé est lourd. » Eli sentit l'irritation monter en lui, non pas contre ce qu'elle avait dit, mais contre ce qu'elle allait dire.

— C'est un bébé très lourd, a dit le médecin.

— Alors, assieds-toi et prépare mon dîner.

Puis il s'aperçut qu'il était furieux qu'elle n'ait pas été là pour son dîner, alors qu'un moment plus tôt, il s'était senti soulagé qu'elle fût absente. C'était comme s'il avait un nerf à vif en guise de queue et qu'il ne cessait de la piétiner. Myriam finit par marcher dessus aussi.

— Eli, tu es tourmenté. Je comprends.

— *Non,* tu ne comprends pas.

Elle quitta la pièce. Dans l'escalier, elle lança :

— Si, chéri.

C'était un piège ! Il s'irriterait si elle se montrait

« compréhensive ». Elle se montrerait encore plus compréhensive en voyant son irritation. Il s'irriterait alors davantage... Le téléphone sonna.

— Allô, dit Eli.

— Eli ? Ted. Alors ?

— Alors, rien.

— Qui est Tzuref ? C'est un Américain ?

— Non. Un réfugié allemand.

— Et les gosses ?

— Des réfugiés aussi. Il leur donne des cours.

— De quoi ? Quelles matières ? demanda Ted.

— Je ne sais pas.

— Et le type au chapeau, tu l'as vu ?

— Oui. Il dormait.

— Eli, il dort avec le chapeau ?

— Il dort avec le chapeau.

— Sacrés fanatiques, dit Ted. On est au XXe siècle, Eli. Maintenant, c'est le type au chapeau. Bientôt, ce seront tous les petits élèves de la Yeshivah qui envahiront la ville.

— Puis ils courront après nos filles.

— Michèle et Debbie ne les regardaient même pas.

— Eh bien, marmonna Eli, tu n'as rien à craindre, Teddie, — et il raccrocha.

Quelques instants plus tard, le téléphone sonna.

— Eli ? On nous a coupés. Nous n'avons rien à craindre ? Tu as arrangé l'affaire ?

— Je dois le revoir demain. On pourra peut-être arranger quelque chose.

— C'est bien, Eli. Je vais téléphoner à Artie et à Harry.

Eli raccrocha.

— J'ai cru que tu avais dit que *rien* n'avait été arrangé.

C'était Myriam.

— C'est vrai.

— Alors pourquoi as-tu dit à Ted que *quelque chose* était arrangé ?

— C'est vrai.

— Eli, tu devrais peut-être te faire un peu soigner.

— Myriam, ça suffit là-dessus.

— Tu ne peux pas exercer ton métier si tu es névrosé. Ça n'est pas une réponse.

— Tu es très brillante, Myriam.

Elle fit demi-tour, sourcils froncés, et emmena son gros bébé au lit.

Le téléphone sonna.

— Eli, Artie. Ted m'a appelé. Tu l'as arrangée ? Pas d'histoires ?

— Oui.

— Quand s'en vont-ils ?

— Laisse-moi faire, veux-tu, Artie ? Je suis fatigué. Je vais me coucher.

Au lit, Eli embrassa le ventre de sa femme et y posa la tête pour réfléchir. Il la posa légèrement, car elle entrait ce jour-là dans la seconde semaine de son neuvième mois. Lorsqu'elle dormait, c'était vraiment un bon endroit pour se reposer, monter et descendre au rythme de sa respiration, tout en mettant les choses au point.

— Si seulement ce type voulait enlever son stupide chapeau. Je sais bien ce qui les ronge. S'il avait enlevé ce stupide chapeau, il n'y aurait jamais eu d'histoire.

— Quoi ? dit Myriam.

— Je parle au bébé.

Myriam se redressa.

— Eli, je t'en prie, tu ne pourrais pas faire un saut chez le docteur Eckman, juste pour un petit bout de conversation ?

— Je vais très bien.

— Oh, mon chéri ! dit-elle en posant sa tête sur l'oreiller.

— Tu sais ce que ta mère a apporté à ce mariage : un fauteuil à bascule et le Nouveau Dada pour Sigmund Freud.

Myriam fit semblant de dormir, il le voyait à sa respiration.

— Je raconte la vérité au bébé, n'est-ce pas, Myriam ? Un fauteuil à bascule, un abonnement de trois mois au *New Yorker,* et une *Introduction à la Psychanalyse.* N'est-ce pas vrai ?

— Eli, as-tu besoin d'être agressif ?

— Tout ce dont tu t'occupes, c'est de tes entrailles. Tu restes toute la journée devant la glace à te regarder être enceinte.

— Les femmes enceintes ont des relations avec le fœtus que les pères ne peuvent pas comprendre.

— Relations mon cul. Que fait mon foie en ce moment ? Que fait mon intestin grêle. Mon îlot de Langherans va-t-il défaillir ?

— Ne sois pas jaloux d'un petit fœtus, Eli.

— Je suis jaloux de ton îlot de Langherans !

— Eli, je ne peux pas discuter avec toi quand je sais que ce n'est pas réellement contre moi que tu es irrité.

Tu ne vois donc pas, mon chéri, que tu es irrité contre toi-même ?

— Toi et Eckman.

— Il pourrait peut-être t'aider, Eli.

— Il pourrait peut-être t'aider, toi. Vous êtes pratiquement amants.

— Tu es agressif de nouveau, dit Myriam.

— Qu'est-ce que ça peut te faire ; ce n'est qu'envers *moi* que je suis agressif.

— Eli, nous allons avoir un bébé magnifique, et j'aurai un accouchement très facile ; tu feras un bon père, et il n'y a aucune raison d'être obsédé par quoi que ce soit. La seule chose qui doit nous préoccuper... — elle lui sourit — ... c'est de trouver un nom.

Eli sortit du lit et glissa dans ses pantoufles.

— Nous appellerons le bébé Eckman si c'est un garçon, et Eckman si c'est une fille.

— Eckman Peck, ça fait horrible.

— Il faudra qu'il s'en accommode, dit Eli et il descendit dans son bureau où la fermeture de sa serviette miroitait au clair de lune qui filtrait par la fenêtre.

Il sortit les lettres de Tzuref et les relut toutes. Cela l'irritait profondément de penser à toutes les raisons brillamment superficielles que sa femme donnait du fait qu'il lisait et relisait les notes. « Eli, pourquoi te fais-tu tant de souci à propos de Tzuref ? » « Eli, cesse de te sentir concerné. Pourquoi penses-tu te sentir concerné, Eli ? » Tôt ou tard, chaque femme trouve toujours le point faible de son mari. C'était bien sa veine d'être névrosé ! Pourquoi n'était-il pas plutôt né boiteux ?

Il enleva le couvercle de sa machine à écrire, détestant Myriam pour sa marotte. Durant tout le temps où il tapa la lettre, il crut entendre ce qu'elle dirait sur son incapacité à *laisser tomber* l'affaire. Eh bien, le malheur avec elle, c'est qu'elle était incapable de *faire face* à l'affaire. Mais il entendait déjà sa réponse : il était manifestement sujet à « une attitude réactionnelle ». D'ailleurs, les expressions alambiquées ne trompaient pas Eli : tout ce qu'elle désirait réellement était qu'Eli envoyât promener Tzuref et compagnie, afin que le calme revînt dans leur bonheur conjugal. Tout ce qu'elle désirait, c'était l'ordre et l'amour dans son univers personnel. Avait-elle tort ? Que le monde s'esquinte la cervelle — et que la paix règne à Woodenton. Il écrivit pourtant la lettre suivante :

> *Cher Monsieur Tzuref,*
>
> *Notre rencontre de ce soir, me semble-t-il, n'a rien résolu. Je ne pense pas qu'il y ait de raison suffisante pour que nous n'aboutissions pas à quelque compromis susceptible de satisfaire à la fois la communauté juive de Woodenton, la Yeshivah et vous-même. Il me semble que ce qui gêne le plus mes voisins sont les visites en ville du monsieur en chapeau noir, costume noir, etc. Woodenton est une commune progressiste dont les membres, juifs et non juifs, désirent que leur famille vive dans le confort, l'harmonie et la sérénité. Après tout, nous sommes au XXe siècle, et nous ne pensons pas qu'il soit trop exiger que de demander aux membres de notre communauté de se vêtir d'une façon adéquate au lieu et à l'époque.*
>
> *Comme vous l'ignorez peut-être, Woodenton a été pendant*

longtemps un centre de protestants aisés. Ce n'est que depuis la guerre que les juifs ont la possibilité d'acheter des biens ici et d'y vivre en bonne amitié avec les chrétiens. Pour permettre cet ajustement, juifs et chrétiens ont également dû renoncer à certaines de leurs pratiques les plus extrêmes afin de ne pas se choquer ni s'offenser mutuellement. Une telle entente est certainement souhaitable. Si de telles conditions avaient existé dans l'Europe d'avant-guerre, la persécution des juifs, dont vous et les dix-huit enfants avez été victimes, n'aurait peut-être pas pu être menée avec un tel succès — n'aurait peut-être même pas été menée du tout.

Par conséquent, Monsieur Tzuref, voulez-vous accepter les propositions suivantes ? Si vous acceptez, nous jugerons inutile d'entamer des poursuites judiciaires contre la Yeshivah pour avoir contrevenu aux décrets n° 18 et n° 23 sur le zonage communal. Les conditions sont simplement les suivantes :

1. Les activités religieuses, éducatives et sociales de la Yeshivah de Woodenton se limiteront à l'enceinte de sa propriété.

2. Le personnel de la Yeshivah sera le bienvenu dans les rues et les magasins de Woodenton, à condition qu'il porte des vêtements appropriés à la vie américaine du XXᵉ siècle.

Si ces conditions sont respectées, nous ne voyons aucune raison pour laquelle la Yeshivah de Woodenton ne pourrait vivre en paix et en toute satisfaction avec les juifs de Woodenton — comme les juifs de Woodenton en sont venus à cohabiter avec les chrétiens de Woodenton. Je vous serais reconnaissant de me répondre par retour du courrier.

Recevez, Monsieur, mes salutations distinguées.

Eli Peck, *Avocat.*

Deux jours plus tard, Eli recevait sa réponse :

Monsieur Peck,

Le costume porté par le monsieur en question est le seul qu'il possède.

Recevez...

Léo Tzuref, *Directeur.*

De nouveau, lorsque Eli contourna l'obscurité des arbres et avança sur la pelouse, les enfants s'enfuirent. Il tendit sa serviette comme pour les arrêter, mais ils disparurent si rapidement que tout ce qu'il vit bouger fut une masse de calottes.

— Venez, venez... — une voix appelait de la véranda. Tzuref parut de derrière un pilier. *Vivait*-il derrière ces piliers ? Ne faisait-il que surveiller les enfants en train de jouer ? Quoi qu'il en soit, lorsque Eli parut, Tzuref était prêt, sans avoir été prévenu.

— Bonjour, dit Eli.

— Shalom.

— Je ne voulais pas les effrayer.

— Ils ont peur alors ils s'enfuient.

— Je n'ai rien fait.

Tzuref haussa les épaules. Le léger mouvement acquit, pour Eli, la puissance d'une accusation. Ce qu'il ne trouvait pas chez lui, il le rencontrait ici.

Dans la maison, ils prirent chacun un siège. Bien qu'il fît plus clair que l'autre soir, une lampe ou deux n'auraient pas été superflues. Eli dut tenir sa serviette face à la fenêtre pour recueillir les derniers rayons du jour. Il retira la lettre de Tzuref d'une chemise. Tzuref retira la lettre d'Eli d'une poche de pantalon. Eli sortit

le double de sa propre lettre d'une autre chemise.
Tzuref sortit la première lettre d'Eli d'une poche de
derrière. Eli en sortit le double de sa serviette. Tzuref
leva ses paumes.

— ... C'est tout ce que j'ai...

Ces paumes levées, ce ton moqueur... nouvelle
accusation. C'était un crime de garder des doubles !
Tout le monde avait une dent contre lui... Eli ne
pouvait rien faire.

— J'ai offert un compromis, monsieur Tzuref. Vous
avez refusé.

— Refusé, monsieur Peck ? Ce qui est, est.

— Il pourrait se procurer un autre costume.

— C'est tout ce qu'il a.

— Vous me l'avez dit, dit Eli.

— Je vous l'ai dit, alors vous le savez.

— Ce n'est pas un obstacle insurmontable, monsieur Tzuref. Nous avons des magasins.

— Pour ça aussi ?

— Sur la route 12, un Robert Hall...

— Pour lui enlever la seule chose qu'il possède ?

— Pas pour la lui enlever, pour la *remplacer*.

— Mais je vous dis qu'il n'a rien. *Rien.* Vous avez ce
mot, en anglais ? *Nicht ? Gornisht ?*

— Oui, monsieur Tzuref, nous avons ce mot.

— Une mère et un père ? dit Tzuref. Non. Une
femme ? Non. Un bébé ? Un petit bébé de dix mois ?
Non ! Un village rempli d'amis ? Une synagogue dont
vous connaissiez chaque siège ? Où vous pouviez
repérer l'odeur de la torah les yeux fermés ?

Tzuref repoussa sa chaise, soulevant une brise qui fit
s'envoler la lettre d'Eli. A la fenêtre, il se pencha et

regarda, au-delà de Woodenton. Lorsqu'il se retourna, il agitait un doigt vers Eli :

— En outre, il leur a servi de cobaye ! Il ne reste rien, monsieur Peck. Absolument rien !

— Je n'ai pas compris.

— Aucune nouvelle n'a atteint Woodenton ?

— Au sujet du costume, monsieur Tzuref. Je croyais qu'il ne pouvait pas s'en offrir un autre.

— En effet.

Ils en étaient revenus à leur point de départ.

— Monsieur Tzuref, implora Eli. *C'est ça ?*

Il fit claquer sa main sur son veston, à l'endroit du portefeuille.

— Parfaitement ! dit Tzuref en se frappant lui aussi la poitrine.

— Eh bien, nous lui en achèterons un !

Eli se dirigea vers la fenêtre et, prenant Tzuref par les épaules, prononça chaque mot en détachant les syllabes :

— Nous-le-paie-rons. D'accord ?

— Le payer ? Quoi, des diamants !

Eli porta la main vers une de ses poches intérieures, puis la laissa retomber. Quelle stupidité ! Tzuref, père de dix-huit enfants, n'avait pas frappé ce qui se trouvait à l'intérieur de son veston, mais ce qui gisait plus profondément, sous les côtes.

— Oh... dit Eli. — Il s'éloigna, longeant le mur. — Alors, le costume est tout ce qu'il possède.

— Vous avez lu ma lettre, dit Tzuref.

Eli resta dans l'ombre, et Tzuref retourna à sa place. Il ramassa la lettre d'Eli et la tint en l'air.

— Vous en dites trop... tous ces raisonnements... toutes ces conditions...

— Que puis-je faire ?

— Vous avez le mot « souffrir » en anglais ?

— Oui, et le mot « loi » aussi.

— Laissez-moi tranquille avec votre loi ! Vous avez le mot souffrir. Servez-vous-en. C'est peu de chose.

— Ils ne voudront pas, dit Eli.

— Et vous, monsieur Peck, et vous ?

— Je les représente, monsieur Tzuref ; eux et moi c'est tout un.

— Aach ! Vous et nous, c'est tout un !

Eli remua la tête. Dans l'obscurité, il eut soudain l'impression que Tzuref pourrait lui jeter un charme.

— Monsieur Tzuref, vous voulez donner un peu de lumière ?

Tzuref alluma ce qui restait de suif dans les chandeliers. Eli n'osa pas demander s'ils ne pouvaient pas s'offrir l'électricité. Il ne leur restait peut-être que des bougies.

— Monsieur Peck, puis-je vous demander qui a fait des lois ?

— Les hommes.

— Non.

— Si.

— Avant les hommes.

— Personne. Avant les hommes, il n'y avait pas de loi.

Eli se souciait peu de la conversation, mais par la seule vertu des bougies, il se sentait doucement attirer vers elle.

— Faux, dit Tzuref.

— C'est nous qui faisons les lois, monsieur Tzuref. C'est notre communauté. Ce sont mes voisins. Je suis leur avocat. Ils me paient. Sans lois, ce serait le chaos.

— Ce que vous appelez la loi, j'appelle ça une honte. Le cœur, monsieur Peck, c'est le cœur qui doit faire la loi ! Dieu ! déclara-t-il.

— Ecoutez, monsieur Tzuref, je ne suis pas venu ici pour parler métaphysique. Les hommes se servent de la loi, c'est une chose flexible. Ils protègent ce à quoi ils attachent de la valeur : leurs biens, leur confort, leur bonheur...

— Leur bonheur ? Ils cachent leur honte. Et vous, monsieur Peck, vous n'avez pas honte ?

— Nous le faisons, dit Eli avec lassitude, pour nos enfants. Nous sommes au XXe siècle...

— Pour les goyim peut-être. Pour moi, au LVIIIe. — Il tendit un doigt vers Eli. — Ça fait trop longtemps, pour commencer à avoir honte.

Eli se sentit écrasé. Tout le monde avait de mauvaises raisons pour justifier ses actes. Tout le monde ! Avec des raisons si bon marché, qui peut acheter des ampoules électriques ?

— Assez de sagesse, monsieur Tzuref. Je vous en prie. Je suis épuisé.

— Qui ne l'est pas ? dit Tzuref.

Il prit les papiers d'Eli sur la table et les lui tendit.

— Que voulez-vous que nous fassions ?

— Ce que vous devez faire, dit Eli. Je vous ai offert les conditions.

— Ainsi, il doit renoncer à son costume ?

— Tzuref, laissez-moi tranquille avec ce costume ! Je ne suis pas le seul avocat au monde. J'abandonnerai l'affaire et vous tomberez sur quelqu'un qui ne parlera pas de compromis. A ce moment-là, vous n'aurez plus ni maison ni enfants, rien. Seulement un sale costume noir! Le sacrifice, c'est tout ce que vous cherchez. Je sais ce que je ferais.

Tzuref ne répondit pas, mais tendit ses papiers à Eli.

— Ce n'est pas moi, monsieur Tzuref, ce sont eux.

— Eux et vous, c'est tout un.

— Non, entonna Eli. Je suis moi. Ils sont eux. Vous êtes vous.

— Vous parlez de branches et de feuilles. Je m'occupe de ce qui se cache derrière la poussière.

— Monsieur Tzuref, vous me rendez fou avec votre sagesse talmudique. Ceci est cela, cela est autre chose. Donnez-moi une réponse directe.

— Uniquement à des questions directes.

— Oh, mon Dieu!

Eli retourna à sa place et remit ses papiers dans sa serviette.

— Eh bien, c'est tout, dit-il en colère.

Tzuref haussa les épaules.

— Souvenez-vous, Tzuref, vous l'aurez voulu.

— Moi?

Eli refusa de jouer à nouveau les victimes. Les mots à double sens ne prouvaient rien.

— Au revoir, dit-il.

Mais, au moment où il ouvrait la porte, il entendit Tzuref.

— Et votre femme, comment va-t-elle?

— Bien, très bien.

Eli ne s'arrêta pas.

— Pour quand est le bébé, bientôt?

Eli se retourna.

— Oui, d'un jour à l'autre.

— Eh bien, dit Tzuref en se levant, bonne chance.

— Vous savez ?

Tzuref montra la fenêtre — puis d'un geste des mains il traça une barbe, un chapeau, un manteau long, très long. Lorsque ses doigts formèrent l'ourlet, ils touchèrent le sol.

— Il fait les courses deux, trois fois par semaine ; il commence à les connaître.

— Il leur parle ?

— Il les voit.

— Et il peut dire qui est ma femme ?

— Ils sont clients dans les mêmes magasins. Il dit qu'elle est très belle. Elle a un visage doux. Une femme capable d'amour... pourtant, comment en être sûr ?

— Il vous parle de nous, à vous ? demanda Eli.

— Vous lui parlez de nous, à elle ?

— Au revoir, monsieur Tzuref.

Tzuref répondit :

— Shalom. Et bonne chance — je sais ce que c'est d'avoir des enfants. Shalom.

Tzuref dit cela dans un murmure, et les bougies s'éteignirent avec le murmure. Mais, juste avant, les flammes sautèrent aux yeux de Tzuref et Eli vit que ce n'était pas du tout de la chance que Tzuref lui souhaitait.

Dehors, Eli attendit. Sur la pelouse, les enfants faisaient une ronde en se tenant par la main. Il resta immobile. Mais il ne pouvait pas rester caché dans l'ombre toute la nuit. Il se glissa lentement le long de la façade. Sous ses mains, il sentait les creux où les

briques manquaient. Il avança dans l'obscurité jusqu'à ce qu'il eût atteint le côté de la maison. Serrant
alors la serviette contre sa poitrine, il fonça à travers
les coins les plus obscurs de la pelouse. Il visait une
clairière lointaine, puis, une fois là, il ne s'arrêta pas,
mais se mit à courir jusqu'à en avoir le vertige et que
les arbres semblassent courir à ses côtés, fuyant en sens
inverse. Ses poumons étaient prêts à éclater lorsqu'il
déboucha dans la lumière jaune de la Gulf Station, à
l'entrée de la ville.

— Eli, j'ai eu des douleurs aujourd'hui. Où étais-
tu ?

— Je suis allé voir Tzuref.

— Pourquoi n'as-tu pas téléphoné ? J'étais inquiète.

Il fit voler son chapeau au-dessus du divan.

— Où sont mes vêtements d'hiver ?

— Dans le placard du couloir. Eli, nous sommes en
mai.

— J'ai besoin d'un costume épais.

Il quitta la pièce, suivi de Myriam.

— Eli, parle-moi. Assieds-toi. Mange. Eli, qu'est-ce
que tu fais ? Tu vas répandre des boules antimites sur
le tapis.

Il sortit la tête du placard pour la regarder. Puis il
s'y replongea ; il y eut un bruit de fermeture éclair et la
brusque apparition d'un costume vert.

— Eli, je t'aime beaucoup dans ce costume. Mais
pas en ce moment. Mange quelque chose. Je t'ai
préparé à dîner... je vais le faire réchauffer.

— Tu as une boîte assez grande pour contenir ce
costume ?

— On m'en a donné une chez Bonwit l'autre jour. Eli, pour quoi faire?

— Myriam, tu vois que je fais quelque chose, laisse-moi le faire tranquillement.

— Tu n'as pas mangé.

— Je suis en train de faire quelque chose.

Il se mit à monter l'escalier menant à la chambre à coucher.

— Eli, s'il te plaît, voudrais-tu me dire ce que tu veux et pour quoi?

Il se retourna et la regarda.

— Et si, pour une fois, tu me donnais les raisons *avant* que je te dise ce que je fais. Ça reviendrait probablement au même, de toute façon.

— Eli, je voudrais t'aider.

— Cela ne te regarde pas.

— Mais je veux t'aider, dit Myriam.

— Alors, reste tranquille, tout simplement.

— Mais tu es dans tous tes états, dit-elle, et elle le suivit dans les escaliers, avançant lourdement, soufflant très fort, pour deux.

— Eli, qu'est-ce que tu cherches encore?

— Une chemise.

Il ouvrit en grand tous les tiroirs de leur nouvelle commode en chêne. Il en sortit une chemise.

— Eli, de la batiste? Avec un costume en tweed? s'enquit-elle.

Il était près du placard à présent, à genoux.

— Où sont mes chaussures en cuir de Cordoue?

— Eli, pourquoi fais-tu ça avec tant de précipitation? On dirait qu'il *faut* que tu fasses quelque chose.

— Oh, Myriam, tu es supersubtile.

— Eli, arrête et parle-moi. Arrête, ou j'appelle le docteur Eckman.

Eli retirait d'un coup sec les chaussures qu'il avait aux pieds.

— Où est la boîte de chez Bonwit ?

— Eli, tu veux que j'accouche *à l'instant !*

Eli alla s'asseoir sur le lit. Il avait sur lui non seulement ses propres vêtements, mais aussi le costume en tweed vert, la chemise de batiste, et sous chaque bras, une chaussure. Il leva les bras et laissa tomber les chaussures sur le lit. Puis il défit sa cravate avec une main et ses dents et l'ajouta au lot.

— Des sous-vêtements, dit-il. Il en aura besoin.

— Qui ?

Il enlevait ses chaussettes.

Myriam s'agenouilla et l'aida à sortir de sa chaussette gauche. Elle s'assit par terre, la chaussette à la main.

— Eli, allonge-toi, je t'en prie.

— Plazza 9-3103.

— Quoi ?

— Le numéro d'Eckman, dit-il. Ça t'évitera des ennuis.

— Eli...

— Myriam, tu as dans les yeux ce fichu regard tendre à la « tu as besoin d'aide », ne me dis pas le contraire.

— Je ne dis pas le contraire.

— Je ne perds pas les pédales, dit Eli.

— Je sais, Eli.

— La dernière fois, je me suis installé dans le placard à mâcher mes pantoufles.

— Je sais.

— Je n'en suis pas là. Ce n'est pas une dépression nerveuse, Myriam, sache-le.

— D'accord, dit Myriam.

Elle embrassa le pied qu'elle tenait à la main. Puis, doucement, elle demanda :

— Alors, qu'est-ce que tu fais ?

— Je prends des vêtements pour le type au chapeau. Ne me dis pas pourquoi, Myriam. Laisse-moi le faire.

— C'est tout ? demanda-t-elle.

— C'est tout.

— Tu ne me quittes pas ?

— Non.

— Parfois, j'ai l'impression que tu en as assez et que tu vas t'en aller.

— Assez de quoi ?

— Je ne sais pas, Eli. Assez de quelque chose. A chaque fois qu'une période de calme dure un certain temps et que tout va bien, que nous pensons être encore plus heureux. Comme maintenant. On dirait que tu crois que nous ne *méritons* pas d'être heureux.

— Bon Dieu, Myriam ! Je donne à ce type un nouveau costume, ça va ? Dorénavant, il viendra à Woodenton habillé comme tout le monde, ça va ?

— Et Tzuref déménage ?

— Je ne sais même pas s'il prendra le costume, Myriam ! Pourquoi parles-tu de déménagement ?

— Eli, ce n'est pas seulement moi qui en parle. Tout le monde. C'est ce que tout le monde veut. Pourquoi rendre tout le monde malheureux ? C'est même une loi, Eli.

— Ne me dis pas ce qu'est la loi.

— D'accord, chéri. Je vais chercher la boîte.

— C'est moi qui vais la chercher. Où est-elle ?

— Au sous-sol.

Lorsqu'il remonta, il trouva les vêtements soigneusement pliés et rangés dans un coin du divan : chemise, cravate, chaussures, chaussettes, sous-vêtements, ceinture et un vieux costume de flanelle grise. Sa femme était assise à l'autre bout du divan, telle une montgolfière amarrée.

— Où est le costume vert ? dit-il.

— Eli, c'est ton plus beau costume. Celui que je préfère. A chaque fois que je pense à toi, Eli, c'est dans ce costume.

— Sors-le.

— Eli, c'est un costume de Brooks Brothers. Tu dis toi-même que tu l'aimes beaucoup.

— Sors-le.

— Mais celui-ci en flanelle est plus pratique. Pour faire les courses.

— Sors-le.

— Tu exagères, Eli. C'est ça qui ne va pas chez toi. Tu ne fais rien avec modération. C'est comme ça que les gens se détruisent.

— Je fais *tout* avec modération. C'est ça qui ne va pas. Tu as remis le costume dans le placard ?

Elle fit signe que oui et commença à se remplir de larmes.

— Pourquoi *ton* costume ? Qui es-tu pour même décider de donner un costume ? Et les autres ? — Elle pleurait ouvertement, en se tenant le ventre. — Eli, je vais avoir un bébé, avons-nous besoin de tout *ça ?* — et elle jeta le paquet de vêtements par terre.

Eli sortit le costume vert du placard.

— C'est un J. Press, dit-il en jetant un coup d'œil à la doublure.

— J'espère qu'il sera heureux avec... en enfer ! dit Myriam en sanglotant.

Une demi-heure plus tard, le paquet était fait. La ficelle qu'il avait trouvée dans le placard de la cuisine ne pouvait empêcher les vêtements de déborder de la boîte. C'est qu'il y en avait trop : le costume gris *et* le costume vert, une chemise en toile en plus de celle en batiste. Qu'il ait deux costumes ! Qu'il en ait trois, quatre, si seulement cette fichue histoire idiote pouvait se terminer ! Et un chapeau... naturellement ! Mon Dieu, il avait failli oublier le chapeau. Il monta l'escalier quatre à quatre et, dans le placard de Myriam, tira un carton à chapeaux de la planche du haut. Eparpillant chapeaux et papiers de soie, il redescendit ajouter au paquet le chapeau qu'il avait porté ce jour-là. Puis il regarda sa femme, étendue par terre devant la cheminée. Pour la troisième fois en quelques minutes, elle répétait :

— Eli, ça vient.

— Où ?

— Sous la tête du bébé, comme si quelqu'un pressait des oranges.

A présent qu'il s'était arrêté pour écouter, il resta stupéfait. Il dit :

— Mais il te reste encore deux semaines...

Sans trop savoir pourquoi, il s'attendait en fait à ce que cela durât non pas deux semaines, mais encore

neuf mois. Cela lui fit soudain soupçonner que sa
femme feignait la douleur afin de le détourner de la
livraison du costume. Et aussitôt, il s'en voulut d'avoir
une telle pensée. Dieu, qu'était-il devenu ! Il s'était
comporté en salaud envers elle depuis le début de cette
affaire Tzuref... juste au moment où sa grossesse devait
être à son point le plus pénible. Il ne lui avait permis
aucun contact avec lui-même, mais pourtant, il en
était sûr, pour de bonnes raisons : elle aurait pu le
tenter de sortir de sa confusion avec ses réponses
faciles. On pouvait parfaitement le tenter, c'est pourquoi il se débattait avec tant d'énergie. Mais une
vague de tendresse l'envahit à la pensée de son ventre
contracté et de son enfant. Pourtant, il ne voulut pas la
lui dévoiler. Dans de telles conditions maritales, qui
sait si elle ne saurait pas lui arracher quelque promesse
au sujet de l'école sur la colline.

Ayant fait son second paquet de la soirée, Eli
emmena sa femme à l'hôpital de Woodenton. Là, elle
se mit en devoir, non pas d'avoir son bébé, mais de se
faire presser heure après heure, toute la nuit, d'abord
des oranges, puis des boules, puis des ballons de basket
dans le bassin. Eli resta dans la salle d'attente, sous la
lumière aveuglante d'une douzaine de tubes fluores-
cents, à composer une lettre pour Tzuref.

Cher Monsieur Tzuref,

*Les vêtements qui sont dans cette boîte sont pour le monsieur
au chapeau. Dans une vie de sacrifices, que signifie un de plus ?
Mais dans une vie de non-sacrifices, même un seul est
impossible. Comprenez-vous ce que je veux dire, Monsieur*

Tzuref ? Je ne suis pas un nazi qui veut dépouiller de leur foyer dix-huit enfants, probablement effrayés à la simple vue d'un feu follet. Mais si vous désirez vivre dans cette ville, vous devez accepter ce que nous vous offrons. Le monde est ce qu'il est, Monsieur Tzuref. Comme vous dites, ce qui est, est. Tout ce que nous demandons à cet homme, c'est de changer ses vêtements. Vous trouverez dans ce paquet deux costumes et deux chemises, et tout le nécessaire, y compris un nouveau chapeau. Quand il aura besoin de nouveaux vêtements, prévenez-moi. Nous souhaitons sa venue à Woodenton, comme nous souhaitons entretenir des relations amicales avec la Yeshivah.

Il signa de son nom et glissa le papier sous l'un des bords ouverts de la boîte. Puis il se dirigea vers le téléphone, à l'autre bout de la pièce et composa le numéro de Ted Heller.

— Allô.

— Shirley, c'est Eli.

— Eli, nous avons téléphoné toute la nuit. Les lumières sont allumées chez vous, mais personne ne répond. Nous avons pensé qu'il y avait des voleurs.

— Myriam est en train d'accoucher.

— A la maison ? dit Shirley. Oh, Eli, quelle idée bizarre !

— Shirley, passez-moi Ted.

Après le choc dans son oreille de l'appareil tombant par terre, Eli entendit des pas, une respiration, un raclement de gorge, puis Ted.

— Un garçon ou une fille ?

— Rien encore.

— Eli, tu as mis la puce à l'oreille de Shirley. Maintenant, nous aurons notre prochain à la maison.

— Bien.

— C'est une excellente manière de réunir la famille.

— Ecoute, Ted, j'ai arrangé l'affaire avec Tzuref.

— Quand s'en vont-ils ?

— Ils ne s'en vont pas exactement, Teddie. J'ai arrangé ça... on ne verra même pas qu'ils sont là.

— Un type habillé comme en l'an 1000 avant Jésus-Christ et je ne m'en apercevrai pas ? A quoi penses-tu, vieux ?

— Il va changer de vêtements.

— Ah, contre quoi ? Un autre costume de deuil ?

— Tzuref me l'a promis, Ted. La prochaine fois qu'il viendra en ville, il sera vêtu comme toi et moi.

— Quoi ! Il y a quelqu'un qui se moque de quelqu'un, Eli.

La voix d'Eli monta en flèche.

— S'il dit qu'il le fera, il le fera.

— Et il l'a dit ? demanda Ted.

— Oui.

Cette invention lui coûta une brusque migraine.

— Et s'il ne se change pas, Eli ? C'est possible. Ça pourrait être tout simplement une fausse manœuvre ou quelque chose dans ce genre-là.

— Non, lui assura Eli.

La voix resta un instant muette à l'autre bout du fil.

— Ecoute, Eli, finit par dire Ted, il se change. D'accord ? Mais ils sont toujours là-haut, non ? Ça, ça ne change pas.

— Oui, mais tu ne t'en apercevras pas.

Patient, Ted dit :

— Est-ce ce que nous t'avons demandé, Eli ? Lorsque nous t'avons accordé notre confiance, est-ce ce que

nous attendions de toi ? Cela nous était bien égal que
ce type devienne un beau Brummel, Eli, crois-moi.
Nous pensons tout simplement que ceci n'est pas une
communauté pour eux. Et nous, ça n'est pas moi. Les
Juifs de la communauté nous ont délégués, Artie,
Harry et moi, pour voir ce qu'on pouvait faire. Et nous
t'avons délégué. Et qu'est-il arrivé ?

Eli s'entendit dire :

— Il est arrivé ce qui est arrivé.

— Eli, tu parles par mots croisés.

— Ma femme est en train d'accoucher, expliqua
Eli, sur la défensive.

— Je le sais. Mais ceci est une affaire de zonage,
n'est-ce pas ? N'est-ce pas ce que nous avons découvert ? Si tu ne te conformes pas à la loi, tu t'en vas.
C'est-à-dire, par exemple, on ne peut pas élever des
moutons dans son jardin...

— Ça n'est pas si simple, Ted. Il y a des gens
concernés...

— Des gens ? Eli, nous sommes passés par bien des
choses. Nous n'avons pas seulement affaire à des
gens... ceux-ci sont des fanatiques. A s'habiller comme
ça. Ce que j'aimerais réellement savoir, c'est ce qui se
passe là-haut. Je deviens de plus en plus sceptique. Je
n'ai pas peur de l'avouer. Ça m'a tout l'air d'être tout
un hocus-pocus abracadabrant. Des types comme
Harry, tu sais, ils pensent et ils pensent et ils ont peur
d'avouer ce qu'ils pensent. Je vais te dire. Ecoute, je
n'y connais même rien à cette histoire d'école du
dimanche. Le dimanche, j'emmène mon aînée à Scarsdale pour qu'elle y apprenne les histoires de la Bible...
et tu sais ce qu'elle raconte ? Cet Abraham dans la

Bible allait tuer son *propre* enfant en sacrifice. Elle en a
des cauchemars, nom de Dieu ! Tu appelles ça de la
religion ? Aujourd'hui, un type comme ça, on l'enfer-
merait. Notre époque est scientifique, Eli. Enfin quoi,
je mesure les pieds des gens avec des rayons X ! On a
désapprouvé tout ça, Eli, et je refuse d'assister sans
broncher à ce spectacle se déroulant devant ma porte.

— Il ne se passe rien devant ta porte, Teddie. Tu
exagères, personne ne sacrifie son enfant.

— Tu as diablement raison, Eli... je ne sacrifie pas
le mien. Tu verras ce que c'est quand tu en auras un.
Toute la baraque n'est qu'un refuge pour gens incapables d'affronter la vie. C'est une question de *besoins*. Ils
ont toutes ces superstitions, et tu sais pourquoi ? Parce
qu'ils sont incapables d'affronter le monde, parce
qu'ils ne peuvent trouver leur place dans la société. Ce
n'est pas un milieu pour élever des enfants, Eli.

— Ecoute, Ted, considère le problème sous un
autre angle. Nous ne pouvons pas les convertir, dit Eli
à contrecœur.

— Quoi, en faire un tas de catholiques ? Ecoute, Eli,
mon vieux, la bonne entente règne dans cette ville
parce qu'il s'agit de juifs modernes et de protestants.
C'est ça l'important, n'est-ce pas, Eli ? Inutile de nous
jouer la comédie, je ne suis pas Harry. Nous nous
comportons convenablement, en êtres humains. Il n'y
aura pas de pogrom à Woodenton. D'accord ? Parce
qu'il n'y a pas de fanatiques, pas de fous... — Eli fit la
grimace et ferma les yeux une seconde... — rien que
des gens qui se respectent et se fichent la paix. Le bon
sens fait loi, Eli. Je suis pour le bon sens. La
modération.

— Très juste, très juste, Ted. Je suis d'accord, mais dans ce cas, le bon sens veut peut-être que ce type change de vêtements. Alors peut-être...

— Le bon sens? A moi, le bon sens me dit qu'ils doivent partir et trouver un autre endroit où s'installer. New York est la plus grande ville du monde, elle n'est qu'à quarante-cinq kilomètres... pourquoi n'y vont-ils pas?

— Ted, donne-leur une chance. Apprends-leur le bon sens.

— Eli, tu as affaire à des *fanatiques*. Font-ils preuve de bon sens? Parler une langue morte, cela a-t-il un sens? Se targuer de la souffrance pour passer sa vie en gémissements, tu appelles ça du bon sens? Ecoute, Eli, nous sommes passés par là. Je ne sais pas si tu sais, mais on dit que *Life* va envoyer un gars à la Yeshivah pour faire un reportage. Avec des photos.

— Ecoute, Teddie, tu te laisses emporter par l'imagination. Je ne crois pas que *Life* soit intéressé.

— Mais moi je suis intéressé, Eli. Et tu es censé l'être aussi.

— Je le suis, dit Eli. Mais laisse-le seulement changer de vêtements, Ted. On verra ce qui se passera.

— Ils vivent au moyen âge, Eli... c'est une superstition, une *règle*.

— Essayons, plaida Eli.

— Eli, tous les jours...

— Encore un jour, dit Eli. S'il ne change pas dans les vingt-quatre heures...

— Eh bien?

— Eh bien lundi matin, j'instruis l'affaire. C'est tout.

— Ecoute, Eli... ce n'est pas à moi de décider. Je vais appeler Harry...

— Tu es le porte-parole, Teddie. Je suis ligoté ici, avec Myriam en train d'accoucher. Donne-moi, donne-leur seulement un jour.

— D'accord, Eli. Je veux être loyal. Mais demain, c'est tout. Demain est le jour du Jugement dernier, Eli, je te préviens.

— J'entends les trompettes, dit Eli et il raccrocha. Il tremblait en dedans, la voix de Teddie semblait avoir disjoint ses os. Il était encore dans la cabine téléphonique lorsque l'infirmière vint lui dire qu'il était certain que Mme Peck n'accoucherait pas avant le lendemain matin. Il devait rentrer chez lui et se reposer un peu, que l'on dirait que c'est *lui* qui allait avoir le bébé. L'infirmière fit un clin d'œil et s'en alla.

Mais Eli ne rentra pas chez lui. Il sortit avec la boîte de chez Bonwit et la posa dans la voiture. La nuit était douce et étoilée, il s'élança dans les rues de Woodenton. Tout ce qu'Eli distinguait dans l'obscurité, c'étaient les fenêtres carrées, calmes, de teinte abricot, au fond des pelouses qui s'étendaient devant chaque maison. Les étoiles faisaient briller les porte-bagages sur les toits des grosses familiales dans les allées. Il roula doucement, montant, descendant, tournant. On n'entendait que le bruit des pneus dans les virages.

Quelle sérénité. Quelle incroyable sérénité. Les enfants ont-ils jamais été plus en sécurité dans leur lit? Les parents — se demanda Eli — l'estomac si rempli? L'eau si chaude dans les chauffe-eau? Jamais.

Jamais à Rome, ni en Grèce. Même les cités entourées de murailles n'ont jamais été si parfaitement à l'aise ! Rien d'étonnant donc à ce qu'ils tiennent à sauvegarder les choses telles qu'elles sont. Après tout, ici règnent la paix et la sécurité... ce vers quoi la civilisation tendait depuis des siècles. C'était ce que ses parents avaient demandé dans le Bronx, et ses grands-parents en Pologne, et les leurs en Russie ou en Autriche, ou tout autre endroit vers lequel ou duquel ils avaient fui. C'était ce que demandait Myriam. Et maintenant, ils l'avaient — le monde faisait enfin place aux familles, même aux familles juives. Après tant de siècles, il fallait peut-être cette rigidité, ou cet engourdissement, communautaire pour préserver un acquis si précieux. C'était peut-être ce qui avait fait défaut aux Juifs — toujours trop doux. Sûr, pour vivre, il faut avoir du courage... Tout en méditant, Eli passa devant la gare et alla ranger sa voiture à la Gulf Station, à présent sans lumières. Il sortit, emportant la boîte.

Sur le sommet de la colline, une fenêtre était faiblement éclairée. Que pouvait bien faire Tzuref, là-haut dans ce bureau ? Tuer des bébés, probablement pas. Etudier une langue que personne ne comprenait ? Pratiquer des coutumes dont les origines étaient depuis longtemps oubliées ? Souffrir de souffrances déjà trop souffertes ? Teddie avait raison : pourquoi s'y accrocher ! Quoi qu'il en soit, si un homme décide d'être têtu, il ne peut s'attendre à survivre. Le monde est régi par la loi de l'offre et de la demande. Quel sens cela avait-il de s'éterniser sur un problème ? Eli lui donnerait sa dernière chance.

Arrivé au sommet, il s'arrêta. Il n'y avait personne.

Il remonta lentement la pelouse, enfonçant chaque
pied dans l'herbe, attentif au chuintement de ses
chaussures dans l'humidité du gazon. Il regarda
autour de lui. Il n'y avait rien. Rien ! Une vieille
maison branlante... et un problème.

Sur la véranda, il se glissa derrière un pilier. Il sentit
que quelqu'un l'observait. Mais seules les étoiles, là-
haut, scintillaient. Et à ses pieds, Woodenton était
autant de points lumineux. Il posa son paquet sur la
marche de la grande porte d'entrée. Il passa la main
sous le couvercle de la boîte pour voir si la lettre s'y
trouvait toujours. Lorsqu'il la sentit sous ses doigts, il
l'enfonça dans le costume vert dont ses doigts reconnurent la texture. Il aurait dû ajouter quelques ampoules
électriques. Puis il se glissa à nouveau derrière le pilier,
et cette fois il y avait quelque chose sur la pelouse.
C'était la seconde fois qu'il le voyait. Il était tourné
vers Woodenton et avançait sans hésiter dans le grand
espace nu en direction des arbres. Il se frappait la
poitrine avec son poing droit. Puis Eli entendit monter
un son à chaque coup. Il se sentit envahi par un
sentiment d'une intensité inconnue. C'était étrange. Il
écouta : ce n'était pas douloureux d'entendre cette
plainte. Mais il se demanda s'il était douloureux de la
susciter. Alors, sous le seul témoignage des étoiles, il
essaya. *C'était* douloureux. Non pas le bourdonnement
qui monta derrière sa gorge et sortit par les narines. La
douleur descendit. Elle mordit et mordit à l'intérieur,
et à son tour la plainte se fit plus aiguë. Elle devint un
cri, plus fort, un chant, un chant sauvage qui s'éleva en
gémissant d'entre les piliers et s'élança sur le gazon,
jusqu'à ce que l'étrange créature en chapeau se

retournât et écartât les bras, tel un épouvantail dans la nuit.

Eli se mit à courir, et lorsqu'il parvint à sa voiture, la douleur n'était qu'une égratignure qui saignait sur son cou, à l'endroit où une branche l'avait frappé dans sa fuite devant les bras du *griner*.

Le lendemain, il eut un fils. Mais à une heure de l'après-midi seulement, et entre-temps beaucoup de choses s'étaient passées.

D'abord, à neuf heures et demie, le téléphone sonna. Eli sauta du divan — où il s'était écroulé la veille — et le détacha, hurlant, de sa boîte. Il pouvait presque sentir l'odeur de l'hôpital en criant dans l'appareil.

— Allô, oui !

— Eli, c'est Ted. Eli, il l'a fait. Il est passé devant le magasin. J'ouvrais le magasin, Eli, je me suis retourné et j'aurais juré que c'était toi. Mais c'était lui. Il a toujours la même démarche, mais les vêtements, Eli, les vêtements.

— Qui ?

— Le *griner*. Il a des vêtements normaux. Et le costume, c'est une merveille.

Le costume revint à la mémoire d'Eli, repoussant le reste.

— Quelle couleur ?

— Vert. Il se promène dans le costume vert comme si c'était jour de fête. Eli... est-ce une fête juive, aujourd'hui ?

— Où est-il maintenant ?

— Il remonte Coach House Road, dans ce truc en tweed. Eli, ç'a marché. Tu avais raison.

— On verra.
— Et après ?
— On verra.

Il enleva les sous-vêtements dans lesquels il avait dormi et alla dans la cuisine où il se fit chauffer du café. Lorsque celui-ci commença à monter, il mit sa tête au-dessus de la cafetière dans l'espoir que la vapeur dissoudrait la boule qu'il sentait derrière ses yeux. La boule n'était toujours pas dissoute lorsque le téléphone sonna à nouveau.

— Eli, Ted encore. Eli, le gars arpente toutes les rues de la ville. Vraiment, il s'amuse ou quoi ? Artie m'a téléphoné, Herb m'a téléphoné. Shirley me dit qu'il vient juste de passer devant chez nous. Eli, sors sur le perron, tu verras.

Eli alla à la fenêtre et jeta un coup d'œil. Il ne pouvait pas voir plus loin que le coin de la rue et il n'y avait personne en vue.

« Eli ? » Il entendit Ted de là où il se balançait au-dessus de la table du téléphone. Il laissa tomber le récepteur dans son crochet, tandis que quelques mots montaient encore vers lui : « Elitulasvu... ? » Il remit le pantalon et la chemise qu'il avait portés la veille et sortit pieds nus sur la pelouse. Et en effet, son apparition parut au coin de la rue : en chapeau marron un peu trop enfoncé sur la tête, en costume vert un peu trop en arrière sur les épaules, une chemise non boutonnée, une cravate avec une queue de cinq centimètres, un pantalon qui cascadait sur les chaussures — il était plus petit que ne l'avait laissé supposer son chapeau noir. Et les vêtements se mouvaient au gré de cette démarche qui n'en était pas une, ces petits pas de canard. Il parut au tournant, et malgré toute son étrangeté — elle collait à ses favoris, se révélait dans sa démarche — il semblait *faire partie*. Excentrique, peut-être, mais faisant partie. Il n'émit aucune plainte, n'invita pas Eli à grands gestes des bras. Mais il s'arrêta lorsqu'il l'aperçut. Il s'arrêta et porta la main à son chapeau. En cherchant le sommet, la main monta trop haut. Puis elle trouva le niveau et s'attarda au bord. Les doigts farfouillèrent, tâtonnèrent, puis lorsqu'ils eurent finalement présenté leur salut, ils descendirent le long du visage, paraissant toucher chaque trait au passage. Ils tapotèrent les yeux, parcoururent la longueur du nez, effleurèrent la lèvre poilue, jusqu'à trouver leur place dans la chevelure qui cachait une partie du cou. A Eli, les doigts semblaient dire : *J'ai un visage, J'ai un visage au moins.* Puis la main traversa la barbe et s'arrêta sur la poitrine, tel un pointer — et les yeux posèrent une question tandis que des vagues humides les traversaient : *Le visage vous convient, je peux le garder ?* Il y avait un tel regard dans ces yeux que lorsque l'homme détourna la tête, Eli les voyait encore. Ils étaient au cœur des jonquilles nées la semaine précédente ; ils étaient les feuilles du bouleau, les phares de sa voiture, les gouttes de rosée sur la pelouse : ces yeux étaient les yeux dans sa propre tête. C'était les siens, il les avait faits. Il fit demi-tour et rentra dans la maison, et lorsqu'il jeta un coup d'œil par la fenêtre, entre le store et le bois, le costume vert avait disparu.

Le téléphone.

— Eli, Shirley.

— Je l'ai vu, Shirley, — et il raccrocha.

Il resta longtemps assis, gelé. Le soleil parut aux fenêtres. L'odeur du café se répandit dans la maison. Le téléphone se mit à sonner, s'arrêta, sonna à nouveau. Le facteur passa, le blanchisseur, le boulanger, le jardinier, le glacier, une dame de la Ligue des Femmes Votantes. Une négresse, militant pour quelque étrange évangile en faveur d'une révision de la loi sur la nourriture et la drogue, frappa à la porte, gratta aux fenêtres et finit par glisser une demi-douzaine de tracts sous la porte de derrière. Mais Eli resta assis, sans sous-vêtements, dans son costume de la veille. Il ne répondit à personne.

Etant donné son état, il est étonnant que le bruit devant la porte de derrière atteignît son oreille interne. En un clin d'œil, il sembla se fondre dans les fentes de la chaise, puis resurgir et se précipiter vers le bruit. A la porte, il attendit. Tout était silencieux, hormis le frottement des petites feuilles mouillées sur les arbres. Lorsque enfin il ouvrit la porte, il n'y avait personne. Il s'attendait à voir apparaître du vert, du vert, emplissant l'embrasure de la porte, surmonté de son chapeau, l'attendant avec ces yeux. Mais il n'y avait personne, sauf la boîte qui gisait, énorme, à ses pieds. Elle n'était pas ficelée et le couvercle planait au-dessus du fond.

Le lâche ! Il n'a pas pu s'y résoudre ! Il n'a pas pu !

A cette seule pensée, ses jambes reprirent de la vitalité. Il fonça sur la pelouse, passant devant son nouveau rameau de forsythia, dans l'espoir d'apercevoir le barbu fuyant tout nu à travers jardins, haies et grilles vers le calme de son ermitage. Au loin, un tas de pierres roses et blanches — qu'Harriet Knudson avait

peintes la veille — le trompa : « Cours, cria-t-il aux
pierres. Cours, espèce de... » mais il prit conscience de
son erreur avant quiconque, et il eut beau regarder, il
n'y avait nulle trace d'un homme de sa taille environ, à
la peau blanche, terriblement blanche (comme la peau
de son corps doit être blanche) fuyant lâchement. Il
revint lentement, curieusement, vers la porte. Et
tandis que les arbres bruissaient sous la brise, il enleva
le couvercle de la boîte. Tout d'abord, le choc fut celui
que l'on reçoit quand on vous enlève brusquement la
lumière. Dans la boîte, il y avait une éclipse. Mais
bientôt, le noir se distingua du noir ; il y avait le noir
brillant de la doublure, le noir grossier du pantalon, le
noir mort des parties élimées, et au centre, la montagne de noir : le chapeau. Il ramassa la boîte et
l'emporta dans la maison. Pour la première fois de sa
vie, il *sentait* l'odeur du noir : un peu moisie, un peu
aigre, un peu vieille, mais rien d'accablant. Cependant, il tint le paquet à bout de bras et le déposa sur la
table de la salle à manger.

Vingt pièces sur la colline, et ils remisent leurs vieux
vêtements chez moi ! Que suis-je supposé en faire ? Les
donner aux bonnes œuvres ? C'est de là qu'ils viennent. Il saisit le chapeau par les bords et regarda à
l'intérieur. La couronne était aussi lisse qu'un œuf, le
bord pratiquement usé. Quand on a un chapeau à la
main, il n'y a rien d'autre à faire qu'à se le mettre sur
la tête, ce que fit Eli. Il ouvrit la porte du placard dans
le couloir et se regarda dans la grande glace. Le
chapeau lui faisait des poches sous les yeux. Ou peut-
être n'avait-il pas assez dormi. Il tira sur les bords,
jusqu'à ce que l'ombre descendît sur ses lèvres.

Maintenant, les poches avaient envahi toute sa figure.
Devant la glace, il déboutonna sa chemise, défit son
pantalon, puis laissant tomber ses vêtements, il s'étu-
dia. Quelle déception idiote de se voir tout nu avec un
chapeau sur la tête! Surtout avec ce chapeau. Il
poussa un soupir, mais ne put se débarrasser de la
grande faiblesse qui s'empara soudain de ses muscles
et de ses articulations, sous le terrible poids de
l'étrange chapeau de l'étranger.

Il retourna dans la salle à manger et vida sur la table
le contenu de la boîte : veste, pantalon et gilet (il s'en
dégageait une odeur plus profonde que du noir). Et
sous le tout, entre les chaussures qui semblaient
hachées et mordues, vint la première lueur de blanc.
Une petite écharpe à franges, sorte de sous-vêtement
grisâtre, était roulée en boule au fond, le bord élimé
tortillé sur lui-même. Eli le sortit et le déroula.
Qu'était-ce? Pour tenir chaud? A porter sous un
maillot de corps en cas de bronchite? Il l'approcha de
son nez, mais cela ne sentait pas le Vick ni le
cataplasme à la moutarde. C'était quelque chose de
spécial, un truc juif. Nourriture spéciale, langue spéciale, prières spéciales, pourquoi pas un caleçon spécial? Il avait si peur d'avoir la tentation de remettre
ses vêtements traditionnels — raisonna Eli — qu'il
avait tout apporté et enterré à Woodenton, y compris
le sous-vêtement spécial. Car c'est ainsi qu'Eli comprenait à présent la boîte de vêtements. Le *griner*
disait : Tenez, je renonce. Je refuse même d'être tenté.
Nous nous rendons. Et c'est ainsi qu'Eli continua à le
comprendre, jusqu'à ce qu'il se fût aperçu qu'il avait
passé le petit drapeau blanc par-dessus le chapeau et

qu'il le sentait sur sa poitrine. Et maintenant, en se regardant dans la glace, il ne savait plus très bien qui tentait qui à quoi. Pourquoi le *griner* avait-il laissé ses vêtements ? Etait-ce même lui ? Alors qui ? Et pourquoi ? Mais enfin, Eli, à une époque scientifique, les choses n'arrivent pas comme ça. Même les porcs prennent des médicaments...

Sans plus se préoccuper de savoir qui était à l'origine de la tentation, ni quel en était le but, sans compter le commencement, Eli, quelques instants plus tard, était debout, drapé de noir avec un peu de blanc en dessous, devant la glace. Il dut tirer sur le pantalon pour cacher le creux de ses chevilles. Le *griner*, il ne portait pas de chaussettes ? Ou les avait-il oubliées ? Le mystère fut résolu lorsque Eli réussit à rassembler suffisamment de courage pour inspecter les poches du pantalon. Il s'attendait à ce qu'il arrivât quelque chose d'horriblement humide à ses doigts s'il les y enfonçait — mais lorsqu'il finit par plonger bravement dedans, il en ressortit avec une chaussette kaki dans chaque main. En les enfilant sur ses orteils, il imagina une genèse : le cadeau d'un GI en 1945. En plus de tout ce qu'il avait perdu entre 1938 et 1945, il avait également perdu ses chaussettes. Ce n'est pas le fait qu'il eût perdu ses chaussettes qui fit pleurer Eli, mais qu'il eût dû s'abaisser à accepter celles-là. Pour se calmer, il sortit par la porte du jardin et se mit à contempler la pelouse.

Dans le jardin des Knudson, Harriet enduisait ses pierres d'une seconde couche de peinture. Elle leva la tête au moment où Eli sortait de chez lui. Eli rétrocéda brusquement et se pressa contre la porte. Lorsqu'il jeta un coup d'œil entre les rideaux, tout ce qu'il vit fut un seau à peinture, une brosse et des pierres éparpillées sur l'herbe éclaboussée de rose dans le jardin des Knudson. Le téléphone sonna. Qui était-ce — Harriet Knudson ? Eli, il y a un Juif à votre porte. *C'est moi.* Ne dites pas de bêtises, Eli, je l'ai vu de mes propres yeux. *C'est moi, je vous ai vue aussi, en train de peindre vos pierres en rose.* Eli, vous faites de nouveau une dépression nerveuse. Jimmy, Eli a de nouveau une dépression nerveuse. Eli, c'est Jimmy, écoute, tu fais une petite dépression nerveuse, est-ce que je peux faire quelque chose pour toi, vieux ? Eli, c'est Ted, Shirley dit que tu as besoin d'aide. Eli, c'est Artie, tu as besoin d'aide. Eli, c'est Artie, tu as besoin d'aide, tu as besoin d'aide... Le téléphone émit un dernier cri et mourut.

« Aide-toi, le ciel t'aidera », entonna Eli, et il ressortit. Cette fois, il alla jusqu'au milieu de la pelouse et en plein devant les arbres, l'herbe, les oiseaux et le soleil, montra que c'était bien lui, Eli, dans le costume. Mais la nature n'avait rien à lui dire, il se dirigea donc d'un pas assuré vers la haie qui séparait sa propriété du champ avoisinant et le traversa, perdant deux fois son chapeau dans les buissons. Puis, tenant son chapeau, il se mit à courir, les franges battant contre son cœur. Il courut dans les herbes et leurs fleurs sauvages, puis une fois arrivé sur la vieille route qui entourait la ville, il ralentit. Il était au pas lorsqu'il atteignit la station-service, par-derrière. Il s'installa sur le bord d'un énorme camion sans pneus et parmi les tuyaux, les moteurs rouillés, des dizaines de bidons d'essence débouchés, il se reposa.

Avec une espèce de ruse inconsciente, il se prépara pour le dernier kilomètre de son voyage.

— Comment ça va, papa ?

C'était le garagiste qui circulait parmi les bidons tout en frottant ses mains graisseuses contre sa salopette. Eli sentit son ventre se contracter et il tira le grand manteau noir sur son cou.

— Il fait beau, dit le garagiste et il s'éloigna.

— Shalom, murmura Eli et il s'élança vers la colline.

Le soleil était juste au-dessus de lui lorsque Eli parvint au sommet. Il était monté à travers bois car il y faisait plus frais ; néanmoins, il transpirait sous son nouveau costume. Le chapeau n'avait pas de bande intérieure et le tissu lui collait à la peau. Les enfants jouaient. Les enfants étaient tout le temps en train de jouer, à croire que c'était la seule chose que Tzuref fût chargé de leur enseigner. En short, ils révélaient des jambes si maigres qu'on pouvait voir bouger leurs articulations quand ils couraient. Eli attendit qu'ils disparussent derrière un coin de la maison avant d'avancer dans l'espace découvert. Mais quelque chose l'empêchait d'attendre — son costume vert. Il était sur la véranda, recouvrant l'homme à la barbe, qui peignait le bas d'un pilier. Son bras montait et descendait, montait et descendait, et le pilier brillait comme un feu à blanc. La seule vue de l'homme attira Eli sur la pelouse. Il ne se retourna pas, mais ses entrailles, elles, le firent. Il traversa la pelouse et les enfants continuèrent à jouer ; enfonçant le chapeau noir, il marmonna : « Shh... shh... » et ils semblèrent à peine le remarquer.

Enfin il sentit la peinture.   `

Il attendit que l'homme se tournât vers lui. L'autre continua à peindre. Eli sentit soudain que s'il pouvait tirer le chapeau sur ses yeux, sur sa poitrine, son ventre et ses jambes, s'il pouvait éliminer toute lumière, il se retrouverait aussitôt dans son lit. Mais le chapeau ne pouvait descendre plus bas que son front. Impossible de se leurrer — il était bien là. Personne ne l'avait obligé de faire ça.

Le bras du *griner* balayait le pilier en un mouvement de va-et-vient vertical. Eli respira bruyamment, se racla la gorge, mais le *griner* n'entendait pas lui faciliter les choses. Finalement, Eli dut dire :

— Bonjour.

Le bras monta et redescendit ; il s'arrêta — deux doigts allèrent chercher un poil de brosse collé au pilier.

— Bonjour, dit Eli.

Le poil se décolla ; le va-et-vient recommença.

— Shalom, murmura Eli et le type se retourna.

Ils mirent quelque temps à se reconnaître. Il regarda les vêtements d'Eli. De près, Eli regarda ceux de l'autre. Puis Eli eut la bizarre impression d'être deux personnes à la fois. Ou qu'il était une personne portant deux costumes. Le *griner* avait l'air de souffrir d'une confusion semblable. Ils se regardèrent longuement. Le cœur d'Eli frissonna, et son esprit fut envahi d'une telle perplexité que ses mains se levèrent pour boutonner sa chemise que quelqu'un d'autre portait. Quel méli-mélo ! Le *griner* abattit ses bras sur son visage.

— Qu'y a-t-il... dit Eli.

L'homme avait ramassé son seau et sa brosse et s'enfuyait. Eli courut après lui.

— Je n'allais pas vous battre... cria Eli. Arrêtez...

Eli le rattrapa et le saisit par la manche. De nouveau, les mains du *griner* s'abattirent sur son visage. Cette fois, sous le choc, de la peinture blanche les éclaboussa tous deux.

— Je voudrais simplement... — Mais dans cet accoutrement, Eli ne savait pas réellement ce qu'il voulait. — Parler... dit-il enfin. Que vous me regardiez. Je vous en prie, regardez-moi...

Les mains ne bougèrent pas, tandis que la peinture coulait de la brosse sur les revers du costume d'Eli.

— Je vous en prie... je vous en prie, dit Eli, mais il ne savait que faire. Dites quelque chose, parlez *anglais,* implora-t-il.

L'homme recula contre le mur, recula, recula, comme si un bras allait enfin se tendre pour l'attirer à l'abri. Il refusa de se découvrir le visage.

— Regardez, dit Eli, un doigt pointé sur sa poitrine. C'est votre costume. J'en prendrai soin.

Pas de réponse — seul un petit tremblement sous les mains, qui amena Eli à parler aussi doucement qu'il put.

— Nous... nous l'arroserons d'antimite. Il manque un bouton, montra Eli ; je le remplacerai. Je ferai mettre une fermeture éclair... Je vous en prie, je vous en prie... regardez-moi... — Il se parlait à lui-même, mais comment s'arrêter ? Rien de ce qu'il disait n'avait de sens ; cela lui donna la nausée. Pourtant, en continuant à radoter, il radoterait peut-être quelque chose qui faciliterait leurs rapports. — Regardez... —

Il fouilla sous sa chemise et en sortit les franges du sous-vêtement. — Je porte même le sous-vêtement spécial... s'il vous plaît, dit-il, *s'il vous plaît, s'il vous plaît, s'il vous plaît,* chanta-t-il, comme s'il s'agissait de quelque expression sacrée. Oh, *s'il vous plaît...*

Rien ne bougea sous le costume de tweed... et si les yeux étaient remplis de larmes, de picotements ou de haine, Eli n'eût pu le dire. Cela le rendait fou. Il s'était ridiculisé en se revêtant de la sorte, et pour quoi ? Pour ça ? Il lui arracha les mains du visage.

— Voilà, dit-il ; et, sur le moment, il n'aperçut que deux petites gouttes blanches collées à chaque joue.

— Dites-moi... — Eli lui maintenait les bras le long du corps. — Dites-moi ce que je peux faire pour vous, je le ferai...

Le *griner* resta raide, arborant ses deux larmes blanches.

— Tout ce qu'il me sera possible... Regardez, regardez ce que j'ai fait *déjà*.

Il saisit son chapeau noir et le secoua au nez de l'autre.

Et, en échange, le *griner* lui donna la réponse. Il leva une main vers sa poitrine puis la lança, doigt en avant, vers l'horizon. Et avec quelle expression douloureuse ! Comme si l'air était rempli de rasoirs ! Eli suivit le doigt et vit, par-delà la phalange, au-dessus de l'ongle, Woodenton.

— Que voulez-vous ? dit Eli. Je l'apporterai !

Le *griner* partit soudain en courant. Puis il s'arrêta, tournoya sur lui-même et brandit de nouveau son doigt en l'air, dans la même direction. Puis il disparut.

Alors, tout seul, Eli eut la révélation. Il ne mit pas

en doute son entendement, sa substance ou sa source. Mais dans un curieux état d'angoisse, il reprit sa route.

Dans Coach House Road, ils stationnaient des deux côtés. La femme du Maire poussait une voiturette pleine de nourriture pour chiens achetée à l'Uniprix vers son automobile. Le président du Lions Club, une serviette autour du cou, enfonçait des pièces dans le compteur devant le snack. Ted Heller recueillait les rayons du soleil que réfléchissait la nouvelle mosaïque byzantine qu'il avait fait poser à l'entrée de son magasin. En jeans tachés de rose, Mᵐᵉ Jimmy Knudson sortait de la quincaillerie Hallway, un seau de peinture dans chaque main. Le Salon de Beauté Roger avait ses portes grandes ouvertes — têtes de femmes dans des boules d'argent à perte de vue. Chez le coiffeur, l'enseigne lumineuse tournait et le benjamin d'Artie Berg était assis sur un cheval rouge, se faisant couper les cheveux; sa mère feuilletait *Look,* en souriant : le *griner* avait changé de vêtements.

Et dans cette rue, qui semblait pavée de chrome, arriva Eli Peck. Ce n'était pas assez, il le savait, de remonter un côté de la rue. Ce n'était pas assez. Il fit donc dix pas d'un côté, puis, traversant la rue en angle, fit dix pas de l'autre, puis retraversa. Des klaxons cornèrent, la circulation fut prise de hoquets, tandis qu'Eli continuait son chemin dans Coach House Road. Tout en marchant, il fit monter une plainte de son nez. Au-dehors, personne ne pouvait l'entendre, mais il la sentit faire vibrer le cartilage sur l'arête du nez.

Tout ralentit autour de lui. Le soleil cessa d'ondoyer sur les enjoliveurs. Il se mit à briller uniformément

tandis que les voitures serraient leurs freins pour
regarder passer l'homme en noir. Ils s'arrêtaient
toujours quand il entrait en ville. Puis au bout d'une
minute, ou deux, ou trois, une lumière changeait, un
bébé criait, et le flot reprenait son cours. Aujourd'hui,
les lumières avaient beau changer, rien ne bougeait.

— Il a rasé sa barbe, dit Eric le coiffeur.

— Qui ? demanda Linda Berg.

— Le... type au costume. De là-bas.

Linda regarda par la fenêtre.

— C'est oncle Eli, dit le petit Berg en crachant des
cheveux.

— Oh, mon Dieu, dit Linda, Eli fait une dépression
nerveuse.

— Une dépression nerveuse ! dit Ted Heller, mais
pas sur le coup. Sur le coup, il avait dit : « Doux Jé... »

Bientôt, tout le monde dans Coach House Road sut
qu'Eli Peck, le jeune avocat un peu nerveux, qui avait
une si jolie femme, faisait une dépression nerveuse.
Tout le monde, sauf Eli. Il savait que ce qu'il faisait ne
relevait pas de la folie, bien qu'il eût conscience de son
étrangeté. Il sentait ces vêtements noirs comme s'ils
étaient la peau de sa peau — leur élasticité au fur et à
mesure qu'ils s'habituaient à ses creux et à ses bosses.
Et il sentait les yeux, tous les yeux de Coach House
Road. Il vit des bouches : la mâchoire inférieure
commence par glisser en avant, puis la langue heurte
les dents, les lèvres explosent, un petit tonnerre dans la
gorge, et ils ont dit : Eli Peck Eli Peck Eli Peck Eli
Peck. Il ralentit son pas, faisant glisser son corps vers
le bas et en avant, à chaque syllabe : E-li-Peck-E-li-
Peck-E-li-Peck. Il avança lourdement, et tandis que

ses voisins prononçaient chaque syllabe de son nom, il sentait chaque syllabe secouer tous ses os. Il savait qui il était jusqu'à la moelle ; ils le lui disaient. Eli Peck. Il voulait qu'ils l'énoncent mille fois, un million de fois, il marcherait à jamais dans ce costume noir, tandis que les adultes parleraient en chuchotant de sa bizarrerie et que les enfants le montreraient du doigt.

— Ne t'en fais pas, mon vieux... — Ted Heller, sur le pas de sa porte, fit un geste vers Eli. — Allons, vieux, ne t'en fais pas...

Eli l'aperçut, sous le bord de son chapeau. Ted ne bougea pas de sa porte, mais se pencha en avant et parla avec sa main sur la bouche. Derrière lui, trois clients jetèrent un coup d'œil par-dessus son épaule.

— Eli, c'est Ted, tu te rappelles Ted...

Eli traversa la rue et se rendit compte qu'il se dirigeait droit sur Harriet Knudson. Il leva la tête afin qu'elle pût voir tout son visage. Il vit le front d'Harriet s'effondrer jusqu'aux cils.

— Bonjour, monsieur Peck.

— Shalom, dit Eli et il traversa la rue en direction du président du Lions Club.

— Deux fois déjà... entendit-il dire, — puis il traversa à nouveau, monta sur le trottoir et se trouva devant la boulangerie ; un livreur sortit au galop, faisant tournoyer un plateau de gâteaux poudreux au-dessus de sa tête. « Pardon, mon père », dit-il et il sauta dans son camion. Mais il ne put le mettre en marche. Eli Peck avait arrêté la circulation.

Il passa devant le Théâtre Rivoli, la teinturerie Beckman, Harris' Westinghouse, l'église Unitaire, et il ne passa bientôt plus que devant des arbres. Dans

Ireland Road, il tourna à droite et se mit à parcourir
les rues sinueuses de Woodenton. Des landaus grincèrent sur leurs roues. — « Mais c'est... » Des jardiniers
abandonnèrent leur sécateur. Des enfants descendirent
sur la chaussée. Eli ne salua personne mais montra son
visage à tous. Il souhaita passionnément avoir des
larmes blanches à leur montrer... Et ce ne fut qu'en
arrivant devant son propre jardin, en voyant sa
maison, ses volets, ses jonquilles, qu'il se souvint de sa
femme. Et l'enfant qui avait dû lui naître. Ce fut là et
alors qu'il eut un affreux moment à passer. Il pouvait
rentrer, se changer et aller voir sa femme à l'hôpital.
Ce n'était pas irrémédiable, pas même la promenade.
A Woodenton, les mémoires sont longues mais les
colères courtes. L'apathie fait office de pardon. En
outre, quand on a lâché les pédales, on a lâché les
pédales ; c'est la Vie.

C'est en tournant les talons qu'Eli éprouva cette
sensation affreuse. Il savait très exactement ce qu'il
pouvait faire mais il choisit de ne pas le faire. Rentrer
signifierait s'arrêter à mi-chemin. Il restait davantage... Il tourna donc les talons et se dirigea vers
l'hôpital et, tout au long, il trembla à un demi-
centimètre sous la peau à la pensée que peut-être il
avait choisi la folie. Penser qu'il avait *choisi* d'être fou !
Mais si l'on a choisi d'être fou, alors on n'est pas fou.
C'est quand on n'a pas choisi. Non, il ne perdrait pas
les pédales. Il allait voir son enfant.

— Nom ?
— Peck.
— Quatrième étage.

On lui donna une petite carte bleue.

Dans l'ascenseur, tout le monde le regarda. Eli regarda ses chaussures noires monter les quatre étages.

— Quatrième.

Il souleva son chapeau, mais sut qu'il ne pouvait l'enlever.

— Peck, dit-il. Il montra la carte.

— Félicitations, dit l'infirmière... le grand-père?

— Le père. Quelle salle?

Elle le conduisit vers la 412.

— Une blague pour Madame? dit-elle, — mais il se glissa par la porte sans elle.

— Myriam?

— Oui?

— Eli.

Elle roula son visage blanc vers son mari.

— Oh, Eli... Eli.

Il leva les bras.

— Que pouvais-je faire?

— Tu as un fils. Ils ont téléphoné toute la matinée.

— Je suis venu le voir.

— Comme *ça*! murmura-t-elle durement. Eli, tu ne peux pas te promener comme ça.

— J'ai un fils. Je veux le voir.

— Eli, pourquoi me fais-tu ça! — Un peu de rouge remonta à ses lèvres. — Tu n'es pas coupable envers lui, expliqua-t-elle. Oh, Eli, mon chéri, pourquoi te sens-tu coupable de tout? Eli, change de vêtements. Je te pardonne.

— Cesse de me pardonner. Cesse de me comprendre.

— Mais je t'aime.

— C'est autre chose.

— Mais chéri, tu n'as pas *besoin* de t'habiller comme ça. Tu n'as rien fait. Tu n'as pas à te sentir coupable parce que... parce que tout va bien. Eli, tu ne comprends pas?

— Myriam, assez de raisonnements. Où est mon fils?

— Oh Eli, je t'en prie, ne craque pas maintenant. J'ai besoin de toi. Est-ce pour ça que tu craques... parce que j'ai besoin de toi?

— Dans ton égoïsme, Myriam, tu es généreuse. Je veux mon fils.

— Ne craque pas maintenant. J'ai peur, maintenant qu'il est sorti. — Elle se mit à gémir. — Je ne sais pas si je l'aime maintenant qu'il est sorti. Quand je regarderai dans la glace, Eli, il ne sera plus là... Eli, Eli, on dirait que tu vas à ton propre enterrement. Je t'en prie, le mieux est l'ennemi du bien. Avoir un foyer ne suffit pas?

— Non.

Dans le couloir, il demanda à l'infirmière de le mener vers son fils. L'infirmière l'accompagna d'un côté, Ted Heller de l'autre.

— Eli, veux-tu qu'on t'aide? J'ai pensé que tu en aurais peut-être besoin.

— Non.

Ted chuchota quelque chose à l'infirmière; puis à Eli, il chuchota:

— Es-tu obligé de te promener dans cette tenue?

— Oui.

Ted lui dit à l'oreille:

— Tu vas... tu vas faire peur au gosse...

— Là, dit l'infirmière. Elle désigna un berceau dans la seconde rangée et regarda Ted d'un air perplexe.

— Je peux entrer ? dit Eli.

— Non, dit l'infirmière. Elle va l'amener. — Elle gratta à la vitre de la salle remplie de bébés. — Peck, lança-t-elle à l'infirmière qui se trouvait à l'intérieur.

Ted tapa sur le bras d'Eli :

— Tu n'as pas l'intention de faire quelque chose que tu pourrais regretter... n'est-ce pas Eli ? Eli, tu sais que tu es toujours Eli, n'est-ce pas ?

Eli vit qu'on avait roulé un berceau devant la vitre carrée.

— Oh, Jésus... dit Ted. Tu ne penses pas à ce truc de la Bible... — Puis soudain, il dit : — Attends, vieux.

Il descendit le couloir, claquant des talons, rapidement.

Eli se sentit soulagé ; il se pencha. Dans le panier se trouvait ce qu'il était venu voir. Eh bien, maintenant qu'il était là, qu'allait-il lui dire ? Je suis ton père, Eli, celui qui perd les pédales ? Je porte un costume noir, un chapeau noir et des sous-vêtements bizarres, le tout emprunté à un ami ? Comment pouvait-il avouer à cette boule rouge — *sa* boule rouge — le pire de tout : qu'Eckman le convaincrait bientôt qu'il devait tout enlever. Il ne pouvait pas l'avouer ! Il ne le ferait pas !

Sous le bord du chapeau, du coin de l'œil, il vit que Ted s'était arrêté à une porte, au bout du couloir. Deux internes étaient là, en train de fumer, écoutant Ted. Eli n'en tint pas compte.

Non, même Eckman ne l'obligerait pas à l'enlever ! Non ! Il le porterait, s'il en décidait ainsi. Il le ferait porter par son enfant ! Certainement ! Il le ferait raccourcir au moment voulu. Un bel héritage, que le gosse aime ça ou non !

Seuls les talons de Ted claquaient; les internes portaient des semelles de caoutchouc — car ils étaient là, à côté de lui, sans qu'il s'y attende. Leurs costumes blancs dégageaient une odeur, mais différente de celle d'Eli.

— Eli, dit Ted doucement, l'heure des visites est terminée, vieux.

— Comment vous sentez-vous, monsieur Peck ? Un premier enfant bouleverse tout le monde...

Il ne leur prêtait aucune attention ; pourtant, il se mit à transpirer, lourdement, et son chapeau lui colla aux cheveux.

— Excusez-moi, monsieur Peck...

C'était une belle voix de basse.

— Excusez-moi, rabbin, mais on vous demande... au temple.

Une main prit son coude, fermement ; puis une autre main, l'autre coude. Là où ils l'agrippèrent, ses muscles se tendirent.

« Okay, rabbin. Okay okay okay okay okay... » Il écouta ; c'était un mot très doux cet okay. « Okay okay tout sera okay. » Ses pieds semblaient avoir un peu quitté le sol, tandis qu'il glissait loin de la vitre, du berceau, des bébés. « Okay du calme tout va bien bien... »

Mais il se redressa, brusquement, comme au sortir d'un rêve, et agitant les bras, il hurla : « *Je suis le père !* »

La vitre disparut. En un tour de main, ils lui

arrachèrent sa veste... elle céda si facilement, d'un coup. Puis une aiguille glissa sous sa peau. La drogue calma son âme, mais ne parvint pas jusqu'à l'endroit où le noir était descendu.

COLLECTION FOLIO

Dernières parutions

1933.	J.-P. Manchette	*Morgue pleine.*
1934.	Marie NDiaye	*Comédie classique.*
1935.	Mme de Sévigné	*Lettres choisies.*
1936.	Jean Raspail	*Le président.*
1937.	Jean-Denis Bredin	*L'absence.*
1938.	Peter Handke	*L'heure de la sensation vraie.*
1939.	Henry Miller	*Souvenir souvenirs.*
1940.	Gerald Hanley	*Le dernier éléphant.*
1941.	Christian Giudicelli	*Station balnéaire.*
1942.	Patrick Modiano	*Quartier perdu.*
1943.	Raymond Chandler	*La dame du lac.*
1944.	Donald E. Westlake	*Le paquet.*
1945.	Jacques Almira	*La fuite à Constantinople.*
1946.	Marcel Proust	*A l'ombre des jeunes filles en fleurs.*
1947.	Michel Chaillou	*Le rêve de Saxe.*
1948.	Yukio Mishima	*La mort en été.*
1949.	Pier Paolo Pasolini	*Théorème.*
1950.	Sébastien Japrisot	*La passion des femmes.*
1951.	Muriel Spark	*Ne pas déranger.*
1952.	Joseph Kessel	*Wagon-lit.*
1953.	Jim Thompson	*1275 âmes.*
1954.	Charles Williams	*La mare aux diams.*
1955.	Didier Daeninckx	*Meurtres pour mémoire.*
1956.	Ed McBain	*N'épousez pas un flic.*
1958.	Mehdi Charef	*Le thé au harem d'Archi Ahmed.*
1959.	Sidney Sheldon	*Maîtresse du jeu.*
1960.	Richard Wright	*Les enfants de l'oncle Tom.*
1961.	Philippe Labro	*L'étudiant étranger.*
1962.	Catherine Hermary-Vieille	*Romy.*
1963.	Cecil Saint-Laurent	*L'erreur.*
1964.	Elisabeth Barillé	*Corps de jeune fille.*
1965.	Patrick Chamoiseau	*Chronique des sept misères.*
1966.	Plantu	*C'est le goulag !*
1967.	Jean Genet	*Haute surveillance.*
1968.	Henry Murger	*Scènes de la vie de bohème.*
1970.	Frédérick Tristan	*Le fils de Babel.*

1971. Sempé	*Des hauts et des bas.*
1972. Daniel Pennac	*Au bonheur des ogres.*
1973. Jean-Louis Bory	*Un prix d'excellence.*
1974. Daniel Boulanger	*Le chemin des caracoles.*
1975. Pierre Moustiers	*Un aristocrate à la lanterne.*
1976. J. P. Donleavy	*Un conte de fées new-yorkais.*
1977. Carlos Fuentes	*Une certaine parenté.*
1978. Seishi Yokomizo	*La hache, le koto et le chrysan-thème.*
1979. Dashiell Hammett	*La moisson rouge.*
1980. John D. MacDonald	*Strip-tilt.*
1981. Tahar Ben Jelloun	*Harrouda.*
1982. Pierre Loti	*Pêcheur d'Islande.*
1983. Maurice Barrès	*Les Déracinés.*
1984. Nicolas Bréhal	*La pâleur et le sang.*
1985. Annick Geille	*La voyageuse du soir.*
1986. Pierre Magnan	*Les courriers de la mort.*
1987. François Weyergans	*La vie d'un bébé.*
1988. Lawrence Durrell	*Monsieur ou Le Prince des Ténèbres.*
1989. Iris Murdoch	*Une tête coupée.*
1990. Junichirô Tanizaki	*Svastika.*
1991. Raymond Chandler	*Adieu, ma jolie.*
1992. J.-P. Manchette	*Que d'os !*
1993. Sempé	*Un léger décalage.*
1995. Jacques Laurent	*Le dormeur debout.*
1996. Diane de Margerie	*Le ressouvenir.*
1997. Jean Dutourd	*Une tête de chien.*
1998. Rachid Boudjedra	*Les 1001 années de la nostal-gie.*
1999. Jorge Semprun	*La Montagne blanche.*
2000. J. M. G. Le Clézio	*Le chercheur d'or.*
2001. Reiser	*Vive les femmes !*
2002. F. Scott Fitzgerald	*Le dernier nabab.*
2003. Jerome Charyn	*Marilyn la Dingue.*
2004. Chester Himes	*Dare-dare.*
2005. Marcel Proust	*Le Côté de Guermantes* I.
2006. Marcel Proust	*Le Côté de Guermantes* II.
2007. Karen Blixen	*Le dîner de Babette.*

Impression Bussière à Saint-Amand (Cher),
le 12 juillet 1989.
Dépôt légal : juillet 1989.
1ᵉʳ dépôt légal dans la collection : mars 1980.
Numéro d'imprimeur : 8983.
ISBN 2-07-037185-9./Imprimé en France.